MA

ANNA JANSSON
MÅ DÖDEN SOVA

NORSTEDTS

Av Anna Jansson har utgivits:
Stum sitter guden, 2000
Alla de stillsamma döda, 2001
Må döden sova, 2002
I stormen ska du dö, 2002 (LL-förlaget)
Dömd för mord, 2003 (LL-förlaget)
Silverkronan, 2003
Drömmar ur snö, 2004
Etiska dilemman i vården - Hur skulle du ha gjort?,
2005 (Gothia Förlag)
Svart fjäril, 2005
Främmande fågel, 2006
Pojke försvunnen, 2007
Inte ens det förflutna, 2008

ISBN 978-91-7263-759-7

Bokförlaget Prisma, Stockholm
Pocket 2006
Svensk utgåva enligt avtal med
Bengt Nordin Agency
Omslag: Norma Communication
Sjunde tryckningen
Tryck: ScandBook AB, Falun 2011

***

www.norstedts.se
Norstedts ingår i Norstedts Förlagsgrupp AB,
grundad 1823

De döda sova

De döda sova under sommargräsen.
Må döden sova. – Och må livet vaka.
Må livet vaka med dess blinda väsen
som intet veta eller se tillbaka.

Hör, syrsan nöjs med sina korta timmar.
– Vad mente mänskan då för stort och mera
att pråligt pränt från hennes gravar glimmar
i rop till vindarna att utradera?

En sommar blommar. Och en humla sjunger.
Må döden sova – under torv och glitter,
och livet vaka – ej i hets och hunger,
men som det vakar i ett fågelkvitter.

Ur Nils Ferlins diktsamling Goggles

I

Kanske var det tårarna som skymde blicken eller den blödande solnedgången, filtrerad genom dimman, som bländat hennes syn. För sent hade tanken lämnat det förflutna för att kunna hjälpa till i ett nödvändigt nu. När foten nådde bromspedalen var mannen redan ohjälpligt i position framför bilen. En grå skuggbild. Adina uppfattade hans förvånade min innan hela världen åkte karusell. Hissnande virvlade trädkronor och yrsnö innan hon mjukt landade i diket. Skriket skar skarpt och hest mot den rodnande kvällshimlen. Adrenalinet nådde fingrarna med sina nålstick. Hennes händer hade frusit fast, stelnat på ratten. Musklerna, spända till försvar, väntade på smällen som aldrig kom. Väntade.

Sedan blev allt tyst. Alldeles tyst och stilla. Vinden rörde sig inte i trädkronorna. Snön hade slutat vispa runt i dikeskanten. Hade skriket varit hennes eget? Hade hon dödat en människa? I ett ögonblick av orimlig orättvisa blivit dömd till evig skuld? Adina kände sig bedövad, inlindad i tankens tröghet. Om hon hade kunnat fly ett par minuter bakåt i tiden skulle ännu inget ha hänt. Det kanske inte hade hänt? Om hon blundade hade det inte hänt. Det var en ond dröm. Långsamt öppnade Adina ögonen. Hon befann sig i diket. Verkligheten slog till som en örfil. Hon hade kört på en människa! Kanske hade han klarat sig. Gode Gud, låt honom vara vid liv! Mödosamt kröp hon ur bilen på passagerarsidan. Dörren på förarsidan var blockerad av ett träd. Först då insåg hon hur nära döden hon själv varit. Ett par centimeter till i sidled och... Blodet droppade från näsan ner på den vita dräkten. Hon lyfte upp huvudet och klämde åt över näsbenet.

”Hallå”, Adinas röst dog bort inbäddad i snödrivornas och dimmornas mjukhet. ”Hallå, är ni skadad? Snälla svara mej!” Inte ett ljud utom den knastrande snön under skorna hördes i den svajande tystnaden, som åt sig in och packade sig som kramsnö i medvetandet. Inte en bil syntes på landsvägen, ingen människa som kunde hjälpa henne att leta i skymningen. Adina följde bilens spår till den plats där bromsspåren började. Hon sökte i dikena på ömse sidor, ropade. Hånfullt ekade tomheten tillbaka i den öronbedövande tystnaden. Hon måste skaffa hjälp, ringa polisen. Tanken på att sätta sig i bilen igen var omöjlig. Hur länge sedan var det hon passerat ridskolan? Hur långt kunde det vara dit? En kilometer eller mer? Adina sprang i sina tunna högklackade pumps, halkade i snömodden, skrapade knäet mot asfalten och hasade vidare på landsvägen. Dräktjackan var tunn, men hon kände inte kylan. Det ångade ur hennes mun. En förbjuden tanke på att fly från alltihop smög sig in i hennes medvetande. Vart? Vart flyr man från sina upplevelser? Tanken var lika befängd som hastigt påkommen. Hon orkade inte ensam bära vetskapen om det hemska som hänt.

Erik hade stirrat på henne. Plötsligt med ögon som såg. Han hade kommit in i badrummet och sträckt sig efter sin rakapparat i badrumsskåpet när hon klev ur duschen. Den vita handen med sina tydliga ådror hade vilat mot handfatet medan han lutade sig framåt. Så hade han vänt sig mot henne, i samma ögonblick som hon nappade åt sig handduken. Hon kunde ha svurit på att han såg hennes blåmärken, men han sa ingenting. Hon hade väntat på honom vid köksbordet. Men han kom inte. Dörren som slog igen. Hans vita bil skymtade förbi. Inget svar på mobilen. Hon hade svept en sjal om huvudet och rusat ut på gårdsplanen till sin shoppingbil.

Varför hade mannen klivit ut framför hennes Volvo? Det var hans eget fel att han blev påkörd! Han kunde ha sett sej för innan han klev ut i vägen! Han borde rimligen ha hört att det kom en bil. Hon hade inte haft en chans att bromsa i tid. Adina knöt händerna i vrede. Det var hans eget fel. Bara hans eget!

Trappan till ridhuset var glashal. I sista stund fick Adina tag i järnräcket på ömse sidor, annars skulle hon obevekligen ha störtat mot de vassa kanterna.

”Hallå!” Adina försökte göra sin röst hörd över stojet från cafeterian. Diskomusik dunkade från en radio på kontoret. Den varma lukten av hästspillning slog emot henne. Ljudet av skrapande hovar. Någon som talade lågmält, lugnande. ”Hallå!”

En kvinna med lång ljus hårfläta kom emot henne från boxarna med ryktborste i handen. Hennes rörelser var lugna och smidiga. Det fanns en vänlig nyfikenhet i de bruna ögonen.

”Det har hänt en olycka, får jag låna telefon? Jag har kört på en man! Jag kan inte hitta honom! Han kanske är död eller skadad! Jag hittar honom inte! Jag hade ingen chans att stanna. Vägen är hal, lika jävla hal som er förbannade trappa här ute! Biljäveln är i diket.”

”Jag följer med dej. Vi ringer från min bil.” Kriminalinspektör Maria Wern lade ryktborsten i fönstret och höll upp ytterdörren för den uppskärrade kvinnan. Hon såg ut att vara i Marias egen ålder, mager och egendomligt klädd, men vacker på ett säreget sätt. Hon haltade lätt och vinglade till. Maria fattade om hennes arm. De gick ut i skymningen.

Sirener och blåljus rev sönder det vita flor av snö och dimma som legat över händelsen. En katastrof i tystnad. Motorljud och saftblandare kom som en befriande bekräftelse på det inträffade. Sirenerna bar fram det skrik som fastnat i Adinas huvud. En lättnad i att lämna över ansvar, en tyngd i skammen att vara skyldig och uppvisad för en offentlighet. Ambulansen svängde upp bredvid dem. En ung man med snaggat hår och svällande muskler klev ur och tittade frågande på kvinnan som var kriminalinspektör. Maria Wern med det ljusa håret och de allvarliga bruna ögonen svarade honom. Precis som om Adina Atterhed inte räknades, som om hon bara var en oberäknelig bisats i ett sammanhang som krävde fakta och mening. Det är färjkarlen som skall föra den döde över floden Styx, tänkte hon. Han skall ledsaga den döde till dödsriket, om han kan finna honom. Adina flydde in i andra bilder för att slippa pressas till intet av verkligheten, som allt mer trängde sig på. När kriminalinspektör Wern rörde vid henne gled hon åter in i nuet. Hon fick varmt kaffe och en filt omkring sig. Tänderna skallrade av köld. Handen som förde koppen till munnen skakade våldsamt. Maria Wern talade till henne lugnt och bestämt. Hennes ögon var vänliga. Adina sjönk in i ögonens mildhet, i det bärnstensbruna lugna vattnet. Var hon skadad? Kanske bäst att en läkare fick undersöka henne? Adina skakade på huvudet. Det var ingen fara, bara lite småsår. Poliskvinnan luktade fortfarande häst. De svarta ridstövlarna bar spår av hö. Hennes händer var så vackra, smala fingrar med välformade naglar. Troligtvis var hon gift. Ett brett guldband blänkte på hennes ringfinger, omöjligt att säga om det var en eller två ringar utan att stirra. I ett nytt flyktförsök undrade Adina för sig själv om Maria Wern var lycklig med sin man. Om det fanns en man som ängsligt väntade på henne när hon arbetade över. Adina blåste lydigt i alkometern under självrannsakan. Hon hade hällt upp rött vin i båda glasen. Smuttat lite på sitt i väntan på att Erik skulle komma, att de skulle tala med varann om det som måste dryftas. Han var förstås arg för att hon hittat vinet han gömt undan. Men va fan, hon var ingen barnunge! Nog visste hon vad hon behövde. Någon smärtlindring har man väl rätt till!

Den nya Volvon inspekterades. Nästan oskadd drogs den upp ur snön. Vänstra backspegeln var avslagen och lacken lite skrapad på vänstersidan, men det var också allt.

”Hörde du att du körde på något? Hörde du någon duns eller smäll?” Adina visste inte, mindes inte. Allt hon kunde erinra sig var gestalten som bara funnits framför bilen, mannens förvånade ansiktsuttryck. En evighetssekund.

”Vi hittar ingenting! Det finns inga märken på fordonet som tyder på att hon kört på något annat än trädet hon tuschade emot, ingenting under bilen. Hundarna har inte fått upp något spår.” Det finns inga fotavtryck i snön utom hennes egna, sa en rödkindad polisman och pekade in i bilen på Adina. Då kom gråten! Det sista av muren rasade och verkligheten störtade in. En gråt både av lättnad och besvikelse.

”Jag såg en man. Jag är säker på att jag såg en man. Ni måste hitta honom. Ni måste för helvete göra ert jobb!”

”Vi har letat i snart tre timmar och inte funnit någonting, varken människa eller djur. Skulle han mot alla odds ha vandrat längs vägen i hjulspåren kan han inte ha varit så svårt skadad, och dessutom borde han då ha passerat dej vid ridskolan”, sa den rödkindade med något uppgivet i rösten.

”Det borde hundarna ha känt.” Maria Wern log urskuldande och Adina fick behärska sig för att inte svära en ny ramsa.

”Någon kropp har vi inte hittat i alla fall. Det är beckmörkt ute. Jag tycker vi ger oss nu.” Den mörka ryggtavlan och Maria Werns instämmande nick underströk beslutet.

”Kan jag skjutsa dej hem? Jag ska åt ditt håll. Visst sa du att du bodde i Hillersvik?” Maria Wern sträckte ut handen efter den plastmugg Adina krampaktigt knycklat ihop i sin hand. De trasiga nagelbanden lyste ilsket röda och inflammerade. Adina kände blicken på sig och gömde skamsen händerna under sina korslagda armar.

2

Kriminalinspektör Maria Wern vred om startnyckeln och kastade sedan en blick på fästet till säkerhetsbältet på passagerarsidan. Någonstans i den rörelsen, innan hon släckte ljuset i bilen, la hon märke till Adina Atterheds knä. Det som vid första anblicken hade tett sig som ett vanligt skrubbsår, hade inte slutat blöda. Över den trasiga nylonstrumpan rann blodet ner mot fotens översida och skon.

”Jag tycker vi borde fara förbi jourläkarmottagningen i alla fall, så de får lägga om ditt knä. Det ser inte så bra ut.”

”Aldrig, absolut inte! Vill du inte köra mej hem ska jag be att få låna din telefon och ringa efter taxi.” Maria kunde inte se kvinnans ansikte för sjalen, men rösten lät mera skrämd än avvisande. De svängde runt på landsvägen, två främlingar i en mörk bil. Strålkastarna nosade sig fram i landskapet, över ån och vidare norrut, medan molnen sakta skingrades och gav plats åt fullmånens blanka ansikte. Maria gjorde några trevande försök till konversation men fick bara korthuggna fraser till svar ur dunklet. Hon började nästan ångra att hon bjudit på skjuts. Det skulle ha varit mycket trevligare att ta en fika i grannstugan hos Karin, eller att ta en promenad på kvällskvisten. Men nu såg det inte ut att bli så. I höjd med ringleden runt stan dristade Maria sig ändå att fråga Adina ytterligare en gång. Det kändes olustigt att kvinnans knä inte slutade blöda. Det verkade inte normalt. En besvärande känsla av påtvingat ansvarstagande smög sig in.

”Du har inte blödarsjuka eller använder någon blodförtunnande medicin”, undrade Maria och släppte vägen med blicken, bara för att konstatera att hon inget kunde se i den mörka bilen. ”Jag tänkte att det kunde vara behändigt för dej att fara in till läkarmottagningen nu när vi ändå passerar stan. Jag kan vänta på dej. Vad säger du?"

"Jag är sjuksköterska och fullt kompetent att plåstra om ett skrubbsår!"

"Så bra." Maria kände sig lättad om än en smula förvånad. "Var arbetar du någonstans?"

Adinas röst lät som om hon först tänkt säga "Det angår dej inte", men sedan insett att situationen krävde en annan framtoning.

"Akutvårdsavdelningen" (och frågar du något mer kan jag bli riktigt jävla sur, signalerade rösten). Men Maria, som var glad att få någon respons alls, gjorde sig tondöv och fortsatte på vinst och förlust.

"AVA, vilket sammanträffande! Min bästa väninna, Karin Bengtsson, arbetar där som sjuksköterska. Ni måste ha träffats. Hon började där i augusti." Maria kunde se den andra kvinnans kappraka hållning mjukna lite eller var det inbillning?

"Karin är bra. Inte så mycket storstadsfasoner, fast hon arbetat både på IVA och urologen i Uppsala."

"Vad är storstadsfasoner?" undrade Maria med skratt i rösten. Men svaret uteblev och Maria försjönk i egna tankar. Så lycklig hon hade blivit när det stod klart att Karin och Julius skulle flytta in i grannhuset. Med stor förväntan hade hon hälsat dem välkomna med flyttgröt och en begagnad gräsklippare som inflyttningspresent. Krister var inte lika förtjust men han skulle nog vänja sig. Han hade lite svårt för Julius, men tids nog skulle det säkert flyta bättre, tänkte Maria. Bara de fick tuppfäktas ett tag och bestämma rangordning skulle de nog kunna ta en öl tillsammans på förstukvisten i bästa grannsämja. Vilken lycka att Karin flyttat till Kronviken! Så mycket roligt de skulle ha tillsammans. Maria hade längtat efter vuxet sällskap. Det blev så ensligt vid havet på hösten och vintern. Det hade hon inte räknat med när de köpte huset, ensamheten när Krister var på resande fot.

De passerade Kronvikens fiskeläge på höger hand och fortsatte söderut mot Björkavi. Samtalet flöt mera otvunget om dagens händelser i tidningen; Det högtidliga öppnandet av ett nytt systembolag på söder och det föga förvånande avslöjandet om ännu en hembrännare i Björkavi.

”Tidigare arbetade jag i Uppsala och jag kan inte minnas att vi på långt när hade lika många fall av hembränning. Här tycks skogsstjärnan blomma i var mans vård. En sorts medborgerlig rättighet, enligt hävd, verkar man anse här uppe.”

”Så är det nog och så har det varit från begynnelsen. När jag arbetade på Södra sjukhemmet, för snart ett år sedan, fick vi in en man direkt från skogen. Onykter var han redan dag ett. Från och med dag två uppvisade andra gamlingar samma symptom. Det var oerhört smittsamt, ska jag säga dej. De flesta slocknade redan på förmiddagen och sov resten av dagen. Andra blev kärvänliga och försökte nypa oss sköterskor i baken. Nätterna var livliga, en bra bit över det acceptabla. Överläkaren kallades in för att ha ett allvarligt samtal med honom, men han nekade till allt innehav av alkohol. Inte en droppe hade han på rummet, det svor han på heder och samvete. Hans saker genomsöktes när han lät sig övertalas att ta en välbehövlig dusch. Vid besök försökte vi göra oss ärenden in i rummet och vattna blommorna, för att se att inget varuutbyte förekom. De övervattnade blommorna i fönstret byttes ut undan för undan, men själva källan till oredan på avdelningen kom vi inte åt”, sa Adina. ”Inte förrän karln abrupt skulle flytta hem igen. Sonen hade fått tag i ett stadigt fruntimmer som kunde se efter dem båda. ’Ett rejält fruntimmer från Kalix’, sa han. På avresedagen gjorde jag ett sista försök att få fram sanningen. ’Du kan inte lämna oss här i ovisshet’, sa jag. ’Nu måste du berätta, snälla rara. Hur bar du dej åt?’ Då log han sitt bredaste varggrin och kliade sig på hakan:

’Hon har funnits här hela tiden, lilla pärlan. Väl kyld dessutom. Får jag en puss på kinden ska jag visa dej.’ Jag såg mej ingen annan råd än att kyssa hans skäggiga kind och han tog mej i handen och ledde in mej på gästtoaletten, gubben. Ett tag trodde jag att han hade skumma avsikter, men så lyfte han på locket till toalettstolens vattenbehållare och drog upp den sista halvlitern. ’Nästa gång jag kommer inåt stan blir nog i träfrack och då får de kyla lilla pärlan själva’, ropade han åt oss innan sonen stängde bildörren.”

Maria skrattade, om än inte helt avspänd. Det var inte lätt att hänga med i Adinas häftiga humörsvängningar från tillknäppt vrede till generös vänskaplighet. En chockreaktion eller hennes normala variationer? Det var svårt att veta. Hur som helst skulle det kännas bra när uppdraget var slutfört.

De svängde av mot Hillersvik. Vägen var gropig och hal, men lystes upp allt mer av det blekblå månljuset. Det hade klarnat och frusit på under kvällen. Bländande blåvit låg Hillers mangårdsbyggnad med sina båda flyglar ute på klippan. De for genom en allé av svarta träd och stannade på gårdsplanen. Rimfrosten låg som en glittrande hinna över trädgårdens stela blomställningar. De glimmade till en kort stund uppenbarade i skenet från billyktorna. I mörkret in mot skogen reste sig stallbyggnaden och nedanför den hinderbanan och de hägnade hagarna. Det vita staketet tycktes flyta en bit över marken.

”Han är inte hemma ännu, då skulle det ha lyst i biblioteket”, mumlade Adina för sig själv.

”Din man?” undrade Maria och tyckte på något vis att det lät tjusigt: Min man är i biblioteket. Hon smakade på frasen.

”Jag vill ge dej något som tack för skjutsen.”

”Det behöver du inte. Jag skulle i alla fall åt ditt håll.” Det var visserligen en sanning med modifikation, men artigheten kräver sina halvsanningar.

”Jag vill det. Följ med mej ut i ateljén så ska jag visa dej något.”

Maria kände sig tveksam. För första gången under kvällen sände hon en tanke hem till Krister och barnen. I bästa fall hade han stoppat dem i säng, i sämsta fall hade han glömt bort dem helt och hållet för något nytt dataspel. Emil brukade säga till när han blev hungrig och Linda skulle säkert skrika om hon inte fick sin välling. Inte skulle de svälta ihjäl, hennes små ”bananer i pyjamas”, men det kunde bli illa grinigt nästa dag om de inte kom i säng i tid.

”Kommer du?” sa Adina och öppnade bildörren. ”Jag har min ateljé här i högra flygeln. Du kanske kan hjälpa mej dit. Det är snorhalt att gå i de här skorna”, tillade hon ynkligt när hon såg Marias obestämda min.

”Visst. Hur är det med knät? Gör det ont?”

”Jag har en förbandslåda i ateljén.”

Dörren stod olåst, indragen i djup skugga under sitt lilla spåntak. Kvällen var kall och stjärnorna tycktes pulsera i mörkret. Värmen omfamnade dem på tröskeln, en torr vedeldsvärme med en doft av kåda, terpentin och något främmande som det alltid finns i andra människors hus. Genom det stora takfönstret lyste månen in. Det kalla vita ljuset avslöjade de kraftiga takbjälkarna. Det föll över de vitputsade väggarna och ner över ett staffli, som stod uppställt på stengolvet under fönstret på bräckliga ben.

”Ser du bilden?” viskade Adina med en alldeles ny röst. Maria skakade på huvudet och undrade för sig själv om kvinnan var helt kontant. Duken var grå, slät och färglös.

”Nej, inte är det mycket man ser här inne överhuvudtaget.”

”Vad ser du om jag tänder fotogenlampan?” En tändsticka raspade mot ett plån och ett varmt gult ljus spred sig från taklampan i vida cirklar över rummet. Det osade lite. Braskaminen blev synlig, en golvvas med kaveldun, fyra pinnstolar, ett avlutat furubord och en vinflaska med ett nedbrunnet ljus där stearinet formats i golvdraget.

”Vad ser du?” Bilden på duken klarnade framför deras ögon, framkallades under loppet av någon sekund ur sin oförlösta gråhet. En kvinnokropp i ljusröd nyans, omgiven av ett lika svagt grönt färgfält, tonade fram. På livmoderns plats en spindel, grön med benen som skott eller rottrådar i det röda köttet. Med gröna skuggor i den röda figuren blev ett ansikte tydligt; ett plågat, insjunket ansikte, ögonens djupa hålor tyst vädjande. Maria tog ett steg närmare. Drogs närmare. Det var ett mästerverk i sin enkelhet. Skrämmande likt kvinnan framför henne. Ett självporträtt.

3

”Har du någonsin hört talas om tarantelstekeln”, viskade Adina med sin lite hesa röst och pekade på spindeln i tavlans centrum. Hennes ögon tycktes växa med frågan.

”Nej.” Maria kände sig obehaglig till mods. Den lättsamma stämningen från bilen hade dunstat i värmen och nu kände hon sig inspunnen i ett sammanhang utan överblick. ”En tarantel är en sorts spindel, eller hur?”

”Alldeles rätt. Tarantelstekeln förgiftar och förlamar spindeln och lägger sedan sin avkomma i dess kropp. Spindeln äts inifrån av de små krypen. Utan möjlighet att röra sig blir den färsk föda åt tarantelstekelns telningar. Den kan inte fly sitt öde eller sin smärta. Oändligt långsamt inväntar den döden i sitt förlamade tillstånd.” Maria såg skiftningarna i spindelns gröna färg och anade avlånga stekelkroppar på väg att tränga ut ur spindelns tunna bukvägg. ”Det finns 150 000 arter av steklar i världen. Hos de flesta krävs ingen sexuell fortplantning. De idkar jungfrufödsel, förstår du. Ur varje ägg kommer flera steklar, polyembryoni kallas det – ett ägg bär flera identiska individer. I mängder kläcks de ur sina ägg. Mängder!”

Maria fick en krypande känsla i hårbotten. Hon släppte tavlan med blicken och kliade sig på benet. I den positionen blev hon varse blodet som letat sig ner mot golvet där Adina stod.

”Ditt knä! Kan jag hjälpa dej att hämta något att tvätta rent såret med?”

”Förbandslådan finns i skåpet bredvid vindstrappan.” Maria svepte med blicken över rummet. Väggarna var fulla av konst med samma färgsättning och samma eteriska färgmättnad som på staffliets rödgröna duk. Stilleben, stela och uppställda kompositioner, med mänskliga drag som en oväntad kontrast. En sorts frukt- och grönsaksmotiv med mänskliga ansikten dominerade. Äpplen, kastanjer och rotfrukter med ögon som glänsande glaspärlor hängande i sina rottrådar.

”Välj en tavla. Ta vilken du vill av tavlorna på kortsidan vid bordet”, sa Adina och slog ut med handen i en generös gest. Maria ställde fram förbandslådan på bordet och kände sig lite generad. Tavlorna var hotfulla och groteska trots sina milda färger, svårplacerade helt enkelt. Hur tackar man nej?

”Men inte kan jag det.”

”Jag vill att du ska ha en. Välj vilken du vill.” Maria satte sig ner på en pinnstol och lät blicken glida över raderna av motiv. ”Vad tycker du om den här?” Adina pekade med ostadig hand. En frökapsel med ett människoansikte. Färgerna var tunna som akvarellvatten. Ett barnansikte med runda ögon. Ett skratt. En glad och levande tavla bland alla stilleben med förgänglighetens symboler.

”Berätta om tavlan. Är det någon du känner?”

”Han är här hos mej, men du kan inte se honom”, sa Adina och såg sig om med en outgrundlig min. Hon skrattade oväntat gällt och kort när hon såg Marias reaktion.

”Hur menar du då?” undrade Maria. Ville kvinnan påskina att hon var medial eller var hon bara väldigt annorlunda till sitt sätt, konstig helt enkelt och nästan skrämmande? Adina hade dragit av sig strumpan och trots den svaga belysningen kunde Maria se de blålila märkena på benet bredvid såret.

”Du måste ha slagit dej ordentligt.”

”Ja”, sa Adina. ”Ja, kanske det eller också beror det på att jag ätit råttgift.”

”Har du det?” Maria kände olusten smyga sig på.

”Du har ju ingen humor! Klart jag inte har.”

Ljudet av en annalkande bil fick Adina att resa sig från bordet med båda händerna till stöd mot bordsskivan. Hon tryckte ansiktet mot den ovala glasrutan i dörren, och försökte stänga ute ljuset bakom sig med händerna för att bättre kunna se ut i mörkret.

”När jag var liten fick ingen öppna fönstret när det var mörkt ute. Då kunde mörkret komma in. Har du haft den känslan någon gång?" Adina såg skärskådande på Maria som om svaret var av största betydelse.

"Jag vet inte. Har inte tänkt på det." Maria kände sig plötsligt instängd och längtade hem.

"Karlfan har födelsedag i dag. Jag orkar inte laga någon middag åt hans snobbiga gäster. När man är ekonomiskt oberoende, som Erik, kan man inte ha knytkalas eller laga mat tillsammans som vanligt folk. Då ska det bjudas på middag. Vi sitter stela som begravningsljus vid bordet. Varje tugga och minsta kurr i magen överröstar all konversation. Lyckliga är de människor som har knytkalas. Tjejerna på jobbet berättar ibland om sina knytkalas och Gud ska veta att jag avundas dem. Jag måste gå in nu. Plikten kallar. I kväll ska vi äta fasan, en fågelfan som han har skjutit själv, den store viltjägaren. Så får man sitta där och spotta hagel i servetten. Erik sväljer sina som de är. Han aktar plomberna, tuggar just inte alls. Jag brukar roa mej med att gissa hur många hagel de andra fått. Just när de sträcker sig efter servetten brukar jag ställa en fråga. Ju längre svar den kräver, desto bättre. Sen ser jag förvånat på dem när de för servetten till munnen. Är det elakt tycker du?" Adina fortsatte utan att vänta på svar. "Det äckligaste är morkulla. Den tillreds hel med huvud, näbb och klor. Enligt tradition ska en kavaljer sära näbbarna med sina bestick så hans bordsdam kan suga ut köttsaften. Helst ska man se ut att njuta, fast man känner sig spyfärdig. Såsen är gjord på inälvor, hjärta, tarmar och allt. Fjädrarna sätter han i hatten, en vingpenna för varje skjuten morkulla. Jag läste ett verk av en fransk filosof som var av den bestämda åsikten att man älskar som man äter. Det brukar jag roa mej med att tänka på när vi äter morkulla. Jag brukar studera de andra gästerna och bedöma dem efter den mallen; de glupska som kastar sig över maten utan hänsyn till bordsgrannen, de som äter långsamt eller petar i maten och de som känner ren avsmak... där man ser att tuggorna växer i munnen." Adina såg plötsligt mycket trött ut. "Du får inte glömma din tavla."

"Varför använder du dej bara av rött och grönt?" undrade Maria när hon hakade tavlan av väggen.

"Karlfan är färgblind. Han ser inte mer än vad du gjorde i månljus. Han skulle mörda mej om han visste vad jag målat. Hjälper du mej över gårdsplanen. Jag går hellre barfota än stapplar i väg ensam i de här hönsskorna, ska jag säga dej. Det är han som köper dem."

"Men Adina lilla, hur ser du ut? En man gammal nog att vara Adinas far tog emot dem på trappan. I motljuset hade Maria svårt att riktigt se hans ansikte men de kraftiga ögonbrynen, som växt samman till ett cirkumflex över näsroten och det vita håret som lyste likt kung Vinters iskrona i ljuset inifrån hallen, kunde hon erinra sig efteråt. "Har du gjort dej illa, hjärtat mitt. Kom, ska Erik ta hand om dej. Vad fint att du har gjort ett bandage." Maria trodde inte sina öron. Drev han med dem eller var det hans normala samtalston?

"Det är okey Erik. Jag fick en sladd med bilen och körde i diket." Adinas röst var mycket liten och pipig. Armarna slängde utmed kroppen. "Maria Wern var hygglig och körde mej hem. Kan du hämta bilen i morgon, tror du? Jag sa att du skulle göra det. Jag tordes inte fortsätta att köra."

"Så klokt av dej, Adina lilla. Det ska Erik ordna, det ska han visst det. Erik ska ta hand om alltihop." Beskyddande la han armen om sin fru och sjalen for snett blottande ett huvud med kala fläckar. "Då tackar vi för hjälpen." Erik Atterhed gjorde en ansats att stänga dörren om dem och Maria backade häpen nerför trappan.

När Maria vände bilen på gårdsplanen såg hon i backspegeln att det lyste i det rum Adina pekat ut som biblioteket. Så var han nu hemma, karlfan. Maria skulle ha givit en hel del för att få höra det fortsatta samtalet mellan makarna. Skulle Adina berätta för honom att hon trott sig köra på någon? Var hon kanske allvarligt sjuk? Kanske kunde det vara så. Om hon har cancer? slog det Maria. Det mesta stämde med den bilden. Hon skämdes för att hon inte kommit att tänka på det tidigare. Att det kunde vara så. Ätit råttgift! Kanske var Adina under inverkan av morfin när hon såg mannen kliva ut i vägbanan. Visst kunde det vara så. Sjalen kring huvudet kanske inte främst var ett konstnärsattribut utan ett sätt att dölja håravfall efter en cytostatikabehandling. Eriks märkligt beskyddande attityd, hans sätt att tala om sig själv i tredje person. Nu var Adina i alla fall hemma. Vad mer kunde Maria ha gjort för henne? Adina hyste tydligen inga varmare känslor för sin man, eller var kanske bitterheten tecken på något annat. Att inte få leva sitt liv så som man hade tänkt? Om Maria vetat kunde hon ha öppnat för ett sådant samtal i stället för att framhärda i den stapplande nödkonversationen. Om om inte hade varit skulle världen ha sett annorlunda ut. Nu var det i alla fall för sent. Hon hade gjort allt hon kunde. Hade hon inte?

Maria svängde vänster upp på landsvägen, ingen mötande trafik. Tankarna gick sina egna banor. Osökt kom hon att tänka på Robin Hood-filmen med Kevin Costner i huvudrollen; scenen när sheriffen av Nottingham förgriper sig på Marion och hon säger: ”You can take my body, but you can't take my soul.” Du kan ta min kropp, men inte min själ. Varför den scenen dök upp just nu kunde hon inte förklara för sig själv, den bara fanns där. Varför målar man rödgröna tavlor, om inte för att skydda sin själ? Han skulle mörda mej om han visste vad jag målat. Maria hade aldrig hört talas om Adina Atterhed som etablerad konstnär, men otvivelaktigt hade hon talang. Mer hann hon inte tänka innan det small till under bilen.

4

En kraftig duns. En sättning i bilen. Foten nådde bromspedalen med automatik. Bilen sladdade mot diket. Sladden hävdes och bilen blev stående på vägrenen. Kroppens spända muskelförsvar. Lungornas hastiga pumpande. Tankarna som färdades mot brännpunkten. Maria hade inte sett någonting annat än den släta mörka asfalten. Även om tankarna hade varit hos Adina så hade hon hållit ögonen på vägen. Hon satte på varningsblinkers och letade i handskfacket efter ficklampan. Den fanns inte där. Visst, Emil hade lekt med den i baksätet för att roa Linda när hon bara ville skrika. Han hade stoppat in ficklampan i munnen och låtit ljuset lysa rött genom kinden. På så sätt hade han lyckats roa Linda en hel kvart. Maria kröp in i baksätet och kände över golvet och framsätenas förvaringsfickor. Under Lindas bilbarnstol låg den. Maria slog igen dörren och följde dikeskanten bakåt. Adina hade sett en man kliva ut i vägbanan, en skuggfigur med ett förvånat ansikte. Maria hade inte sett något alls. Om något legat på vägen borde hon inte ha sett det då? Hade hon varit ouppmärksam? Så kraftig som smällen var borde hon ha kört på något stort. Ett stort djur eller en människa? Maria kände en rysning av obehag. Inte en människa? En stark olust skyndade på stegen. Hon kunde knappast ha kört på en upprättgående människa, men om någon legat på vägen eller krupit... skulle hon ha kunnat missa att se det?

Ficklampans ljuskägla fixerade en svart kropp. På linjen mellan vägrenen och körbanan låg den, anklagande i sin stillhet. Vägens streckade linje fortsatte på ett märkligt sätt i mönstret på djurkroppen, en grävling. Maria vände försiktigt på den med foten. Hela tiden beredd på att den skulle kunna hugga. Det var inte länge sedan de diskuterat på jobbet om knäckebröd i stövelskaften skulle vara till någon hjälp om man blev attackerad av en grävling. Att den skulle släppa taget om det krasade. Egentligen var det ingen som trodde det, men man kunde inte veta säkert. Å andra sidan vore det obekvämt att alltid ha stövlar på sig, särskilt om de var fyllda med knäckebröd. Det skulle förta en del av naturupplevelsen. Djuret blev liggande på rygg med sina svarta tassar i vädret. Stendöd. Att de har så små öron och så liten svans, tänkte Maria vemodigt. Djurkroppen mätte gott och väl 80 centimeter. Försiktigt föste Maria ner den i diket. Även om grävlingen var död kändes det på något sätt ovärdigt att den skulle ligga på vägbanan och riskera att bli påkörd igen.

Maria inspekterade kofångaren på sin bil utan att se någon buktning. Adinas Volvo hade också varit oskadd. Fru Atterhed hade inte varit säker på om hon hört någon smäll eller känt att det dunsade till mot bilen. Med tanke på den rejäla sättning det blir när man kör på en grävling, skulle hon inte kunnat missa dunsen om hon kört på en människa. Det var en ren omöjlighet. Maria kände sig övertygad. Hon startade bilen och gled ut i körbanan. Snart skulle hon vara hemma igen. Ändå kom det över henne en stark längtan att höra att allt var väl med barnen. Hon knappade in numret på mobilen och Krister svarade.

”Var i helvete håller du hus!? Fattar du att jag har varit orolig!!” Maria kastade en blick på klockan.

”Ja.”

”Vi kan inte ha det så här. Jag måste veta om du lever eller är död. Om du kommer hem om en timme eller om några dar. Om någon psykopat har låst in dej eller om du blivit skjuten. Det är ett helvete att gå hemma och behöva fundera på sådana saker. Varför kan du inte ha ett vanligt anständigt arbete som man kommer HEM ifrån i vettig tid? Det måste väl finnas något annat arbete du kan tänka dej? Jag orkar inte med att ha det så här. De ringde från dagis och sa att barnen inte var hämtade.”

”Du skulle ju hämta dem idag. Det är ju din tur! Jag rider på tisdagar, det har vi kommit överens om. Vi tar det här när jag kommer hem. Jag är faktiskt inte i tjänst. Det som hände ikväll kan hända vem som helst." Maria redogjorde kortfattat för kvällens händelser vid ridhuset och hörde Kristers uppgivna suck i luren.

"Du kunde ha ringt."

"Jag ringer NU. Okey, förlåt jag kunde ha ringt, men jag tänkte att du la barnen. Jag älskar dej."

"Jag älskar dej också. Annars skulle jag inte bli så förbannad."

"Sover de?"

"Ja, det trodde du inte va?"

"Jag är hemma om tjugo minuter."

"Säkert?"

"Ja, har du hängt upp tvätten? Emils overall, som han ska ha i morgon är i tvättmaskinen. Den behöver tumlas om den ska hinna torka."

Kronvikens fiskeläge vilade som en spökstad i månljus. De grå fasaderna med sina becksvarta ögon lurade under spåntaken och drömde strandängsdrömmar om skirblå sommarnätter och böljande gräs. Husgrunderna växte ihop med den svarta marken där havsvindarna sopat undan snön. Svart vilade Kronvikens vatten med sina smältande isflak. Stranden, som sommartid myllrade av badgäster, låg tyst och tom. Bortglömd låg en blekgul plasthink och en trasig spade. Kioskluckan var igenslagen och förbommad med en rostig regel. På strandängen ovanför låg fjolårets gräs och blomställningar slagna av köldens obevekliga lie i vissnade gulgråa sjok. Men snart skulle livet vända åter. I kraft av solen och de milda regnen skulle de resa sig igen ur sina rötter, i en ny spädgrön skepnad. De första blåsipporna hade redan kommit och stod i en äggkopp på köksbordet, nästan utan skaft, och en solgul tussilago.

Maria svängde upp den sista kröken till den gula trävillan vid havet. Hon steg ur bilen, som blänkte i månljuset som vore den nyvaxad. Tanken roade henne. Vem skulle ha haft tid att vaxa bilen? Kanske fanns det en liten doft av vår i den bitande nattluften. Det ödsliga drivhuset var överkalkat med pudersnö. En kvarglömd spade lutade sig sömnigt mot husgrunden. Maria skulle just leta efter nyckeln i jackfickan när dörren öppnades av Krister. Prokofjevs symfoni n:o 1 strömmade ut från vardagsrummet och mottog henne på trappan.

”Välkommen hem min älskling”... och stora kramen. Fortfarande i hans famn hjälpte han henne av med jackan, och hängde upp ytterplagget, utan att släppa hennes ansikte med blicken.

”Vad är det?” sa Maria och la upp Adinas tavla på hatthyllan. ”Varför så misstänksam?”

”Ja, varför? Har du en överraskning? Är det något jag har en möjlighet att bli glad åt eller kommer jag att somna i vredesmod?”

”Nu är du orättvis! Här kommer din kärleksfulle make och möter dej i dörren...”

”Varför har du värmeljus på golvet?”

”Om du följer dem kommer du till överraskningen.”

”Jaha.” Maria följde lydigt den utstakade banan till badrummet där ett skumbad var upptappat. Tvärs över badkaret låg strykbrädan med en vit näsduk och mässingskandelaber med tända ljus. I fönstret och på kommoden stod flera värmeljus i små lyktor och en glödröd ros i en ölpava. Vad kan man mer begära? Några ömma ord på perfekt franska viskade i sitt öra.

”Men Krister...”

”Alla sätt är bra utom dom tråkiga, n’est-ce pas? Kryp ner du så kommer jag med aftonens supé.” Han kysste henne på munnen, en långdragen intensiv kyss. ”Det ingår i serveringen, bland annat. Det är det fransmännen kallar för avec.”

”Jaha.” Något fundersam kröp Maria ner i badet och blundade. Musiken och värmen fyllde henne med lugn. Vattnet doftade av ros och vanilj, eteriska oljor som Krister själv inhandlat i stan. Afrodisiaka med garanterad effekt hade expediten utlovat och han hade halat upp plånboken direkt, sa han. Det är skillnad på äkta eteriska oljor och kemiskt framställda dofter, hade affärsinnehavaren sagt och det var väl det han ville ta reda på nu, kan tänkas.

Vinet anlände. Krister hällde upp en liten skvätt. Maria spelade med och smakade med bister kännarmin på det vardagsvin de druckit det senaste året.

”Lätt blommig doft, brända stövlar och en ovanligt kuperad svans.”

”Så det passar? En räksmörgås kanske?”

”Det passar utmärkt.”

Krister försvann ut i köket och återvände i bara mässingen med två överdådiga räksmörgåsar på högt burna assietter. Direkt bildskön hade han aldrig varit, men Maria tyckte i den stunden att han var den vackraste mannen på jorden. Krister kröp ner på den tomma sidan av strykbrädan och en svallvåg av skummande vatten hävde sig över badkarskanten enligt Arkimedes princip.

”Jag var rädd att barnen skulle vakna och hoppa i innan du kom hem, så jag satt i badrummet och skalade räkor när du ringde. Är jag eller är jag inte en ansvarskännande make?”

”Tack min älskling, det var fint gjort.” Maria lutade sig behagfullt bakåt igen och slöt ögonen. Musiken flödade och tonade ut. När vattnet kallnat och vinet var urdrucket steg de upp. Maria gick in i sängkammaren och kröp ner i rena lakan, medan Krister gick ut i köket för att plocka in det sista i diskmaskinen. Han visslade. Rent och vackert. Maria hade aldrig sagt det till honom, men hon var lite kär i det där visslandet. Behagligt avslappad lät hon huvudet falla in i kudden. Tassande steg i mörkret. Hon hörde dem och väntade. Kände lusten värma lår och sköte, en pirrande känsla av välbehag. Den välbekanta tyngden förflyttade sig i sängen, makade sig närmare. En alltför snabb andhämtning, en stor blöt kyss och en andedräkt som absolut inte var Kristers nådde samma stund hennes näsborrar.

5

Det flämtande ljudet var alldeles nära hennes ansikte, en andedräkt som av surnande fiskrester. Maria trevade efter strömbrytaren på sin nattygsbordslampa och välte den i förskräckelsen.

”Krister”, väste hon. ”Krister tänd lampan!” Han hörde henne inte. Diskmaskinen hade dragit igång, dessutom sjöng han. Maria fick någon sorts hår i ögonen, men inte sitt eget, någon annans och dessutom en blöt slick mellan tårna.

”Krister!” Maria lyckades hänga ner mot golvet med överkroppen och få tag i lampsladden. Någon satt på hennes ben. I samma stund tände Krister ljuset. ”Krister vad i... vad är det här?”

”En afghanhund. Har du sett vilka vackra ögon hon har? Molly heter hon.”

”Vad gör Molly i vårat sovrum? Är hon en del av överraskningen? Och du frågar mej varför jag är så misstänksam när du är kärleksfull! Säg att det inte är sant Krister, säg att det är en bild som förirrat sig från barnprogrammen och att den kommer att återvända ut via tevekabeln. NU!”

”Tyvärr. Se vad hon ser glad ut! Hon viftar på svansen åt dej! Hon har varit instängd i källaren hela kvällen. Se vad lycklig hon blev när hon fick komma upp!”

”Vem äger hunden?”

”Hon är din, bara din! Fast högst tillfälligt måste jag tillägga. En arbetskamrat till mej reste till Singapore nu på morgonen. Stannar ett halvår. Naturligtvis kunde Molly inte följa med dit. Valet stod mellan att avliva hunden och att få någon att ta hand om den ett litet tag.”

”Jag blir mållös!”

”Det gör inget. Vi gillar dej ändå. Visst gör vi, Molly? Tja, tja visst gör vi.”

”Du menar att vi ska ha hand om den här hunden i ett halvår? Är det så?” Molly la huvudet på sned och tittade på Maria med stora runda bruna ögon. Hon skakade lite på öronen. Tungan vädrade ivrigt mellan tänderna.

”Ungefär så”, mumlade Krister försiktigt. ”Barnen älskar henne.”

”Vi har katt Krister, har du tänkt på det?”

”Det är inga problem. Molly går undan när Humpe kommer.” Krister såg ut som om saken löst sig. Bara en del praktiska detaljer kommit på plats så var det egentligen inget problem. Han gjorde en ansats att kyssa sin hustru. Det var en total felbedömning av förhandlingsläget, visade det sig.

”Var det en kvinnlig arbetskamrat som for till Singapore? Vad dum jag är som frågar. Så klart det var. Krister charmören har väl aldrig kunnat neka en vacker kvinna något. Vad heter hon? Vad heter Mollys matte?”

”Du vill inte ha lite kaffe på maten?”

”Gissa!! Vad heter hon!?” Maria tog tag i båda Kristers öron och tvingade honom att se henne i ögonen.

”Nu blev jag så där yr. Kan det vara vinet tror du?”

”Nej, jag tror det kan vara samvetet. Fram med det nu, vem är det vi ska ha delad vårdnad med i ett halvårs tid?”

”Hrmhrmhrm.”

”Högre!”

”Aj, du är en hård förhörsledare. Jag visste inte att polismän fick bruka övervåld vid förhör. Men tiderna förändras. Det blir hårdare för den lilla människan. Sängkammarvåldet ökar. Aj... Ninni Holm.”

”Ninni Holm! Ninni Holm!! Fa-an Krister det trodde jag inte om dej!!” Maria slet åt sig täcket och skred ut i vardagsrummet som en isdrottning. Krister följde efter som en hund, tätt följd av Molly. ”Du menar den tuggummituggande lilla jag, lilla Ninni, som trodde att jag var din morsa? Hon som skrev sitt telefonnummer på en lapp, som sedan hamnade i din byxficka, undertecknat 'vi ses' och ett rött kyssmärke i läppstift? Är det henne du vill att vi ska ha delad vårdnad med? Du kanske vill att hon ska flytta hit. Slå upp tältet i vardagsrummet bara, så du får välja var du vill sova?"

"En intressant tanke, men jag är nog ganska monogam till mitt väsen."

"Ninni Holm!"

"Vad tror du Molly, kan det vara hon?" sa Krister tankfullt och kliade hunden på huvudet.

"Sluta tala genom hunden. Det är ju löjligt! Du får välja mellan hunden eller mej. Jag sover här på soffan i natt, så kan du få fundera på saken." BANG! Och där slog dörren till vardagsrummet igen framför nosarna på dem.

6

Kanske är det något med själva våren som gör människorna mildare till sinnes: De gröna känsliga färgtonerna i harmoniska skalor. Vitsipporna som stjärnögda brer ut sig i överdådiga mattor. Bäckens porlande under stenbron när den lockar med sig fjolårslöven i sina djärva svängar. Reflexer, solkatter som jagar varann uppför ornäsbjörkarnas bländvita stammar. Kanske är det dofterna: Magiska dofter av fuktig fruktbar jord och spirande grönska eller surret från en yrvaken humla. Maria skrattade åt Molly som sniffade bland de tillsynes livlösa vildhallonsnåren, med ett löv på nosen, tog ett skutt och nosade igen. Karin böjde sig ner och plockade ett par vitsippor till sin bukett. Solen fick hennes kopparfärgade hår att brinna i eldens nyanser. Blåsipporna gömde sig överblommade och trötta i granens skugga.

”Så ni ska behålla hunden i alla fall?” Karin Bengtssons ögon skrattade men munnen höll sig allvarlig.

”Vad gör man inte för sina barn. Trötta mammor säger ja. Vi köpte den efter mycket om och men. Jag kan inte hjälpa att jag fäst mig vid henne. Inte vill jag ha delad vårdnad med en av Kristers gamla flammor, så vi bestämde oss för att behålla henne. Ska hon vara hos oss ska hon helt höra till familjen. Jo, det var så sant, jag skulle hälsa till dej från Adina Atterhed. Det är över en månad sedan jag såg henne. Du kanske har träffat henne på jobbet?”

”Adina har inte varit i tjänst på länge. Det var något som hände. Vi fick aldrig veta vad. Hon kallades in till klinikchefen en morgon och efter det samtalet gick hon hem.”

”Jag tror inte att hon mår så bra”, sa Maria dröjande. ”Hör du sånglärkan? Kan du se den där ute över strandängen.” De stod alldeles stilla och lyssnade på sången som steg och sjönk som en liten svart helnot mot telefonledningens notlinjer. Molly drog i kopplet. Det fanns intressantare saker på närmare håll, vittringen av hare till exempel.

"Du sa att Adina inte verkade helt frisk? Är det allvarligt tror du?"

"Jag vet inte. Det kan det vara. Jag frågade henne inte rent ut. Var det länge sedan ni träffades?"

"Jag skickade en blomma och skrev att vi saknade henne. Men det är ett tag sedan. Man kanske skulle höra av sig igen. Hon var trött. Vi märkte att hon blev irriterad på patienterna. Det är inte alls likt henne, förstår du. Hon brukar ha en ängels tålamod. Det hände ibland, när jag tog över efter henne, att de patienter som brukade ringa mest inte kunde nå sina ringklockor. Det kan vara ett beklagligt misstag om en ringklocka EN gång sitter högst upp på häverten utom räckhåll, men knappast om fler gör det. Jag pratade med henne om det. Hon har lite svårt att ta kritik. Inte så att hon brusar upp, hon är mer den tigande martyrtypen. Det kan inte vara så lätt att komma från ett annat land och hoppa in i svenskt yrkesliv med en kort introduktion. Det är inte lätt att byta arbetsplats för någon idag, så som arbetstempot har ökat. Ingen har tid att handleda och kraven är orimliga redan från början."

"Kan det vara det där med ringklockorna som klinikchefen ville tala med henne om?"

"Det kan det naturligtvis vara. Jag kan inte ha varit den enda som lagt märke till det. Men ryktet säger att det handlade om ett medicinskt misstag. Att hon riskerar att få en varning och att hon nu är sjukskriven i väntan på Socialstyrelsens dom. Men jag vet inte säkert. Det är inte konstigt om det sker en del misstag när man inte hinner stanna upp och tänka efter. Allt anmäls inte. Vi känner nog lite var att legitimationen sitter löst och att Socialstyrelsen flåsar oss i nacken. Hos oss har två sköterskor blivit långtidssjukskrivna bara i år, på akutmottagningen är det ännu fler. Vad det gäller Adina hade vi nästan på känn att det kunde bli så. Hon tog aldrig rast. For som en stressad laboratorieråtta mellan sängarna och expeditionen. Det märktes efter hand att hon hade svårt att koncentrera sig. Det blev en del fel. En gång var hon på väg att ge blodförtunnande i livsfarligt hög dos. Heparin finns i flera styrkor, den mest koncentrerade i 250 gånger högre styrka än den man vanligen spolar igenom infarter med. Glasampullerna står bredvid varann på hyllan. Så det är lätt hänt att ta fel om man inte hinner dubbelkontrollera. En gång kopplade hon dropp på fel patient. Det var bara ett vätskedropp och inget allvarligt hände. Så var det visst en telefonordination, där står ord mot ord. Läkaren anser att han ordinerade en styrka på morfintabletterna. Adina hade uppfattat och givit det dubbla till patienten. Ingen tycker att telefonordinationer är ett bra system, men det spar tid när läkaren slipper gå till avdelningen och skriva ner sin ordination. Adina tog det här väldigt hårt. Det får inte bli några fel när man arbetar med människor. Man ger allt på jobbet, sen finns det liksom inget kvar. Man blir nästan folkskygg på fritiden. Ofta drar jag ur telefonjacket när jag kommer hem för att jag inte orkar tala med någon. Jag vill bara vara ifred."

"Jag har märkt att det ofta tutar upptaget. Kan man tappa håret av stress?"

"Ja, det tror jag, men jag vet inte. Stressade plantor tappar blad."

"Stanna Molly! Se vad hon drar i kopplet. Nu har hon fått syn på något igen. Hon jagar med blicken. Har inget luktsinne alls. Hon kan trampa på en Frolic utan att känna lukten, men rör det sig det minsta i skogen är hon på helspänn.

Nu sätter vi oss och fikar tycker jag. Du lovade att berätta en hemlighet för mej när vi fikar. Därför vill jag fika nu!" Maria pekade på de stora stenblocken vid bäcken och Karin log retsamt;

"Efter en kvarts promenad? Vilket skamlöst kakmonster du är!"

"Ja visst! Ju förr, desto bättre! Jag bara anar att det är något som behöver ventileras ordentligt."

"Kanske det, om man kan få tyst på de där infernaliska talgoxarna, så man hör vad man tänker." Karin sopade bort några svarta alkottar och bruna löv med handen och tog plats på sin stentron. En vinbergssnäcka klättrade i sluttningen ner mot vattnet med sitt gungande gräddvita skal på ryggen.

"Kommer du ihåg när vi samlade sniglar?"

”Vi numrerade dem och hade race med dem. Fast det var inte många som ville gå rakt fram som vi hade tänkt.” Maria plockade upp snigeln i handen.

”Civil olydnad är något man kan riskera när individer hinner tänka efter. De kände sig väl inte motiverade att gå rakt fram. Omotiverade sniglar är inte lätt att tas med. Visst är det såna här sniglar med vitlökssmör som serveras på restaurang?”

”Jag skulle aldrig komma på tanken att äta dem! Yeak!”

”Slemmigt men mättande, brukar din Emil säga. Vet du om att vinbergssnäckan har sitt luftintag intill analöppningen?”

”Vilken tillvaro!” Maria lyfte upp snäckan och inspekterade den. ”Det syns inte. Det kanske är som med hönsens öron, de syns inte heller. Öron som aldrig används tillbakabildas enligt evolutionens lagar. Det kanske är en nödvändighet för att överleva i kacklet. Den med minst öron klarar sig längst och kan sätta avkomma till världen. Ska jag hälla upp kaffe åt dej? Sockerkakan är inte nybakad, men det fanns inget annat hemma. Ärligt talat har den varit fryst ett par gånger.”

”Det duger gott.”

”Berätta nu då.” Maria släppte snigeln och gav Karin sin hela uppmärksamhet. ”Berätta!”

”Gissa!”

”Kan inte.”

”Julius vill att vi skaffar barn! Han vill ha barn med mej.” Maria såg förundrad hur tårarna steg i Karins ögon. ”Vi har tid för hormonstimulering om en vecka! Sen kommer äggen att plockas ut och sättas tillbaka befruktade. Det finns 28 procents chans att lyckas vid varje försök till provrörsbefruktning på Cheironkliniken.”

”Är chansen inte större?”

”På andra kliniker varierar siffran mellan 17 och 20 procent. Den allmänna vården erbjuder tre försök där man betalar vanlig patientavgift. Men kön är lång och jag skulle bli för gammal om jag väntade på min tur. Läkaren på Cheironkliniken tror att det kan lyckas. Jag berättade ju för dej om alla år Petter och jag försökte innan vi fick tid för utredning?”

”Ja, det var tufft för er. Det har jag förstått.”

”Det tog död på all lust att ständigt göra det med termometern i hand, på befallning som någon sorts avelsdjur. Petter lämnade mej för att han inte orkade längre. Han tyckte det var så förnedrande... att behöva redovisa sitt sexliv i kliniska fraser är mer avtändande än man kan tro... så fick han barn med en annan. Jag såg det i tidningen. Mamma, pappa, barn! Fan vad det gjorde ont." Karin drog med en pinne i vattnet, ritade en cirkel medan hon försökte vinna rösten tillbaka. "Så var det mej det var fel på. Båda äggledarna var förstörda. De gick inte att operera. Provrörsbefruktning hade varit enda möjligheten. Men då hade han redan dragit... Minns du tvåan på gymnasiet? Jag fick en svår infektion och fick gå om en termin på vårdlinjen."

"Du var bara borta den hösten. Vi kom ifrån varann, fick olika intressen."

"Jag kunde inte prata om det då. Det var för svårt. Jag undvek dej."

"Vill du prata om det nu?" Karin nickade och torkade sig över ögonen med ärmen.

"Lovar du att inte säga något till Julius? Han får inte veta det. Lova!"

"Jag lovar."

"Jag blev med barn innan jag hunnit skaffa p-piller. Hade beställt tid, men då var det redan för sent."

"Jag tänkte nästan att du kunde ha varit med barn. Varför kan du inte berätta det för Julius?"

"Jag gjorde abort. Julius är abortmotståndare. På den punkten är han stenhård. Han växte upp i Rom hos sin mormor, har en katolsk uppfostran. Han kan i yttersta nödfall tänka sig att sammanleva med mej utan att genom äktenskap göra mej till en 'ärbar kvinna', men där går gränsen. Nu när vi ska ha barn vill han att vi gifter oss, så han kan presentera mej för familjen. Hon lever visst ännu tanten och han har stor respekt för henne, mer än han vill medge."

"Vore det inte bäst att berätta det för honom i alla fall om ni ska leva tillsammans?"

"Aldrig! Då förlorar jag honom också. Läkaren har lovat mej att Julius inte behöver få veta något. Han har tystnadsplikt. Jag längtar efter ett barn så mycket att jag går sönder om jag inte får ett.

Jag tänker inte på något annat. Inget annat är så viktigt för mej. Inget! Jag tror inte du kan förstå det om du aldrig behövt vänta. Dina barn har kommit till dej som den naturligaste sak i världen."

"Ja, jag kan bara ana hur det känns."

"Jag har kastats mellan hopp och förtvivlan. Snart är min tid ute. Jag har inte råd att förlora tid. Jag tänker inte säga något till honom. Aldrig! Mitt misstag är mitt eget."

"Det är så du tänker. Berätta för mej, om du vill."

"Det var en av killarna som höll till vid biljardhallen, en värnpliktig som gjorde mej på smällen. Det som hände var så dumt och onödigt. Känslorna svallade och man var ett jävla hormonoffer utan att begripa det. Man tålde inte så mycket uppvaktning på den tiden."

"Nog var det så."

"Allt var spännande, nytt och stort. Vi var den enda generationen i världshistorien som upplevt förälskelsen och de vuxna förstod ingenting! Det var berusande att bli så bekräftad." Maria log igenkännande. "Så blev det som det blev", fortsatte Karin. "Mensen uteblev ett par gånger och jag blev allt mer orolig. Till slut var jag tvungen att berätta det för honom. Han hade en flickvän i Vetlanda. Surprise! Mamma lämnade in en graviditetstest i sitt namn, fru Bengtsson. Jag glömmer aldrig de timmar vi väntade. Jag promenerade mellan vardagsrummet och köket med min kudde i famnen, av och an. Lät händerna vrida och gripa. Jag frös och mådde illa. Testen var positiv. Jag valde abort." Karin gjorde en paus och studerade Marias ansikte. Där fanns inget annat än varmt deltagande.

"Det var ett svårt val. Kunde du prata med någon?"

"Ja. Vi gick till kuratorn. Man skulle det när graviditeten var så långt gången. Hennes glättiga kompisleende med en stark underton av hot skrämde mej, anklagade mej utan att hon klädde det i ord. Hon var så lätt att hata, så perfekt, så felfri och utan skuld. Jag skulle förstå allvaret. Kompisleendet igen, en mask. Hon hade en reva på strumpan, jag gladde mej åt det. Och en nästan dold finne i hårfästet, gömd under ett krackelerat lager täckstift. Om jag hittat fler brister kanske jag hade talat med henne. Nu fann jag bara tre. Hon hade nedbitna naglar också, och situationen var allt igenom ojämlik. Barnafaderns namn kunde hon se sig i glaskulan efter. Fast vem vet, hon kanske kände empati för mej utan att jag kunde ta in det just då, när allt var nattsvart. Jag räknade med ett fördömande, att hon tyckte jag var hemsk som kommit för att göra abort."

"Det finns väl ingen kvinna som önskar sig den situationen."

"Nej, det ska gudarna veta. Mamma fick följa med till receptionen på mottagningen. Sen var det stopp. Regler är regler. Jag fick ta av mig mina egna kläder och lägga dem i en plastpåse. Sjukhusrocken var alldeles för stor. Kallsvetten rann från armhålorna längs med sidorna. Jag sökte efter förakt eller medlidande i personalens ansikten. Men de var uttryckslösa. Detta var slentrian för dem. Ett enkelt kirurgiskt ingrepp. Flera om dagen. År ut och år in. Rutin. För mej är den stunden av skam och utsatthet outplånlig." Karin torkade med jackärmen över ögonen igen och drog efter andan. Maria tryckte henne mot sig där de satt på stenen. Strök henne över håret. "Tillsammans med de andra kvinnorna, som skulle göra skrapning samma dag, for jag hissen upp till operation. Alla var i samma situation som jag. Det hörde jag alldeles tydligt när de blev utfrågade av sjuksköterskan i andra ändan av rummet. När det var min tur försökte jag viska tyst, men orden studsade som jättebollar mellan de kala väggarna. Sköterskans upprepning av vad jag sa, gjorde klart för alla vad det var fråga om. I hissen såg vi varann inte i ögonen. Alla var i sin egen ensamhet. Syster gick först med journalerna under armen. Som en skock får gick vi till slakt. Avklädda våra egna kläder, namnlösa, med de förnedrande löjliga blå plasttossarna på fötterna. Inte ens betrodda att hålla i våra egna papper. Det kändes så overkligt. Som en mardröm man borde vaknat ur, kallsvettig och spänd."

"Det måste ha känts väldigt ensamt. Jag önskar att jag hade kunnat vara med dej då."

"Ja. Jag minns fortfarande tydligt hur operationssalens bländande ljus skar in i ögonen. En sköterska med outgrundligt ansiktsuttryck uppmanade mej att ta av sjukhusets jättetrosor och lägga mej på operationsbordet. Kinderna brände av skam när jag klättrade upp och la benen i benstöden. Det kändes som att vara i en medeltida skamstock, fast ändå mera sofistikerat. Det gick inte ens att knipa ihop benen om sitt allra privataste gömsle. Jag ville skrika rakt ut. Men jag var en stor flicka. Det här var straffet för det hemska jag kommit hit för att göra. Den outgrundliga sa att jag haft tur som kom in först. De andra kvinnorna låg uppradade som sardiner i sina sängar i rummet intill, i kallsvettig väntan. TUR!! Hur kunde hon tala om tur!? Hade jag haft tur skulle jag inte ha varit där! Då skulle jag fortfarande fått vara ett barn, med ofördärvad nyfikenhet, leklust och framtidstro. Nu hade jag blivit vuxen snabbt som ett blixtnedslag."

"Hon tänkte nog inte alls när hon sa så."

"Operationsbordet var vänt med benstöden mot en öppen dörr, så läkaren omedelbart kunde inspektera området för sin verksamhet, utan att behöva konfronteras med något ansikte först. Den som inrett behandlingsrummet kan knappast ha varit en kvinna. Mellan mina spretande ben kunde jag se två grönklädda människor som stod och hängde i dörröppningen och diskuterade ett förmånligt bilköp. Jag studsade nästan upp i taket när en iskall kompress trycktes mot mitt underliv. Det stacks och träddes utav bara helvete i min högra hand. 'Du kommer att känna en mild löksmak i munnen, sen somnar du', var det sista jag hörde innan det välsignade mörkret kom.

Efter någon dag hemma fick jag feber och magsmärtor. Jag vägrade att fara in till sjukhuset igen. Pappa blev arg. Mamma grät. Men jag vägrade så länge jag hade någon kraft kvar. Sen fördes jag tillbaka till lasarettet mer eller mindre mot min vilja. Jag hade hunnit bli rädd. Det var en rejäl äggledarinflammation."

"Allt det här har du burit på." Maria strök med handen över hennes våta kind.

"Nu för tiden går det inte alls till som då. Jag var skör och ömtålig för kritik. Orkade inte med någon annans åsikter. Sen ville jag bara glömma det."

"Jag kunde mycket väl ha hamnat i samma situation och stått inför samma val som du. Det har väl hänt att man glömt sina piller. Jag minns en gång när jag satt på toa och grät av glädje för att mensen äntligen kommit."

"För mej var det ett straff när mensen kom de år vi försökte få barn. Det kändes som ett stort misslyckande varje gång. På vår tid fick man veta att man skulle använda kondom för att inte bli med barn. I dag, i klamydians tidevarv, borde skolungarna lära sig använda kondom för att kunna få barn – sen."

"Ja", sa Maria och bet på tumnageln.

"Jag hade tänkt berätta det här för dej, men innan jag kom till skott väntade du Emil. Det blev så fel alltihop. Du gick där med din lyckliga mage och Krister som dyrkade marken under dina fötter. Petter hade just dragit. Jag kunde inte störa din lycka."

"Jag var väldigt självupptagen. Förlåt mej Karin. Jag tänkte inte alls. Du och jag var ute och såg på barnvagnar tillsammans..."

"Det hade varit ändå värre om du inte släppt in mej i din lycka. Om du låtit bli att tala om barnet du väntade av hänsyn till mej. Det hade gjort så mycket mera ont, det är säkert. Och nu är det kanske min tur! Kan du förstå? Det kanske är min tur! Jag kan bli mor!" De kramade varann länge och hårt och en man som just passerade på stigen med sin strävhåriga tax, tittade i smyg på dem mellan granarna och skakade sitt gråa huvud. "Det var Julius idé att vi skulle söka upp den här privatkliniken utanför Björkavi, en högspecialiserad gynekologisk klinik. Den har, som en av de första privatklinikerna i landet, fått dispens från regeln om in vitrofertilisering. Tidigare fick bara allmänna sjukhus utföra provrörsbefruktning. Julius tänkte att den lantliga miljön skulle passa mej, sa han. De har frångått det sjukhussterila i sin inredning. Det är en internationellt beryktad lyxklinik med både intensivvårdsavdelning och möjlighet till rekreation. 75 procent av patienterna är välbeställda utlänningar. Jag sa till Julius att jag är helt hemmastadd i sjukhusmiljöer, men det är onekligen ett annorlunda och mycket exklusivt ställe. Tjusigt, men svindyrt! Egentligen tycker jag att utvecklingen mot alltmer privatiserad vård är skrämmande. Att man kan betala sig till snabbare och bättre vård. Vad är en människas tid värd? Vad är en människas liv värt? Någonstans i välfärden har vi tappat den solidaritet som en gång fanns. Man skulle naturligtvis önska att den allmänna vården var den absolut bästa. Samtidigt är jag kluven, det erkänner jag. När jag tror att Cheironkliniken har större möjligheter att ge mej ett barn, innan den biologiska klockan omintetgör den möjligheten, så törs jag inget annat än att ta min chans. Osolidariskt kan det tyckas, men på det sättet får någon annan min plats i kön och kommer fortare fram. Det gör det lättare för mej om jag tänker på det viset."

"Cheironkliniken, är det inte den berömde doktor Samuel Göthes domäner? Jag brukar läsa hans läkarspalt ibland."

"Det är en fin man. Jag känner stort förtroende för honom. Han förlorade sin hustru i en olycka precis när de var nygifta. Jag tror att sådana sorger kan ge en annan ödmjukhet inför andras kamp i livet. Han har skrivit flera utmärkta böcker i obstetrik. Men han är dyr som skam, ska du veta. Jag kommer att få arbeta bra många extrapass om vi ska ha råd med fler än tre försök. Det lär vara svårt att få banklån till sådana investeringar. Man får väl säga att man behöver låna för att rusta köket eller tilläggsisolera. Med tanke på att det föds för få barn och på ålderspyramiden är det märkligt att staten inte går in och finansierar fullt ut."

7

”Hon har gjort det igen”, ropade kriminalinspektör Arvidsson från sitt rum när Maria passerade i korridoren. Hon stannade upp i dörren och drog handen genom sitt hår, ännu blött efter duschen nere i omklädningsrummet, sedan hon cyklat till jobbet.

”Hon har gjort det igen”, upprepade Arvidsson, som på ett förargligt sätt fick något hack i rösten när Maria Wern befann sig alltför fysiskt närvarande. ”Den kvinnan som trodde att hon kört på något vid ridskolan, minns du? Hon har gjort det igen! All trafik norrut har dirigerats om på småvägar. Man har letat halva natten. Ingenting, absolut ingenting har man funnit den här gången heller. Himberg är i luren. Adina Atterhed har frågat efter dej. De överväger att köra henne till akutpsyk. Vad säger du? Du hade visst kontakt med henne sist. Men det är egentligen inte ditt bord förstås.”

”Hälsa Himberg att jag kommer. Var är det någonstans den här gången?”

”Samma plats, strax bortom Gröndahls ridskola, säger han.”

”Jag tar cykeln. Det går nog snabbast. Om ni kan avvara mej en stund, för det kan ni väl? Det är inget inplanerat?” Maria blinkade och försvann. Arvidsson lutade huvudet i händerna och kände att han rodnade. Närmast omedvetet hade han väntat på Maria hela morgonen och just inte fått så mycket gjort fast han flexat in för snart en timme sedan. Han hade väntat på det ögonblick när hon skulle passera i korridoren. Han hade tänkt att han skulle se upptagen ut, om han inte kom på något fyndigt att säga. Men så förstörde Himberg koncentrationen med att ringa och nämna hennes namn. När hon sen kom förbi, våt i håret som en sandrullad

Bo Derek, blev det bara för jobbigt. Han hörde själv hur formell och knastertorr rösten blev. Och inte kunde han se henne i ögonen. Helvete så komplicerat det var att leva! Kollegan Ek hade gissat hans hemlighet för länge sedan och frågat honom rent ut; ”Vad är det värsta som kan hända, Arvidsson? Säg vad det absolut värsta är.” Och han hade svarat att det precis värsta var: HELA TIDEN! Varje möte. Varje taffligt försök att framstå i bättre dager. Att vänta på att hon skulle komma och lida alla helvetes kval för att hon var där, för att sedan efteråt gå igenom varje ord och varje gest som förekommit och väga dess betydelse i mikrogram. Helvete så sjukt!! Gick det inte över snart skulle han söka sig en tjänst på annan ort. Varför inte utomlands i någon stridszon? Värre än så här kunde det inte bli!

En vit Jaguar stod på högkant i diket, ett par hundra meter från den plats där Maria sett en vit Volvo en sen kväll i mars månad. Vackert inramad av hassel och vide stod den i grönskan, lika malplacerad som ett flygplansvrak från första världskriget eller en yvig konstnärs installation.

”Låt bli mej! Släpp mej för helvete! Annars kommer jag att stämma er för misshandel. TVI! Där fick du din fuling!” En högröd polisinspektör Himberg, med en nödtorftigt borttorkad spottloska mellan ögonen, klev ur bilen.

”Håll i mej, innan jag gör mej arbetslös på det där psykfallet! Passa dej Wern så hon inte klöser ögonen ur dej!”

”Du ville att jag skulle komma hit”, sa Maria och slog sig ner i polisbilens baksäte. ”Vad kan jag göra för dej?” Adina såg vild ut med den brokiga sjalen på sned och den alltför trånga dräkten som inte gick att knäppa igen över magen. Armarna låg flätade över bröstkorgen. Det mulna vädret till trots, bar hon solglasögon.

”Jag är så trött. Kan du hjälpa mej att komma hem. Jag orkar inte med allt oväsen, alla ljud. De skriker åt mej. Det ekar inne i huvudet. Orden svajar av och an och tar aldrig slut. Jag orkar inte med deras ögon.”

”Är du sjuk, Adina?”

”Nej, bara trött och yr. Skjutsar du mej hem?” Solglasögonen hindrade möjligheten till ögonkontakt. Maria fann det störande.

”Finns det någon hemma hos dej?”

”Erik, jag har ringt efter honom, men han kan inte komma för jag tog bilen. Jag tänkte inte på det. Vi har ju bara en bil nu, den andra är på verkstan för omlackering.”

”Vet du, jag skulle vilja att någon läkare får titta på dej.”

”Helvete heller.”

”Äter du någon medicin som kan påverka ditt omdöme i trafiken?”

”Skrik inte så förbannat. Kan du inte viska. Jag orkar inte med ljuden. Låt mej vara, säger jag.”

”För ditt eget bästa, Adina skulle jag vilja att du fick träffa en läkare.”

”Jag har redan träffat en läkare.”

”Ja, och vad har han sagt till dej?”

”Erik är psykiatriker. Karlfan är psykiatriker, där fick du så du teg! Fast han har inga patienter, bara en fin examen. Han orkar inte med att ha några patienter, behöver inte heller. Han har ju mej.”

”Och han är hemma nu?”

”Ja, men du behöver inte berätta för honom vad jag såg. Han blir så störd. Han är så jävla störd, vet du.” Ett märkligt tonlöst skratt bubblade ur Adinas strupe. Hon rättade till sjalen med ryckiga rörelser.

”Vart skulle du? Vart var du på väg med bilen?”

”Hem tror jag, hem till mamma.”

”Var bor din mamma?”

”I Estland.”

”Är du från Estland.” Maria hade funderat över brytningen.

”Ja.”

”Men du är gift Atterhed. Har du varit här länge?”

”Kör du mej till Hillersvik nu? Jag vill ha lugn. Jag orkar inte med det här.”

Himbergs ansikte blev synligt i sidofönstret. Maria vevade ner rutan.

”Maken står i begrepp att ta en taxi. Ska vi ta med henne till station så länge?”

”Jag kör Adina hem. Maken är läkare. Jag tror hon behöver

komma hem i lugn och ro. Ju förr, dess bättre." Himbergs ansikte försvann ur sidorutan för en stund, men den muskulösa underarmen vilade tungt i fönsteröppningen.

"Tar du ratten så sätter vi oss bak, Molin och jag." Han öppnade bildörren och Adina började skrika okvädingsord, om än med något mattare stämma än tidigare.

"Jag körde henne hem sist. Jag tror inte det blir några problem. Ni behöver inte följa med", menade Wern.

"Skyll dej själv. Du får väl ropa på farbror Himberg om hon börjar rycka håret av dej."

"Det gör hon inte. Kan du ta med min cykel?"

Knappt hade de hunnit ut ur stan innan Adina somnade i sitt bilsäte med huvudet vilande tungt mot säkerhetsbältet. Sjalen, som farit på sned igen, blottade ett fläckvis kalt huvud. Som en älskad och sliten teddybjörn, tänkte Maria och skämdes lite för tanken. Efter förra färden hade hon hittat hårtussar i sin bil, ljusbruna slingor i sätet och på golvet. Adinas hand, som vilade på magen, hade ett par blåmärken. Ett nästan gult och två lite färskare åt det rödblå hållet. Maria undrade hur pass varlig Himberg varit i sitt omhändertagande och hur hårt Adinas make prövats i sitt tålamod.

Erik Atterhed hade väntat på dem i biblioteket, iförd någon sorts ålderdomlig rökrock och skinntofflor. En halsduk, högt upp i halsen, förstärkte intrycket av sjuk åldring. Av ansiktet att döma var han knappast ens fyllda sextio, mager med framskjutna axlar och lite kutig rygg. Det tunna gråvita håret låg kammat i sidbena, ögonbrynen väl tilltagna, men den svarta mustaschen var ansad och smal. Maria slogs än en gång av att åldersskillnaden verkade vara stor. Enligt körkortet var Adina drygt 42, men såg betydligt yngre ut, 30 kanske. Välbalsamerad, som Arvidsson skulle ha sagt. Adina, som yr och matt i benen letts fram till en nött läderfåtölj vid öppna spisen, andades redan långa djupa andetag med halvöppen, lite dreglande mun. Trots den osköna hållningen var hon slående vacker. Solglasögonen hade letat sig upp i pannan. Ögonen var slutna, gömda under svullna ögonlock. Maria la märke till små röda prickar på kvinnans underarmar.

De slog sig ner i ett ljust rum med gustaviansk inredning. Bordet intill fönstret hade ingen annan dekoration än en mörkblå linneduk. Maria lät blicken vandra ut genom fönstret till krokus, påskliljor, pingstliljor och ginst i långsträckta rabatter utmed gårdsplanen. I hagen nedanför stallbyggnaden sprang en vit häst i glada språng. Maria kunde riktigt känna tyglarna i sin hand, känna hur hon satt upp och red iväg genom skogen. Hoppade över naturhinder, duckade för lågt hängande grenar innesluten i naturen själv. I det gröna ljuset. Hon njöt i fulla drag av styrkan i hästens ben, som bar henne framåt, och av det gemensamma kroppsspråkets symbios. Hon tog språnget över ett dike och landade mjukt i gräset på andra sidan. Den friska doften efter vårregnet slog emot henne. Maria tvingade sig motvilligt att återvända från ritten i sin fantasi.

”Tänk om man hade en så välskött trädgård. Det måste ta mycket tid i anspråk att hålla den i skick?”

”Vi har en trädgårdsmästare som kommer tre gånger i veckan”, sa Erik kort.

”Vacker häst. Hur många har ni?”

”Tre. Vi har ett sto som skall föla när som helst. Adinas utflykt kom minst sagt olägligt. Jag är tacksam att ni hjälpte henne hem.”

Erik Atterhed harklade sig på ett sätt som fick Maria att förstå att han önskade att hon kom till saken.

”Ingen orsak. Vad är det som händer med Adina? Kan du förklara det för mej?” Maria vände blicken mot sin värd. Erik drog tummen och pekfingret över mustaschen och fuktade läpparna med tungspetsen.

”Jag tror det.” Han blev sittande i froststel ställning utan ansats till någon fortsättning.

”Vill du berätta. Det hela ter sig lite märkligt i en lekmans ögon. Är Adina sjuk?”

”Nej, o nej då! Inte i fysisk mening, men hon är i psykisk obalans för tillfället. Stress kan ge många märkliga symptom. Det vet du säkert. Adina är en ömtålig konstnärssjäl. Hennes uppväxt räcker mer än väl som förklaring till det mesta. Hon är skör. För en tid sedan avled min mor. Adina och den äldre fru Atterhed stod varann mycket nära. Det var som om livets realiteter, vår förgänglighet, gick upp för min hustru på ett nytt sätt. Hon klarade inte av det, stackarn. I stället för att komma till mej, tog hon lugnande tabletter på sitt arbete, fast hon visste att de kontrollräknades. När det avslöjades orkade hon inte vara kvar där. Jag fick sjukskriva henne. Sen har hon gått och grämt sig och blivit allt mer, ska jag drista mej till att säga, psykotisk. Det är bekymmersamt, mycket bekymmersamt. Men hon ska inte besvära er mer. Jag kommer att stanna hemma hos henne nu. Vi får överväga medicinering. Några bilnycklar ska hon inte komma åt. Det lovar jag att se till. Jag tackar dej för vänligheten att skjutsa hem henne. Ni har varit alltför vänlig. Tack så mycket."

Maria fick en känsla av att han med dessa ord ville avsluta samtalet och mota ut henne. Orden var vänliga men undertonen besk. Egentligen borde uppdraget vara avslutat i och med att hon lämnat över ansvaret. Det låg något märkligt i Erik Atterheds brist på frågor, tänkte Maria. Är hon skadad? Vart skulle hon? Var kan jag hämta bilen? Kanske var hans sorg över hustruns tillstånd så förlamande att han inte orkade fråga. Kanske hade han varit med om det alltför ofta? Det är naturligtvis skillnad på att ha ett läkare–patientförhållande och att vara anhörig. Kanske borde de ha kört Adina till akutpsyk i alla fall? Om inte annat hade det varit bra om en utomstående läkare hade tagit ställning till hennes körkortsinnehav, tänkte Maria.

"Hon skulle fara hem till sin mamma."

"Sa hon det?" Erik fick något vaksamt i blicken.

"Ja, till sin mamma i Estland. Kommer hon därifrån?"

"Ja", sa Erik besvärat. Maria undrade om han på något sätt skämdes över hustruns härkomst. Hans reaktion var tydlig.

"Har ni varit gifta länge?"

"Jag kan inte se vad det har med saken att göra. Om ni har gjort det ni ska, skulle jag önska att vi lämnades ifred. Det har varit en ansträngande dag för oss båda."

"Ja, visst. Naturligtvis. Det förstår jag." När Maria reste sig för att ta farväl fattade han med sina båda händer om hennes i ett alltför hårt grepp. "Tack för er diskretion." Hans händer släppte i en glidande rörelse, en vinbergssnäckas fuktkyliga beröring.

Maria blev stående en stund vid flygelns gavel. Så många kraftfulla rhododendronbuskar! Ett överdåd av svällande knoppar och kraftiga gröna blad. Det lilla tynande exemplar hon själv hade vid trappan hemma kunde inte alls mäta sig med de här. Maria följde huskroppen ett halvt varv och kastade ett öga genom fönstret till ateljén. De vitkalkade väggarna var tomma och tavlorna borttagna. Staffliet stod kvar på sina smala bräckliga ben under takfönstret. Så annorlunda och naket rummet tedde sig utan konst. Maria tog ett steg in i rhododendronrabatten för att se rummet i sin helhet. Hon vek undan ett par kraftiga grenar och lutade sig fram när hon kände en fast hand på sin axel.

”Söker ni någon?” Maria såg upp i ett par klarblå ögon. Mannen framför henne var ett sant muskelknippe. De tajta jeansen lämnade inget åt fantasin.

”Jag beundrar trädgårdsarbetet. Vilka rhododendronbuskar!” Han skrattade med hela ansiktet. Maria tyckte att han såg mycket bra ut, solbränd med kraftfulla, inte helt jämna tänder. Han tog ett bloss på cigaretten han dolt i handen och såg utgrundande på henne.

”Att beundra på avstånd är inget för dej, märker jag. Det här är en privat trädgård.” Maria klev ur rabatten och log urskuldande.

”Hur gör man för att få dem att växa så kraftfullt?”

”Det är en yrkeshemlighet.”

”Berätta.”

”Ja, inte vet jag. Jag är här för att se till stoet som ska föla. Per, heter jag.” Han sträckte fram sin hand hastigt som skjuten ur en katapult. Maria fick backa ett steg bakåt för att fatta den.

”Maria Wern. Jag skjutsade hem Adina.” Ett stänk av bestörtning flög över mannens ansikte.

”Varför då?” Maria hann aldrig besvara frågan. Ett ljud från stallbyggnaden fick Per att vända tvärt och Maria följde efter in i mörkret.

Sakta vande sig ögonen vid dunklet. Det var svårt att se var man satte fötterna. Maria trevade sig fram förbi boxarna, lät fingrarna söka utmed de grovt hyvlade plankorna i riktning mot ljudet. Dofterna tätnade. Ett oroligt gnäggande läte vibrerade i luften, och så Pers lugnande röst. Maria rörde sig försiktigt framåt och kikade över kanten på boxen.

”Så ja gumman, det går fint. Lugn, bara lugn nu.” Fölet hade trängt igenom den blågrå fosterhinnan med frambenen och huvudet. Stoet var ett engelskt fullblod, det vackraste Maria sett. Så fulländad! Manken blänkte av svett. Pannluggen hängde stripig över stoets ögon. Med några kraftiga sparkar lämnade fölet sin moder och navelsträngen brast. Maria stod alldeles stilla, rädd att bli utmotad från det vackraste av skådespel. På vingliga ben försökte fölet resa sig men föll tillbaka igen när stoet slickade hans päls torr. Per klappade henne över halsen och fick syn på Maria.

”Vilket vackert sto”, skyndade hon sig att säga.

”Jo du, något så fulländat är få förunnat att äga. Hon har stamtavla så man hisnar. Det här lilla fölet är en ren guldklimp.” Stoet reste sig upp och Per tog en näve halm och gned hennes rygg och manke. ”Nu gäller det att han orkar dia, lillprinsen. Det har varit ett långdraget förlossningsarbete. Tror du att du kan gå in och säga till Erik att det är klart?”

”Visst”, svarade Maria motvilligt. Hon öppnade stalldörren och bländades av ljuset. Vinden svepte hennes långa ljusa hår framför ögonen när hon halvsprang längs grusgången upp mot mangårdsbyggnaden. Om hon skyndade sig tillbaka skulle hon hinna att se när fölet reste sig och diade. Fönstret i biblioteket stod lite öppet. Adinas skrik och snyftningar nådde ut i trädgården och Eriks vredgade röst, så olik den hon nyss hört.

”Hur kan du vara så jävla dum! Allt jag ber dej om är att du ska ha lite tålamod. Ett par månader till sen är det över.”

”Jag klarar det inte Erik. Det kommer aldrig att gå.”

”Det finns ingen annan utväg. Jag kommer inte att låta dej slippa undan.” Maria knackade på ytterdörren och Adinas gråt tystnade.

”Vad i helvete gör du här!” vrålade Erik. Hans ansikte var förvridet i en grimas, med utskjuten underkäke, som blottade tandraden bak till visdomständerna. Maria tog ett steg bakåt, fattade om trappräcket och spände musklerna i försvar. Hon tittade överrumplad och oförstående på mannen framför sig. Så enastående otrevlig! Hon kände ilskan sakta komma. Han hade ingen rätt! Visserligen var han pressad, men det får ändå finnas gränser.

”Han där ute hälsar att stoet har fölat.”

”Då får han väl för helvete komma in och säga det själv. Försvinn härifrån innan jag gör mej olycklig på dig.” Maria tog ytterligare ett steg bakåt och hann se Adinas svullna ansikte innan dörren slog igen framför näsan på henne.

8

”Säger han ett enda ord om min övervikt, så går jag hem!”

”Jag tror inte han gör det. Sist saltade du hans mat så han inte kunde äta något alls. Jag tror han har förstått, Krister.” Maria la på lite mer rött på munnen och plutade med läpparna. Bakom henne i spegeln, huvudet högre, stod Krister med dyster min och knöt sin slips.

”Han kommer att skryta om halvmaran han sprungit. Jag vill inte veta vad han hade för tid, hur han placerade sig på grabbhalvan och hur många han sprungit om innan vattentornet. Jag tycker det är onaturligt, rent av osunt. En frisk man springer bara om han är jagad!”

”Jag vet att du tycker det.”

”Nu när vi har barnvakt tycker jag att vi kunde utnyttja tiden lite bättre än att gå hem till Karin och Julius. Vet du, när Julius snackar om sina bedrifter får jag samma känsla som när någon spelar med knuten näve på pianots svarta tangenter. Det är olidligt!”

”Det beror antagligen på din egen resonansbotten. Vilka strängar slår han an?”

”Han är jävligt skrytsam och tävlingsinriktad. Dessutom, och det ska jag säga dej att det är ett illavarslande tecken, så fimpar han knäckebrödssmulor på golvet med pekfingret. Han tar ett bett och sen när ingen ser så fimp, fimp droppar han smulorna som det vore aska. Han bryr sig inte ett dugg om att de kan fastna i strumporna. Han bryr sig inte om sina medmänniskor överhuvudtaget”

”Vad är det för illavarslande med att äta knäckebröd?”

”Det är ett tecken på inre hämningar och dolda aggressioner när man tuggar på det viset.”

"Jaha, det var något nytt."

"Inte nog med det. Han solar i solarium! Kan vi inte skolka? Vi kunde ha lite trevligt i stället, fara in till stan och se på en kärleksfilm, en sån där som du gillar och ta en pizza och en öl. Vi kunde köpa choklad och mysa med på bion. Varsin stor påse! Nougatbollar! Punschpraliner! Belgiska havsfrukter."

"Vad har du emot att han solar i solarium?"

"Sånt fjant! Det är onaturligt! Vit man ska vara vit. Det ger dålig karma att bryta mot naturens lagar."

"Vi är bjudna. Karin är min bästa väninna och jag har glatt mej åt att få komma dit ikväll. Tänk att de köpte Majonnäsens hus i alla fall. Det ser helt annorlunda ut nu när det är uppstädat på gårdsplanen och gardiner i fönstren i stället för alla plåtburkar med spikar. Vet du vad jag tror? Jag tror du är lite rädd för Julius bara för att han är psykolog. Du är orolig att han ska se rakt in i din nattsvarta själ och avslöja dina dunkla sanningar. Erkänn!! Han kanske tolkar ditt kroppsspråk och finner dej hämmad och förtäckt aggressiv."

"Det var lika dumt som det var sagt! Jag har kontakt med mina aggressioner. Här smusslas icke! Jag ger mej fan på att han fönar sitt hår för att få det fluffigt. Han ser ut som en kärring i håret!" Krister drog en näve hårgelé genom luggen och reste ragg.

"Enligt viss psykologisk expertis får en man ut mer av sitt liv om han kan bejaka sina kvinnliga sidor. Vem vet, det kanske skulle kunna stimulera simultankapaciteten en smula?"

"Oh ja, jag har alltid velat kunna tugga bubbelgum och tala i telefon samtidigt. Tror du det skulle kunna bli möjligt? Det är min vision för framtiden."

"Om du hämtar potatisgratängen i köket, så tar jag blommorna", sa Maria och blängde irriterat på sin make.

"Och jag sprang! Varje andetag värkte i lungorna. Jag kände blodsmak i mun, men jag gav inte upp! Halvvägs över ån, vid vattenkontrollen, såg jag små gnistrande prickar framför ögonen. Det liksom flimrade. Men jag sprang vidare, utan att vackla, utan att ge upp! Vid vattentornet kräktes jag och då, precis då sprang sekreterarna om mej", suckade Julius och drog med handen över pannan.

”Sekreterarna?” upprepade Krister med nyvaknat intresse.

”Jag och beteendevetaren var utklädda till tjejer. Det måste man vara om man ska springa Vårruset. Man måste vara sex stycken för att få en sån där picknickkorg. De hade anmält mej som Julia Ceder.”

”Det ante mej”, sa Krister och log saligt. ”Själv intar jag mitt vårrus på verandan.” Maria slappnade av. Isen var bruten. Tack och lov att Julius var en sådan person som kunde bjuda på sig själv. Det var precis vad som behövdes när Krister gått i baklås.

”Vad gör du på fritiden?” Julius sträckte sig efter smörkniven och välte sånär vinflaskan. Krister fångade den i fallet med en kobras snabbhet i hugget.

”Så här gör jag på min fritid. Hela tiden. När man har små barn som välter saker får man möjlighet att träna upp sin reaktionssnabbhet. Så mycket annat idrottsligt hinner man inte med.”

”Det var inte illa du. Vad skulle du göra om du hade tid?”

”Han ympar äppelträd”, sa Maria hjälpsamt. ”Jag rider på tisdagar och han ympar fruktträd och lagar rostiga bilar med tidningspapper och Plastic Padding.”

”Jaha, jag vet inte så mycket om trädgårdsarbete, men jag får väl lära mej nu när vi flyttat hit”, sa Julius fogligt, tryckte upp sina glasögon på näsan och tittade fundersamt på Krister, som satt och kände sig underskattad i sitt värv.

”Att ympa är en konst ska jag säga er. Man måste veta precis vad man gör och man måste också ha en del tur om det ska lyckas. Äpplen har alltid varit en symbol för ungdom och kärlek. Skål på er värdparet! Skål för kärleken, Maria. Enligt gammal fin svensk tradition kunde en ung man vinna en kvinnas kärlek, om han fick henne att äta av ett äpple som han preparerat med sin armsvett.”

”Har du gjort det?” fnittrade Karin och strök sitt ljusröda hår bakom öronen. Hennes ögon glittrade olycksbådande mörkblå.

”Han läser Fantomen och Agent X9, det är nästan lika illa”, upplyste Maria och fick en irriterad blick av Krister.

9

”Det är intressant. Fantomen är väldigt intressant som företeelse”, sa Julius och sköt upp glasögonen i pannan, ”...oföränderlig i generation efter generation. En symbol för trygghet, igenkännandets trygghet. Världen förändras, men inte Fantomen.” Julius la pannan i djupa veck och Krister gjorde en min av ogillande, ett Tutta Rolf-grin med halva överläppen i en båge över tänderna.

”Fantomen är naturligtvis klonad, det tror jag”, sa Maria med spelat allvar och drog med handen över ett imaginärt skägg, en vink till Krister, psykologgesten.

”Läste ni det där i Allehanda om att klona husdjur? I princip finns den möjligheten. En lysande affärsidé, kan man tycka! Du har en älskad hund som är på sin ålders höst. Men kan, om du betalar, få ett nytt exakt likadant klonat djur, som valp. Tanken är fascinerande och lite skrämmande”, menade Karin.

”Hur går det till? Själva kloningen, menar jag.” Krister bredde ett tjockt lager smör på sin fjärde smörgås och fick ett ogillande ögonkast av sin lagvigda.

”Kärnan med arvsmassa sugs ur en äggcell, så det bara blir ett tomt skal kvar. Sen tar man arvsmassa från den individ man vill klona och smälter samman det med ägget, starkt förenklat. Ägget utvecklas sedan till en exakt kopia i enlighet med arvsmaterialet. En annan metod är embryoklyvning. Fast då behövs en livmoder”, fortsatte Karin.

”Män kommer alltså att i framtiden bli onödiga ur fortplantningssynpunkt?” inflikade Julius och strök Karin över låret med testosterondrogad blick. Maria kände ett stråk av avund. Vad underbar den var, förälskelsens tid, när man inte kunde låta bli att röra vid varann.

"Män behövs nog ett tag till", smålog Karin. "Det är avsevärt mindre komplicerat på det naturliga sättet. Förresten är det nog bara en tidsfråga innan man får till en syntetisk livmoder, om det är någon tröst. På sikt kanske både män och djur kan bära ett mänskligt foster, då behövs inte kvinnor längre."

"Det var väl så Strindberg la fram saken, om jag minns rätt." Julius väntade in de andras fulla uppmärksamhet. "Det är mannen som lägger äggen och kvinnan är fågelboet. Hon kan ersättas, undanskaffas. Det gäller bara att hålla en konstant temperatur av 37 grader och bereda ett lämpligt näringsfluidum."

"Har Strindberg skrivit det?" Karin knep Julius kärleksfullt i kinden, och han nöp tillbaka.

"Ja." Krister och Maria tittade på varann, lite övergivna och ändå fulla i skratt.

"Om fortplantningen inte sker sexuellt kanske hormonerna bleknar av helt. Vi kommer att bli någon sorts avtestosteroniserade hermafroditer, Julius. Vad säger du om det? Är det att bejaka sina kvinnliga sidor? Om några generationer kanske man talar med skräckblandad förtjusning om homo sapiens primitiva sexuella beteende. Framtidsmänniskan kanske skickas till psykolog för att kartlägga och avprogrammera tecken på icke funktionell pilskhet. Det du Julle!" Maria tittade strängt på Krister. Efter ett par öl hände det att hans omdöme inte var det bästa.

"Ska jag säga vad jag håller på med på mitt arbete så du kan slappna av, grabben." Julius spände sina bruna ögon i Kristers ovanför glasögonbågen.

"Hjärtans gärna", sa Krister och fyllde överläppen med öl på det sätt han alltid gjorde i liknande situationer, i brist på snus.

"Just nu ingår jag i en grupp som utformar anlagstester inför anställningsintervjuer och liknande. Låter det lugnande? Det är ett beställningsjobb. Bland annat arbetar vi mot Cheironkliniken, där man är mycket noggrann i sin anställning av personal. Det var så vi kom i kontakt med kliniken, Karin och jag. Jag har också levererat en test för barn i olika åldrar. De vill veta om barn blir intelligentare av att mödrarna får i sig vitaminer och mineraler."

”Jag har gjort en sån där intelligenstest. Det var smickrande ska jag säga er. Jag kunde nog ha blivit något stort här i världen.” Karin började samla ihop tallrikarna.

”Vi kallar det inte intelligenstest längre, älskling. Vi kallar det anlagstest”, rättade Julius.

”Det var en sån där IQ-test i en veckotidning. Jag har anlag för anagram”, fnittrade Karin. ”Vet du vad det är, Maria?”

Julius suckade. Det är tungt att bli berövad sin dignitet och få sin vetenskap reducerad till veckotidningsnivå. ”Nej, berätta.”

”Ta till exempel Paris, det kan bli sirap om man använder samma bokstäver.”

”Jaha”, sa Maria.

”Om jag tar ordet kund, vad kan det bli?” Karin såg uppfordrande på sina gäster.

”Dunk”, utbrast Maria innan Krister hann ta smörgåsen ur munnen. ”Se, jag har också anlag!”

”Vad finns det mer?”, sa Krister inne i smörgåsen.

”Förutom språklig förståelse, logisk-matematisk förmåga, spatial förmåga, minnes- och uppmärksamhetstest. Vi använder oss mycket av matriser, spelkort och dominobrickor.”

”Kan du testa Maria? Om hon ska byta jobb kan det vara bra att veta vad hon har anlag för.”

”Jag ska inte byta jobb. Testa dej själv du.”

”Jag har pappren här hemma om du vill se”, sa Julius tillmötesgående och vände sig mot Krister. ”Ni har inte tänkt köpa aktier?”

”Tyst nu Julius! Om han börjar prata aktier kommer han att tråka ut er så ni går hem innan vi hunnit fika.” Karin tittade förebrående på sin man.

”Jag vill höra. Har du köpt aktier Julle?” Krister lutade sig bakåt i soffan och tog upp en prydnadskudde i knät som barrikad mot damerna.

”Javisst, aktier det är framtiden! När det blir dags för oss att gå i pension kommer det inte att finnas några slantar kvar, det begriper du ju. Ska man ha en tryggad ålderdom får man nog ordna det själv.”

”Är du så förmögen att du har råd att spela med dina pengar? Vi har inga pengar över att köpa aktier för. Det är knappt så det går runt till nästa lön." Krister stirrade anklagande på prydnadskudden. "Vad köper du för aktier?" muttrade han med illa dold nyfikenhet.

"Ett gott råd min vän, satsa inte på IT-aktier. De har gjort sitt. Läkemedelsindustrin kommer nu, starkt som fan. Biomedicinsk teknik och läkemedelsindustri är framtiden. Ska du ha en cigarr?" Julius sträckte sig efter trälådan som låg på kakelugnshyllan.

"Tack!" Krister strök rökverket under näsan och lutade sig fram för att få eld från kandelabern. Han drog ett bloss, satte sig mera bredbent och lutade sig behagfullt bakåt. "Till affärerna, vad rekommenderar du mer Julius. Har du några favoriter?" Krister blossade på cigarren igen och tittade gillande på den glödande bruna stumpen. "Äkta Kubanska cigarrer ska vara rullade på insidan av ett kvinnolår. Har du råd med sån lyx Julius?"

Maria såg på sin make och suckade djupt.

"Vi kanske kan ta en promenad så länge", föreslog Karin. "Här kan ingen stå ut. Det är så vackert ute nu, med alla blommande fruktträd. Vi går en sväng så får vi snacka tjejsnack."

"Blir jag ensam här. Ska Julia följa med? Förlåt Julius!"

"Nu är du tyst, Krister!" väste Maria och knep ihop ögonen för att slippa anblicken av sin make som satt utvräkt i soffan tuttande på sin chokladbruna pinne.

"Freud lär ha sagt att det finns tillfällen när en cigarr är just bara en cigarr", sa Julius och höjde ena ögonbrynet.

Kvällshimlen smög sig närmare och omslöt trädens spädgröna kronor. Den milda vinden svepte in dem i dofter av vattenmynta och pors. Havet rullade ut sina mörka sidenvågor och drog dem åter i en sövande rytm. Det prasslade svagt i strandängens gräs. Maria böjde sig ner och plockade en bukett mynta på den fuktiga ängen intill bäckfåran och gnuggade ett blad av pors mellan fingrarna.

"Pors innehåller en eterisk olja som är ganska giftig, visste du det? Före humlens tid i Sverige använde vikingarna pors i sitt öl. Det ökade berusningen å det gruvligaste. Därav bärsärkagången", fnittrade Maria.

"Det var värst vad du var påläst."

”Man får se om sitt hus så man vet vad man ska ta till i nödtider.”

”Nödtider? Vet du, jag funderar ibland på om det är så klokt att sätta barn till världen som den ser ut. Jag vet att det är vansinnigt att säga så när man längtar efter ett barn mer än något annat. Men jag undrar...”

”Om alla resonerade så skulle det snart vara ute med mänskligheten.”

”Tänker du aldrig så, oroar du dej aldrig för dina barn och framtiden?”

”Jo, särskilt när jag väntade Emil. Sen har jag inte hunnit. Det kommer över mej ibland. Växthuseffekten, om isarna smälter och det blir översvämningar på en del platser och torka på andra. Det skrämmer mej. Vad kan vi göra åt det? Man känner sig så liten och maktlös.”

”Vet du, det kommer över mej en sån ångest ibland när jag tänker på hur vi lämnar över jorden till våra barn. Blir det stor brist på sötvatten och livsmedel kommer det att bli mängder av miljöflyktingar. Det kan bli krig om vatten och livsmedel. Julius brukar tala om GAIA-hypotesen; jorden som en moder, ett självreglerande system, med möjlighet att skaka av sig sina inkräktare. Om det blir för många av en art, tar födan slut. Jag läste en undersökning att mängden livsduglig sperma hos män minskat med hälften de senaste åren på grund av gifter som bland annat PCB. En dag kanske vi inte längre kommer att kunna reproducera oss, annat än på konstgjord väg. Jag vill inte tänka på katastrofer, men jag har svårt att mota bort mina svarta tankar. Det kanske har med graviditeten att göra. Jag trodde att jag skulle må bättre. Kan vi sätta oss där borta på stocken? Jag har håll. Det är nog all maten. Du har mycket bättre kondition än jag. Jag kan inte fatta att jag ska ha barn. Tänk att det tog sig tillslut, efter tredje försöket. Ändå är det konstigt, när jag stod i badrummet och såg att graviditetstesten var positiv så kände jag ingenting. Bara tomhet. Som om det var farligt att glädjas. Min oro för att inte bli med barn byttes i ett slag ut mot en oro för att något ska hända det liv som växer i mej. Att det ska bli något fel. Jag drömmer mardrömmar om att vara befruktad av utomjordingar eller av djur. Lova att du inte säger det här till

Julius. Han skulle tro att jag var tokig. Egentligen är jag ju så glad att vi sökte oss till Cheironkliniken. Jag kommer alltid att älska Samuel Göthe för vad han gjort för oss. Han är en så genomgod människa. Man ser det på honom när han håller i ett litet barn och bara ler; Under sker medan ni väntar. Mirakel tar lite längre tid. Han förstår vår längtan och ser triumfen. ”

”Jag är så glad för din skull. Det är underbart! Tänk att vi ska få en liten minigranne som tultar omkring i trädgården.” Maria klappade Karins fortfarande platta mage. ”Det där du berättade om Adina, menar du att hon är en mycket stillsam person eller var det ett skämt?”

”Jag skämtar inte. Hon är den lugnaste sköterska jag mött under mina femton år i vården, tyst och effektiv. Vi brukade reta oss på teveserier ihop, Adina och jag. Hur de springer där på ’Teveakuten’ och gallskriker med ett natriumkloriddropp i handen. Man behöver aldrig rusa med ett vätskedropp, och man gapar och stimmar definitivt inte i akuta situationer. Patienten behöver lugnas. Anhöriga tas omhand. Ju allvarligare det är, desto tystare. Luftrummet behövs för de viktigaste meddelandena. Om någon hade stirrat upp sig, som de gör på teve, skulle den personen i verkliga livet ha blivit undanmotad i ett förråd tills det hela var över. Det är inte ett dugg verklighetstroget. Vi kan nog gå hemåt nu, den värsta mattheten börjar ge sig.”

Sakta vandrade de över strandängen. Enbuskarna stod uppställda som uttryckslösa vålnader i mörkret. Rakryggade vakade de över Emils sandslott och Lindas hargångar. En fiskmås skrek hotfullt över deras huvuden. Gjorde allt snävare cirklar och dök mot dem. Karin hukade och skrek, skyddade sitt huvud. Måsen skrek tillbaka och gjorde en ny attack, kom som en vinande snöboll genom luften, innan den skriande återvände ut mot havet.

”Blev du rädd?” Maria sträckte ut armen till stöd. Karin skakade i hela kroppen. Benen ville inte riktigt lyda henne.

”De förföljer mej överallt! Det är något hos mej som framkallar måsarnas aggressioner.”

”Den har nog ungar. Vi stör den.”

Vid trädgårdsgrinden stannade Karin upp och drog in den sötaktiga doften av körsbärsblom, så gnistrande vit mot den mörkblå kvällshimlen. Med oro inför framtiden? Ja. Med vemod? Kanske – men också med ett spirande hopp.

”Kära du, vad det är svårt att få tag på en bra bodylotion nu för tiden!” sa Krister och kråmade sig.

”Själv använder jag bara peelingkräm med krossat glas, för att skrapa fram mitt verkliga jag. Du borde prova en sådan animabehandling någon gång, Krister raring.” Julius kletade på ytterligare ett lager klarblå ögonskugga utanpå glasögonen och gjorde ett chict kast med nacken.

”Vad gör ni? Hur ser ni ut? Är det mitt smink?” undrade Karin och blev liksom stående i den position hon hade när hon klev över tröskeln. ”Så enastående barnsligt!”

”Vi bejakar våra kvinnliga sidor”, flabbade Krister och satte handen i nacken, fluffade upp håret lite medan han gick passgång som en mannekäng framför hallspegeln.

”Har ni varit i källaren och hämtat upp mer vin?” sa Karin utan att egentligen vänta på något annat svar än de tomma vinflaskornas bekräftelse.

”Julle här gör eget vin. Du skulle bli vindögd om du smakade på det, Maria.”

”Ju mindre jag vet, desto bättre är det för oss alla. Vi får nog tacka för oss, Krister.”

10

Kvinnan låg som en trasdocka på marken, med huvudet vridet i sidled och benen i en onaturligt vinklad ställning. Det tunna duniga håret fladdrade i vinden, som en chimär av liv. Maria stirrade på spegeln av rött blod som omgav kvinnokroppen och sakta koagulerade mot den mörkgrå asfalten, påträngande och på samma gång overklig. Läpparnas blodtömda gråton. Ansiktets blekgula färg mot det förskräckande röda bet sig fast på näthinnan. Maria drog ett djupt andetag och såg upp i kriminalinspektör Hartmans ansikte. Han svalde kraftigt, ögonen blänkte, men hans röst var stadig.

”Har man kunnat identifiera henne?” En man med mittbenat hår och runda glasögon reste sig mödosamt med handen mot marken. Hans vita rock var blodig på fronten. Han lade stetoskopet över nacken och sträckte fram handen i ett stelt grepp.

”Doktor Samuel Göthe, Cheironklinikens chef. Jag finner inget tecken på liv, ingen puls, ljusstela pupiller. Det är fruktansvärt, alldeles fruktansvärt! Vi måste skaffa undan henne innan fler av patienterna kommer ut och ser vad som inträffat. Det vore förödande för dem. Stress är inte bra för blivande mödrar. Hela min behandlingsmodell bygger på det.”

”Finns det någon här som såg vad som hände?” Hartman försökte göra sin röst hörd över radiobilens sirener. ”Vem gjorde anmälan?” Samuel Göthe lät blicken glida över de församlade utan att finna fäste.

”Det gjorde jag.” En robust kvinna, runt de fyrtio, med kortklippt mörkt hår och kraftig näsa dök upp bakom Hartmans rygg. Hennes röst var dov och lite hes, också hon bar vit rock. ”Laboratoriechef, Susann Göthe. Jag är svägerska till Samuel. Det som har hänt är alldeles fruktansvärt! Ohyggligt! En hemsk chock för oss alla. Hon hoppade rakt ut genom fönstret på femte våningen. Jag såg det inte själv, men jag hörde skriken. Hon ville inte leva längre stackarn. Jag sa när jag ringde att det var självmord. Hon hoppade bara."

"Det var min sak att ringa. Du skulle ha informerat mej först. Snart har vi väl pressen här." Samuel Göthe drog handen från munnen ner över halsen, lät den dröja över bröstkorgen som för att känna efter att han själv fortfarande andades. "Cheironkliniken är mitt livsverk, allt det jag ville. Det behövs så lite negativ publicitet, för att sänka ett företag som mitt. Jag tror verkligen att jag har möjlighet att hjälpa de här kvinnorna, om jag får arbetsro." Samuel Göthe spottade fram orden så saliven stänkte. Hartman såg begrundande på honom. Människor kan visa underliga sidor i chocksituationer.

"Hon har identitetsband om armleden." Maria satte sig på huk. "Lena Wide. Vet ni något om hennes anhöriga?"

"Make." Dr Göthe knöt händerna på ryggen.

"Finns det någon som såg hur det gick till när hon hoppade? Var hon ensam på rummet?"

"Kroppen? Den kan inte ligga där. Vi måste flytta..." Samuel Göthe böjde sig ner för att ta tag under kvinnans armar.

"Tyvärr får vi inte röra något förrän en tekniker har gjort det nödvändiga. Vi kommer att höra samtlig personal och de patienter som varit närvarande, så vi får en bild av vad som hänt. Du och jag, Wern, far hem till maken när vi kan redogöra för vad som har hänt. Finns det några hemmavarande barn?" Hartman öppnade och stängde händerna i väntan på svar. Maria visste att han led alla helvetets kval om det var barn inblandade på något sätt.

"Nej. De har inga barn." Samuel drog efter andan och en knappt märkbar skälvning genomfor hans kropp. "Inga hemmavarande barn", upprepade han. "Naturligtvis borde jag som läkare informera maken, men jag är tacksam om ni gör det. Någon måste ta hand om kvinnorna på kliniken. Jag måste gå rond klockan 18 om jag ska hinna med avdelningarna i rimlig tid."

Gråt och skrik skar genom luften. Samuel skyndade i riktning mot en kvinna som stod tryckt intill ett träd och tittade upp mot fönstret där Lena hoppat. Kvinnans mage fyllde upp den grönvita tunikan. Hon jämrade sig högt. Maria följde efter Samuel med snabba steg.

”Hon hoppade rakt ut. Hon satt i fönstret och rökte, sen reste hon sig upp. Jag trodde aldrig... Jag försökte ropa till henne att vara försiktig, men rösten nådde inte fram. Lena stirrade ner som hypnotiserad av marken. Hennes blick var så... konstig. Hon såg mej inte. Så vände hon sig om i fönstret med ryggen hitåt. Stod upprätt med händerna tryckta mot fönsterkarmarna. Hon svajade lite, så hoppade hon. Det är fasansfullt! Varför gjorde hon det?”

”Hon blev knuffad! Jag såg att hon blev knuffad.” En mycket mager kvinna med rödfärgat hår och blodröda naglar trängde sig emellan kvinnan i ljusgrönt och Maria.

”Berätta hur du såg att hon blev knuffad? Såg du vem som gjorde det?” undrade kvinnan i den gröna tunikan. Maria kände att hon blev alldeles torr i mun.

”Det är omöjligt! Så kan det inte ha varit! Du måste ha sett fel!” Samuel Göthe vred sig. ”Det är lätt att se saker när man är upprörd. Men det behöver inte alls vara så...”

”Jag vill gärna höra vad kvinnan har att säga”, avbröt Maria och gav den rödhåriga ett uppmanande ögonkast. Jag ber att ni inte säger mer just nu. Vi vill gärna höra er en i taget.” Samuel Göthe slickade sig oavbrutet om läpparna och trampade med sina små fötter på asfalten upp och ner, upp och ner allt mera blek.

”Jag såg inte vem det var som knuffade, men jag såg ett par händer, utspretade fingrar som följde efter när Lena hoppade. Jag stod här där vi står nu och jag såg det med egna ögon. Alldeles tydligt. Hon blev utknuffad”, framhärdade den rödhåriga.

”Jag såg det också”, sa en tredje kvinna på bred dialekt. ”Eva och jag satt på bänken och vi såg det båda två. Hon hoppade med ryggen hitåt. Vad otäckt! Hon kom in med ambulans nu i förmiddags. Ensam stackarn, maken var bortrest, säger de. Den som knuffade henne måste finnas kvar där uppe!”

”Det är bra om ni undviker att tala med varann tills vi fått era berättelser en och en.” Maria insåg det svåra i uppgiften, stämningen var upprörd. Hon vinkade till sig Hartman, som snart, i sällskap med två män från radiobilen, tog trapporna upp till rummet Lena disponerat. Två andra polismän tog sig an förhöret av kvinnorna.

”Samuel Göthe, kan jag tala med er någonstans ostört.” Det var ingen fråga, mera en anvisning. Maria såg honom stint i ögonen.

”Naturligtvis, om det inte tar lång tid. Jag ska gå kvällsrond klockan 18.”

”Det får nog bli som det blir. Ska vi sätta oss ner på bänken där borta. Jag förstår att det här måste vara en svår upplevelse för er.” Maria såg oroligt på mannens bleka ansikte och den lätt svajande överkroppen. Stod han och trampade för att inte svimma?

”Jag ska gå rond klockan 18, sa jag det.” Maria nickade och visade med en gest på bänken där de kunde slå sig ner. ”Kommer pressen hit? De brukar väl komma som hyenor när det hänt en olycka. Stå med sina kameror och knäppa. Ju mer blod, desto bättre. Jävla asgamar! Allt jag har kämpat för, alla barn jag hjälpt till världen. Är det inget värt? All oro och väntan som förbyts i seger. Jag känner djupt med de kvinnor jag arbetar med. Jag vet att här hos oss har de de bästa förutsättningar att lyckas i sin strävan. Vi har all teknik, kan erbjuda en behandlig i enlighet med den allra senaste forskningen och samtidigt i en lugn miljö ge den trygghet och avslappning som är så viktig för att lyckas i de känsligaste fallen. Vi har tre personer anställda för att ge örtbad och massage till de blivande mödrarna, avslappningsövningar och mental träning. Allt för att skapa den ro jag är övertygad om är så viktig. Och så händer det här!” Mannen lutade sitt ljuslockiga huvud i händerna och gungade fram och tillbaka.

”Det skulle förvåna mej om pressen kom hit nu”, sa Maria lugnande. ”Anropet till radiobilen var kodat, en 29:a. Det betyder självmord. Det har media lärt sig och så mycket etik har de att de nästan under alla omständigheter lämnar de drabbade i fred.”

”Om det var någon som knuffade... ?” Samuel reste sig långsamt ur sin framåtlutade position och torkade av glasögonen på den blodiga rocken.

”Det vet vi inget om ännu, och följaktligen inte pressen heller. Var befann du dej när du fick veta vad som hänt?”

”På mitt rum. Jag hörde skrik och sprang ner på gården. Först förstod jag inte riktigt vad som hänt. Sen såg jag henne.”

”Berätta om Lena Wide. Berätta vad du tänker. Hon kom hit i ambulans. Vad hände?”

II

”Vid 10-tiden fick vi meddelande om att Lena var på väg in med kraftiga blödningar. Enligt ambulansmännens akutjournal hade hon fått missfall i hemmet. Hon var i 20:e veckan. På väg hit chockade hon ner och kördes direkt upp på operation. Det var en livshotande blödning. Jag blev tvungen att avlägsna livmodern. Ändå var koagulationsproverna utan anmärkning. Två timmar stod jag och opererade. Stackars kvinna! Den här sortens besvikelser drabbar inte ofta våra patienter, men missfallsrisken finns ju alltid. Vi tänkte på det i planeringen av verksamheten och omhändertagandet är det mest kvalificerade. Vi har psykolog, kurator och även en psykiatriker knuten till kliniken vid behov. Jag informerar tillsammans med vår psykolog, som sedan tar över för att ge fler stödjande samtal. Allt för att undvika det som just inträffat, att kvinnorna ska göra något desperat i sin förtvivlan.”

”Går fönstren att låsa?”

”Jag förstår hur du tänker. Ja, och det har gjorts när vi någon enstaka gång haft en mamma med tendenser till amningspsykos. Vi har full kompetens att sköta hela efterförloppet och även att bedriva barnavårdscentral upp till fyraårskontrollen, faktiskt. Men i Lenas fall, nej. Det fanns inget som tydde på att hon skulle göra sig själv illa. Ingenting.”

”Ingenting?”

”Rent fysiskt kände hon sig yr och matt av och till. Mådde lite illa. Något annat var det inte. Jag upplevde henne som lugn och stabil.” Samuel följde en humla med blicken bort mot syrenhäcken, som om han önskat fly med insekten, byta sin egen skepnad mot den vingbeprydda och lämna samtalet bakom sig.

"Inget mer du kan erinra dej?"

"Hon hade ett par blåmärken på underbenen och armarna. Hade sparkat fotboll med grannbarnen, sa hon. Vi brukar alltid fråga om blåmärken. Det är inte alldeles ovanligt att kvinnomisshandel debuterar under graviditeten. De par vi behandlar lever under svår psykisk press."

Han hade tydligen inte mer att komma med. Maria reste sig och begav sig in i byggnaden för att tala med Hartman.

Entrén såg ut som ett vardagsrum med sina exklusiva möbler i ädelträ. Den varmgula tapeten harmonierade mjukt med en bröstpanel i mild grön färg. De tunna vita sommargardinerna fladdrade lätt i fönsterdraget. Gröna växter slingrade överallt i amplar och urnor. Takets stuckatur ovanför kristallkronorna var diskret och smakfull. Ett litet apelsinträd med riktiga frukter växte i en grönglaserad åttkantig kruka invid disken, som för övrigt var det enda tecknet på att man befann sig på ett sjukhus. På väggarna hängde tavlor med naturmotiv i tjocka träramar. Teak? En mjuk violinmusik, accentuerad av cello och flöjt, böljade igenom rummen i avspända mjuka vågor, en bjärt kontrast till den upprivande händelse som inträffat. Aromatiska dofter av ros och sandelträ svävade genom luften. Maria skymtade ett badrum i rosa kakel med förgyllda kranar och dofterna blev starkare. Travar med kritvita tjocka badhanddukar låg prydligt i ett öppet linneskåp. Marias blick fångade en kandelaber med tända ljus. Musiken följde med uppför trapporna, som en irriterande efterhängsen sällskapshund.

"Kan jag hjälpa dej tillrätta?" Susann Göthe kom oväntat ut från sin expedition. Laboratoriechef stod det på dörrskylten i mässing. I dörröppningen kunde Maria skymta ett tungt ekbord och en antik bordslampa med stor rostbrun skärm. Mattan och gardinerna hade exakt samma nyans, en varm orangegul ton. På bakre väggen hängde en oljemålning av en naken kvinnokropp, halvt dold bakom kunskapens träd, på ont och gott. Eva ler. Ormen viskar i hennes öra. Hans stjärt vilar mot hennes ben, erekterad och glänsande. På marken ligger Adam i djup sömn, omsluten av lustgårdens grönska, ovetande och utsatt i sin sömn. Laboratoriechef Susann Göthe stängde dörren bakom sig.

"Var finns rummet Lena Wide disponerade?"

”Jag följer dej upp. Det är alldeles overkligt det som inträffat och ändå kanske man kunde vänta sig att det skulle hända förr eller senare.” Susann blev stående i trappan och vägde på steget. ”Kvinnorna som söker hjälp för att bli gravida pendlar mellan lycka och svår besvikelse. De som söker sig hit och betalar dyra pengar för att få hjälp är helt inriktade på att det ska lyckas. Ofta är det deras sista hopp. Många av de mindre bemedlade har tagit banklån, intecknat hus eller fått borgenslån genom att föräldrar eller syskon ställt sig som garanter. Det är ett spel med höga insatser.”

”Har Lena Wide tidigare antytt att hon skulle kunna skada sig själv?”

”Hon var inte så pratsam. När jag tog prover på henne märkte jag att hon var ovanligt stickrädd. Trots att hon hade bra ådror, var hon inte lättstucken. Sist vi träffades tog jag akuta prover innan hon skulle sövas ner på operation. 'Jag vill inte mer, Susann', sa hon. Jag visste ju att hon inte ville bli stucken, så jag tänkte inte mer på det. Inte förrän hon låg där nere på marken förstod jag vad hon egentligen menat.”

Hartman satt i en fåtölj vid fönstret. Maria hade svårt att se hans ansikte i motljuset från den glödande kvällssolen, som fyllde rummet med sitt varma ljus. Hans hållning var avslappnad där han vilade med båda armarna mot fåtöljens klädda armstöd. Kroppsspråket är viktigt i förhörssituationer, precis som tonläget. Det gäller att skapa ett förtroende. Det var han noga med, Hartman. ”Uppskrämda vittnen minns sämre, man blir dum av stress”, brukade han säga. På sängen vid den motsatta väggen satt en rödgråten kvinna med armarna tätt slingrade runt kroppen. Maria tänkte att hon var i hennes egen ålder, något äldre kanske. Kvinnan bar en grön tunika med klinikens logga, en grodd i människohand, och sjukhusets ljusgula patientbyxor.

”Vi tänkte se om Lena var vaken. Vi såg när hon kom in med ambulansen och vi tyckte så synd om henne, Yvonne och jag. Så var hon på operation. Vi ville höra hur det var med henne. Man kommer så nära varandra i såna här situationer. Det är lättare att prata här på kliniken, där alla förstår vad man går igenom. Lena tyckte det också. Det talade vi om innan hon åkte hem. Vi knackade på hennes rumsdörr men hon svarade inte. Vi gick in. Hon satt i fönstret och rökte." Den grönklädda brast i gråt igen. Hartman räckte henne en pappersnäsduk från hyllan i rostfritt stål ovanför tvättfatet.

"Du ska inte vara uppe, sa jag. Kom så hjälper jag dej i säng. Hon var så konstig. Svarade inte på tilltal, så släppte hon ner cigaretten. Jag såg hur hon följde den ner med blicken. Sen innan någon av oss hann reagera stod hon i fönstret, kritvit i ansiktet. Jag blev rädd och ropade åt henne att vara försiktig. Hon vände sig om och såg tvärs igenom mej. Hon såg underlig ut i ansiktet, som om hon skulle börja skratta och gråta på en gång. 'Det var ett missfoster', viskade hon och lutade sig bakåt. Jag rusade fram för att få tag i henne när jag förstod vad hon tänkte göra", mumlade den gröna knappt hörbart. "Jag fick tag i hennes tunika, men hon var för tung i fallet. Hon föll ur mina händer, rakt ner på asfalten. Det är så fruktansvärt! Så ofattbart hemskt!" Kvinnan såg på sina händer och ögonen fylldes av tårar och svämmade över.

Hartman vandrade fram och sträckte ut sina händer genom det öppna fönstret.

"Ja, så var det. Jag tappade greppet. Hon lever inte eller hur?"

"Nej", sa Hartman och Maria hörde att hans röst lät ovanligt dov.

12

”Närmare tvåtusen självmord per år i Sverige, det är mer än tre gånger så många som omkommer i trafiken, 20 000 självmordsförsök årligen.” Hartman stirrade på vägen framför sig med uppspärrade stålgrå ögon. Maria la sin hand på hans axel. Hon kände honom väl vid det här laget. Hans sätt att stapla fakta på hög och strukturera när det blev för svårt att tala om känslor. ”Ja du, Wern”, sa han. ”Ja du, Wern.”

De stannade vid pressbyrån inne i Björkavi samhälle och frågade efter vägen.

”Du kanske vill ha något att äta innan vi träffar Gunnar Wide?” undrade Hartman. Maria skakade på huvudet. Tanken på en korv med mos var inte lockande. Hartman kände detsamma. Marias välplanerade matlåda stod kvar i kylen. Hon hade just varit på väg att hämta den när larmet från Cheironkliniken kom in via vakthavande. ”Vi tar nåt sen om vi orkar det. Vi kanske behöver varva ner med en fika innan vi far hem.” I den stunden kom Maria att tänka på Karin. Även om det inte skulle stå en rad om det inträffade i tidningen, så skulle hon säkert få höra om händelsen av de andra kvinnorna på kliniken.

De ringde på dörrklockan hos Gunnar Wide, men ingen öppnade. Maria gjorde ett nytt försök, utan resultat. Från husets baksida hördes ett brummande läte. De gick igenom en murad portal med hängande vildvin och kom ut på husets baksida, en solterrass kantad av terrakottakrukor med kryddväxter, en bekväm sittgrupp i rotting och en tom kaninbur. Hartman blev stående vid altandörren, drog upp en näsduk ur fickan och öppnade dörren.

”Uppbruten!” Maria såg det uppfläkta träet på dörrfodret invid låset.

”Hoppas det inte är nytillkommet. Det blir mycket på en gång.” Maria spanade ängsligt över pergolans vindskyddande plank.

”Det är helt insynsskyddat här, men grannar finns inom hörhåll, säkert därför man inte klippte en ruta.”

”Vi kan ju bara hoppas att det hänt tidigare, att någon av dem glömt sin nyckel. Fast då hade det varit billigare att klappa in en ruta i källaren.”

”Såvida man inte är gravid. Jag tror det kan vara svårt att ta sig in genom gluggen om magen är för rund”, sa Hartman. Han skakade olustigt av sig sina egna ord. De gick ut genom ytterligare en port av trä och så befann de sig plötsligt i en underskön trädgård. Häggens blommor hade givit vika och hängde brunsolkiga på sina grenar, men syrenens klasar svällde i mörklila och gräddviolett och körsbärsblommorna lyste i grönskan. I den lätta vinden föll bladen till marken mjukt och stilla, så vackert som den första snön. Dofterna blandades; häggens överblommade bittersöta med syrenens ljuva toppnot till en bas av nyslaget gräs. Binas surrande ljud och de allvarstyngda stegen drunknade i ljudet från en jordfräs. Tysta gick de bredvid varandra. Hartman fingrade på slipsknuten och drog händerna genom håret, plattade till det för att få det att se värdigare och mindre upproriskt ut. En vana han hade när han samlade sig inför något allvarligt och svårt. Maria kände trögheten i varje steg, som om jordens dragningskraft ökade ju närmare de kom mannen med jordfräsen. Ännu ovetande tycktes han djupt koncentrerad på sitt arbete. Han upptäckte dem inte förrän de var alldeles intill.

”Gunnar Wide?” Hartman sträckte fram sin hand. ”Vi är från polisen.”

”Va?” Mannen stängde av motorn och lättade på de brandgula hörselskydden.

De timmar som sedan följde skulle Maria aldrig glömma. När Hartman kommit fram med sitt ärende, drog mannen på sig hörselskydden igen utan kommentar och startade på nytt jordfräsen. Maria följde efter honom i jordhögarna, sträckte sig fram för att röra vid hans axel, få ögonkontakt. Hon försökte nå honom snett framifrån. Skorna sjönk djupt ner i lerjorden och hon förlorade balansen, lutade sig mot Gunnar Wide. Ursinnigt grep han tag i hennes arm och vräkte henne i backen.

”Helvetes, helvetes... jävlar!” Han måttade ett slag med handflatan och träffade Maria på kinden, höjde armen igen och blev infångad av Hartman. Maria kände en smärta i sin vänstra handled, som hamnat under kroppen i fallet. Kinden sved, men smärtan i handleden var etter värre. Hartman höll mannen i en björnkram. När han kände motståndet började han vråla och skrika av alla krafter. Maria försökte resa sig med hjälp av högra handen. Det var inte lätt i den porösa jorden. Skriken lockade ut grannarna ur deras hus, några kom skyndande, andra tvekade i dörren.

”Vi går in.” Hartman pekade mot altandörren. Gunnar såg sig om och lugnade sig något. Maria linkade efter, med smärtan bultande ut i fingrarna. De slog sig ner vid köksbordet. Köket vilade i mörker. Persiennerna var fördragna. Hartman tände kökslampan över bordet. Eldsljuset avslöjade ett golv som inte sopats från smulor och dammråttor på lång tid. Gunnar Wide var mycket tyst och mycket blek. Oavlåtligen drog han sig i örsnibben som ömsom rodnade, ömsom vitnade av trycket. Hartman talade lugnt, upprepade det han sagt där ute. Gunnar Wide tittade misstroget på honom. Hur vet man att den som kommer med dödsbesked talar sanning, när det är någon man inte känner? Hartman uppfattade signalerna och visade sin legitimation.

”Jag skulle prova den nya jordfräsen. Jag gick inte in när jag kom hem! Jag gick aldrig in”, upprepade Gunnar. ”Hon kunde ha legat och förblött på golvet, medan jag var där ute. Jag har varit i Skåne på jobb. Jag gick aldrig in när jag kom hem ikväll! Jag ville prova den jävla jordfräsen!”

”Det hände innan du kom hem. Hon ringde efter ambulans vid tiotiden.”

”Jag borde ha varit hos henne! Varför i helvete ringde de mej inte?”

”De försökte få tag i dej. Samuel Göthe har försökt att nå dej på mobilen hela eftermiddagen, för att berätta att din hustru kommit in på kliniken.” Gunnar Wide trevade i byxfickan. Plockade upp mobilen med skakande händer och gav till ett vrål som fick

Maria att ta stöd mot bordskanten. Musklerna stelnade till försvar.
"Helvete, den är inte på." Gunnar Wide kastade sig fram över bordet och lutade huvudet i armarna. Axlarna skakade. Inte ett ljud hördes. Hartman la sin breda näve på hans rygg. De blev sittande så en stund.

En hemsk tanke slog Maria där hon satt. Blodet! Hur skulle han reagera om han fick se golvet nerblodat? Lena hade fått missfall i badrummet innan ambulansen kom. Ännu värre, hon hade sagt till sina medsystrar att det var ett missbildat foster. Var? Maria drog efter andan och Hartman tittade bekymrat på henne. Hur går det? sa hans blick. Maria ursäktade sig och lämnade köket.

"Jag skulle behöva låna badrummet." Hartman nickade knappt märkbart. Han förstod. En korridor vek av från huvudbyggnaden ut i en tillbyggnad i vinkel. Rummen var mörklagda, alla persienner neddragna för att stänga dagsljuset ute. Maria passerade en sängkammare med dubbelsäng, en välbäddad säng med överkast och sidenkuddar i regnbågens färger. Rullgardinen bäddade in rummet i kroppsvarmt dunkel. Hon stötte emot dörren med sin onda handled. Fingrarna var domnade och svullna. Det värkte rejält. Hon hoppades att den inte var bruten. Badrummet var skinande rent, med vitt kakel, blå handdukar och en lätt doft av rengöringsmedel. På kommoden stod en tandkrämstub, en hudkräm och en medicinburk: Ferromer. Järntabletter, gissade Maria. En fuktig golvtrasa hängde över det kalla elementet. Hon vecklade ut den. I ett hörn fanns något som kunde vara blod. Hade Lena själv skurat golvet innan hon for till sjukhuset? Var det troligt? Ambulanspersonalen? Knappast hade de givit sig tid till det? Vad skulle hon själv ha gjort om hon blödde? Legat alldeles stilla. Det vore mest förnuftigt. Maria var förbryllad.

"Altandörren", hörde hon Hartman säga från köket. Gunnars svar var inte lika tydligt.

"Ni har inte haft något inbrott vad du vet?"

"Jag skiter väl för helvete i den jävla altandörren." Hartman som länge suttit i samma ställning försökte omärkligt sträcka på sin stela kropp och bet sig i tungan för att inte gäspa.

"Finns det någon som kan komma och vara hos dej?"

"Mamma, jag tänker ringa till mamma. Jag får väl åka bort till henne, hon har inget körkort. Kan jag få se Lena? Ser hon... är hon... mycket trasig?"

"Vi kan skjutsa er båda ner till patologen, om du vill?"

"Det här var Lenas femte missfall. I åtta år har vi försökt. Jag hatar dem som slängde floskler i ansiktet på oss. 'Ni som är så unga, försök igen', eller 'Det var nog något fel på fostret, lika bra det som skedde'. Hur kan någon annan bedöma vad som är bra! Vad som skulle ha blivit bäst? Hur kan man ha okänsligheten att säga så? En grannfru sa att om man inte fick några barn så var det inte meningen att man skulle ha några. Att barn själva väljer sina föräldrar och kommer till de utvalda. Jag tänkte klappa till henne, men Lena hindrade mej. Sen grät hon hela natten. Hon trodde att jag inte märkte det, men jag hörde nog hur det var. Vi trodde att det skulle gå vägen den här gången. De ingav oss hopp på Cheironkliniken. Alla var vänliga och inkännande. Samuel Göthe är en man som inger förtroende. De hade de bästa resurser och ändå gick det åt helvete! Lena sa att det här var sista gången. Sista gången, hon ville inte försöka igen, sa hon." Gunnar Wide lät tårarna rinna och stirrade upp i taket. "Det får inte vara sant. Jag vill inte tro det." Han drog sig i örsnibben igen. Maria tyckte att han var grå i ansiktet, solbränd och askgrå mot t-shirtens klarblå färg.

"Kan jag sätta på lite kaffe eller te åt dej", undrade Maria försiktigt, samtidigt som hon funderade på om det skulle lyckas med en bortdomnad hand.

"Lena var så konstig sista tiden", fortsatte Gunnar utan att höra hennes fråga.

"Oron gnagde sönder henne, åt henne inifrån tills det bara blev ett skal kvar. Hon orkade inte träffa folk, orkade inte med ljud eller ljus. Hon brusade upp för allting, fäste sig vid bagateller och blev helt oresonlig. Man kunde aldrig veta på vilket humör hon skulle vara när man kom hem. Jag gick aldrig in. Jag blev kvar ute och provade jordfräsen. Det är så hemskt! Jag borde ha gått in till henne. Hon var sig inte alls lik. Min rara Lena var en annan. Hon var så helt förändrad. Såg dörrar där det inte fanns några. Jag vet att det låter helt orimligt, men det var verkligt för henne. Hon kunde stå tryckt intill väggen och skrika att dörren var låst. När jag såg henne kliva i trappor mitt på vardagsrumsgolvet grät jag."

Det lyste i köksfönstret i den gula villan vid havet när Maria efter fyra timmar på akutmottagningen styrde upp på gårdsplanen med handen i bandage. Krister mötte henne just när hon skulle runda växthuset. Gryningens första strålar lekte i hans hår, men själv såg han inte det minsta lekfull ut.

”Var har du varit? Du kunde väl för helvete ha ringt! Jag har inte sovit ett dugg! Vet du det? Inte ett dugg!” Han tystnade tvärt när han såg hennes smutsiga kläder och handen i bandage.

”Kan vi prata om det sen. Jag orkar inte just nu.”

”Vad har du gjort med handen? Hur fan ser du ut? Har du krupit i en leråker?”

”Ja”, sa Maria och lutade sig in i hans famn.

13

Hon borde ha sovit till sju, men afghaner är sällskapshundar. Absolut inte jakthundar, som Krister hade deklarerat med stor övertygelse. Molly skällde icke. Hon orkade överhuvudtaget aldrig gå och se efter vem som kom om det knackade på dörren. Nej, en renrasig sällskapshund var hon, Molly, närgången och kelsjuk, påträngande kärleksfull och intensiv. Vem kan sova med en nos i armhålan? Irriterad vände Maria sig på sidan och kände hur hela sängen gungade till när Molly hoppade upp i fotändan och ålade sig upp i huvudhöjd. De långa öronen kittlade henne i ansiktet. Molly sköt fram sin långa nos. Jag älskar dej matte, sa de stora bruna ögonen. Krister sov som en död. Mollys pockande ljud gick honom helt förbi. Maria klev mödosamt ur sängen. Såg sig i spegeln. Det kunde ha varit värre, det kunde givetvis också ha varit bättre. Örfilen hade inte givit några märken, men handen var svullen och öm.

De promenerade ut i den blåsiga gryningen, Molly och hennes människa. Skönt att stiga upp tidigt och slippa stressa. Maria skulle infinna sig i rätten klockan nio, innan dess fanns det en del att förbereda. Hon hade bett kommissarie Ragnarsson att någon annan skulle dra ärendet på morgonen. Jourkvällarna kunde bli hur sena som helst och gårdagskvällen hade inte varit något undantag. Men han hade bara lett mot henne, sitt sötsura leende och himlat med ögonen, vilket betydde att det kan du se dej i stjärnorna efter stumpan. Sista tiden hade han varit förbannad på allt och alla, inte bara på kaffeautomaten, kvinnliga poliser och pressen som var hans normala hatobjekt. Till och med Arvidsson hade blivit utskälld och Ek. Hartman vågade han sig inte på. Teknikern Erika

Lund hade gråtande lämnat hans kontor, så sent som i förrgår, och städerskan hade sagt upp sig. Det var inte för inte de underställda kallade honom för Storm. Gick det att hetsa upp sig över något så gjorde han det. Ändå var de inne i en relativt lugn period. Han var förkyld förstås. Hela vårvintern hade Storm varit förkyld, suttit på jobbet och droppat med sin stora grovporiga näsa, snutit sig med en min av oändligt lidande, vecklat upp näsduken igen och med största intresse studerat vad han åstadkommit. Enligt Arvidsson var det allt han åstadkommit under våren. Maria var benägen att hålla med.

Molly drog i kopplet, jagade vilt med blicken. En hare sprang över gräset. Maria fick hålla emot av alla krafter. Det blev en tuff dragkamp och Maria fick nästan en känsla av att Molly skrattade åt henne. Julius hade sagt att afghanhundar är ointelligenta djur, sämst i test. Det är möjligt att det inte finns så många afghaner som är champions i agility, men det behöver inte betyda att de är ointelligenta. Tvärt om! Bara för att hunden på kommando inte vill sitta fint, ligga död och rulla runt behöver den inte vara dum. De kan om de vill, men bara om de själva vill. "Självständigt tänkande är också intelligens", hade Maria sagt till hundens försvar. Fanns det en söndagsstek på diskbänken var det minsann inget fel på hundens perceptionsförmåga och uppfinningsrikedom.

Polishusets korridor var öde, fikarummet tomt men ett envist surrande läte kom från Marias rum. Dörren var stängd. Maria tittade förvånat på dörrens upptagetlampa, som lyste röd. Lyssnade på ljudet och kliade sig i huvudet. I detsamma kom Arvidsson ut från toaletten. Maria pekade på sin dörr och ryckte på axlarna. Arvidsson la örat mot dörren. Det surrade och liksom knastrade, som mot ett motstånd, en gräsklippare som kört fast i en tuva och är på väg att stanna? Hartman tog de sista stegen uppför trappan och pustade.

"Vad gör ni?"

"Det är någon där inne", viskade Maria. "Det låter så konstigt."

"Vem då?"

"Det vet vi inte. Städerskan kan det inte vara. Hon har slutat och vi har inte fått någon ny ännu. Det låter som någon kör med en mixer och upptagetlampan lyser."

”Jag tycker det låter som en gammal filmprojektor”, sa Hartman och lutade sig mot dörren.

”Ska jag öppna tycker du?” Arvidsson gjorde en mantelrörelse på sin obefintliga AK4 och tog skydd bakom väggen. Maria tryckte ner handtaget. Det surrande ljudet upphörde tvärt. De smög in och ställde sig i en halvcirkel och betraktade ett par vita ben som slingrade ut under Marias skrivbord, blå byxben och bara fötter, lite håriga vid vristen. Hartman harklade sig och de upphasade byxbenen ormade sig framåt i rummet, stycke för stycke tills Eks bara överkropp och röda nuna blev synliga. Maria skrattade så hon måste sätta sig i besökssoffan.

”Vad gör du där?”

”Rakar mej, så klart.” Ek segade sig upp på huk, med rakapparaten i näven.

”Så klart?” kved Maria och lutade sig bakåt mot kuddarna.

”Sladden är lite kort. Varför ska alltid eluttag sitta på de mest oåtkomliga ställen?”

”Det skulle förklara det hela, menar du?” sa Hartman vänligt. ”Det finns möjligen inga eluttag som sitter bättre till hemma hos dej?”

”Jag är utelåst. Jag blev lite sen i går och min tjej, min dåvarande tjej, låste mej ute. Hon har ett jädrans humör och definitivt ingen humor. Ingen humor alls, ska jag säga er. Som tur var kom jag att tänka på besökssoffan i Werns rum. Jag lånade din rakapparat Arvidsson. Se inte så äcklad ut jag har inte skabb! Eftersom det säkert är billigare att ringa en låssmed dagtid, än mitt i natten, så kvartade jag på Marias soffa. Är det så märkvärdigt så ni måste samlas här, som till en större utryckning?”

”Jag kanske kan fixa det åt dej. En gång i tiden tänkte jag bli låssmed”, sa Hartman.

”Du får nog göra morgontoalett någon annanstans. Jag måste jobba”, skrattade Maria. ”Har du fått någon frukost?”

”Det blir nog en kontinental frukost är jag rädd: kaffe och cigarett.”

”Du ska få en bulle av mej.” Hartman log farbroderligt och klappade på sin nötta gamla portfölj.

Maria stöttade huvudet i händerna och blundade, lätt illamående av trötthet. Hon plockade fram anmälan ur mappen och tvingade sig att läsa. Bokstäverna flöt ihop i en enda gröt. Hon började från början. Ärendet gällde en man som samlat på sig visitkort. Inget olagligt i det, bara man inte använder dem som legitimation när man tar ut varor mot faktura. Det hade den anklagade gjort och på detta sätt tillägnat sig en och annan kapitalvara gratis. Nu återstod det att bevisa detta i varje enskild affär.

En telefonsignal borrade sig in i maggropen där magkatarren sedan en tid legat på lur, för lite sömn, för mycket kaffe. Det molade ända bak i ryggen.

”Du måste hjälpa mej!”

”Vem talar jag med?”

”Adina. Hjälp mej Maria!”

”Vad kan jag göra för dej?”

”Arrestera karlfan!”

”Varför då?”

”Han är sinnessjuk, helt besatt. Jag klarar det inte. Jag orkar inte mer. Jag känner att bedövningen sprider sig i kroppen – giftet. Jag kan inte fly. Han vet att jag inte kan fly. Tarantelsteklarna! Jag blir ingen, ett skal. Ett skal som krälar av steklar, som spränger min hud. De äter mej inifrån. Jag har försökt bränna dem, röka ut dem. Men de lever. De kommer att överleva mej. Hjälp mej! Du måste hjälpa mej.”

”Finns Erik i närheten?”

”Ni är i maskopi?” Ett skrik skar Maria rakt i örat. ”Din förrädare. Ni har planerat det här ihop! Jag litade på dej! Jag borde ha förstått det! Aaaaaaah, låt bli mej. Släpp.”

”Hallå det här är Erik Atterhed. Ni får ursäkta min hustru. Hon mår inte alls bra, som du hör.”

”Behöver ni hjälp? Kan vi göra något för er?”

”Nej, Adina har bränt sig, hon fick tag på tändstickor när jag var på toaletten. Hon har bränt upp en gardin och några tidningar. Det kunde ha gått illa, men jag tror vi klarar upp det. Hon måste nog medicinera i alla fall.” Hans röst var lugn och behärskad, yrkesmässig, tänkte Maria.

”Klarar du det själv eller vill du ha hjälp från akutpsyk?”

”Det går bra. Jag har plockat undan alla vassa föremål. Vi reder oss.”

”Är det säkert?”

”Ja, hon ska inte besvära er mer.”

”Tänk inte så, behöver ni hjälp så finns vi här.”

”Adina, Adina vad gör du? Jag måste sluta!” Klick i luren. Maria fick en känsla av otillräcklighet. Stackars människor, båda två! Maria kastade en blick på klockan. Hon var redan sen. Hon rafsade ihop pappren och skyndade ut i korridoren där hon kolliderade med Ek.

”Följer du med ut på en öl efter jobbet?”

”Vi får se. Krister blir inte glad om jag är borta varje kväll.”

”Du följer aldrig med. Vad är han för en hustyrann som inte låter dej ha något nöjesliv?”

”Han tycker att han personligen är mitt nöjesliv”, ropade Maria halvvägs nerför trappan.

”Följer du med till Finland då? Arvidsson blir jävligt besviken om du inte följer med och firar hans fyrtioårsdag. Jävligt besviken!” ekade det i trappan ner.

”Vi får se”, hojtade Maria innan hon försvann ut genom dörren mot garaget för att hämta jackan hon glömt i bilen. Genom den dammiga vindrutan såg hon Himberg i kretsen av sin beundrarskara. Han såg ut att göra juckrörelser mot framförvarande bils bagagelucka. Jo, så var det faktiskt, konstaterade Maria utan större förvåning.

”Finlandsbåten! Snart! Snart grabbar så tar vi dem.”

14

”Man ska inte döma grisen efter säcken”, sa Ek när han eskorterats tillbaka efter damernas tjyv.

”Hon var lite närgången va? Fast det brukar väl inte genera dej”, flinade Arvidsson och slängde med sin långa lugg.

”Men säcken!! Varför klär de sig i svart, pumorna?”

”Man ser smalare ut i svart”, sa Erika Lund och bröstade upp sig. ”Du kanske skulle prova det någon gång, Ek.” Hon lät blicken retsamt vila på hans begynnande ölmage.

”Det ser ut som rena begravningen, tycker jag. Får jag lov... att beklaga sorgen. Det ska jag säga nästa gång jag bjuder upp. Kvinnor ska vara färgglada, rosenkindade och skrattfulla, inte mystiska, bleksiktiga och svartklädda som avsigkomna spöken.”

”Det är inte för intet du är ungkarl, Ek.”

”Ska du säga Arvidsson! Gå och bjud upp Wern du och sitt inte här och sura.”

”Håll käften!” Arvidsson fick något hotfullt i blicken och Ek skrattade högt och oförskämt med handen klappande i hjärttrakten.

”Du törs inte. Du är rädd att hon svarar nej och ännu mera rädd att hon säger ja.”

”Ett ord till och Finlandsbåten kommer att ha en passagerare mindre”, väste Arvidsson och vände sig demonstrativt åt Erikas håll.

”Det är LarsRunes. Jag hade aldrig följt med om jag vetat att det var LarsRunes”, stönade Erika. ”De brukar ha så bra band på båten, toppartister. Vi kunde ha kollat upp det innan och valt en annan tur.”

LarsRunes orkester intog luftrummet. Rundgång i högtalarna. En lindrigt nykter tekniker trevade runt nedanför scenen. ”Aldrig mer får jag se dej. Inte höra din röst”, skrällde Rune och Lars instämde smäktande på sin saxofon. I refrängen höjdes ett halvt tonsteg. Samfällt sträckte man ut höger ben. Det var hela koreografin. Och sen tillbaka med benet igen i versen. Lars blev lite på efterkälken där, både med benet och saxofonen. Men det verkade inte bekymra honom nämnvärt. I alla fall bekymrade det honom inte lika mycket som de mödrar som bar sina skrikande barn från lekrummet. ”Någon unge har spytt i bollhavet igen”, gissade Hartman. ”Vet du, Arvidsson, vi var oroliga att du inte skulle ha tid att följa med oss. Du har varit upptagen på kvällarna sista tiden har vi märkt. Någon liten vän i viken, kanske?” Arvidsson höll andan och släppte långsamt ut luften. Vart han än vände sig flockades gamarna. Fast Hartman menade inget illa. Det visste han ju.

”Jag har varit på en föreläsningsserie med temat global miljö. Såg en annons i tidningen och gick dit.”

”Var det givande?” Hartman serverade Maria Wern lite mera Rioja från den flaska de delade.

”Ja, det tycker jag. Tydligen mörkas en hel del miljöinformation för att inte allmänheten ska löpa amok. Det anser flera av föreläsarna vi haft. Faktum är att vi befinner oss på Titanic, Hartman.”

”Titanic, världens undergång? Vi lever nu. Häng med till baren, Arvidsson!” Ek reste sig upp och stjälpte Arvidsson av stolen. ”Kom nu! Jag bjuder på din födelsedag. Fritt i baren. Det har aldrig varit säkrare till havs än det är nu, din olyckskorp.”

Kvällen gled över i natt. Molnomsvept och vindomspunnet gungade fartyget på Östersjöns vatten. Svarta spegelstänk i mörkret reflekterade det vita skrovet. Månen som letade sig ut genom sönderblåsta moln speglade sig behagsjukt i vattnet. Lamporna över dansgolvet fångade in hennes vita klänning och lekte i det ljusa utslagna håret. Arvidsson suckade tungt och tog en öl till. Hennes smidiga kropp rörde sig till musiken. Varje rörelse eggade honom. Hon skrattade. Han hörde det inte, men han såg hur hon kastade huvudet bakåt, tänderna och ögonen som glittrade. Hartman buggade med minimala rörelser och Maria for som en vind, en stor vit fjäril, en tyllgardin i havsbris, en bländvit ros. Arvidsson tog ytterligare en öl och lät ögonen dröja vid Ek som avlägsnade sig i riktning mot dansgolvet med puman. Erika Lund skymtade i röken. Hon lyfte sitt glas med whiskey on the rocks mot sin kavaljer och slickade långsamt av jordnötssaltet på sina fingrar i en otvetydig invit, plutade med munnen åt Arvidsson när hon upptäckte honom. Men han låtsades inte se henne där hon stod och nojsade med sin direktör från Upplands Väsby.

Arvidsson stålsatte sig för att inte spana ut över dansgolvet igen, svepte sin öl och gick mot herrtoaletten. Han passerade de enarmade banditernas pockande plirr och rasslet av enkronor. Trängde sig igenom ett gäng med tonårsfinniga smågrabbar. Inte för att han behövde pinka. Han hade nyss varit där, men ensamheten var lättare att bära om ingen såg den och försökte bryta upp den som en konservburk. Han ville gömma sig undan och förlora sitt ansikte ifred. Få lov att tänka syndiga tankar om nakna vita fjärilar, utan att bli pådyvlad någon puma som Ek raggat upp åt honom. Eller ännu värre bli antastad av Erika Lund om Upplands Väsby skulle banga ur. Maria fick inte se att han satt ensam i baren. Han borde naturligtvis ha bjudit upp någon annan kvinna så hon såg att han var dansant och attraktiv. Men han hade ingen lust! Det skulle inte kännas rätt. Så roligt var det inte att dansa. Det kunde bli så komplicerat, som sist i Parken när han bjudit upp en kvinna från Jordbro. Mest för att hon rökte. Det var en akut friskvårdsinsats; fimpa och motionera. Det tog en månad att bli av med henne efteråt. En månad när han knappt vågat svara i telefon, än mindre gå ut och ta en öl med grabbarna och Wern.

”Nu får du bjuda upp henne annars tror hon att du är bög”, hade Ek sagt i all välmening innan han försvann med puman i en finsk tango. Trodde hon det, att han var bög? Skulle han ha en chans om hon anade... Arvidsson försjönk i nattens bitterljuva drömmar. Hon hade sett honom i ögonen. Han hade vilat med sin blick i hennes, utan blygsel där hon suttit grensle över honom i sin underbara nakenhet. Hans händer hade slutit om hennes lena skinkor. Brösten hade skimrat gräddvita i eldsljuset. Långsamt hade hon sänkt sig ner över honom i den mjukaste av omfamningar, i våg efter våg. Det långa ljusa håret hade smekt hans bröstkorg.

En intensiv lust hade sprängt i varje fiber av hans kropp... Arvidsson blev stående utanför damtoaletten, fastväxt i nålfiltsmattan. HON stod där framför honom leende och vit. Han kunde inte möta hennes blick. Inte fly. Hennes byst fångade honom som nygräddade semlor i vispgrädde. Himmel, var skulle han fästa blicken. Rodnaden sköljde över honom som en het våg, snörde ihop hans strupe.

”Vill du dansa?”

”Vill jag dansa?!”

”Kom nu.” Hennes bruna ögon glittrade av skratt. Hon tog hans hand.

Snart skulle handsvetten bryta fram. Hon skulle känna att han hade handsvett och undra varför. En tryckare. Kunde det bli värre! Golvet sviktade. Han höll henne en bra bit ifrån sig och såg upp i taket på lamporna som gungade. Han kände sig yr, på gränsen till det outhärdliga. Hennes blick brände på hans hals.

”Är du arg på mej? Har jag gjort något måste du säga vad det är så vi kan reda ut det. Jag vill inte att vi ska vara osams. Vad är det?”

”Inget. Det är inget”, flämtade Arvidsson målbrottshest.

”Är det säkert?”

”Ja.” Läpparna rörde sig men ljudet uteblev.

”Jag tycker du undviker mej.”

”Nej, inte alls.” Arvidsson svalde flera gånger.

”Se på mej då.” Han såg in i hennes guldbruna ögon, in i hennes leende. Passerade gränsen. Vindbryggan fälldes ut, stel och pulserande. Fästningen rasade, murarna föll in. Den mjuka kinden. Doften! Hennes arm runt hans kropp, hennes hand som strök över ryggen. Ljumskarna brände värre än kindernas glödröda hetta. Han smälte och sjönk. Munnen! Så oemotståndlig. Ett lockande glitter. Hon lyfte sitt huvud uppåt i en nästan omärklig signal. Det fanns ingen återvändo. Han kysste henne. En kyss av längtan och oändlig åtrå. Han kysste den vita fjärilens mjuka mun och allting stannade av i en sekund av kaos. Hennes mun hårdnade. Hon slet sig ur hans famn. Tog ett steg bakåt.

”Per Arvidsson! Vad gör du?!” Hennes runda förvånade ögon fixerade honom med en min av skratt och bestörtning.

”Ja, jävlar”, sa Ek som seglade förbi med sin puma. Hartmans förvånade och bekymrade ansikte skymtade till. Arvidsson kände hur det susade för öronen. Hade han varit Ek skulle han ha kysst henne igen, om hon inte uppfattat vad han gjorde, men han var Arvidsson därför stammade han förlåt och gick mot baren med tusen anklagande röster brusande i öronen och skammens ok på sina axlar.

”Va fan ska vi göra, Hartman? Jag lovade att stå för notan, men jag vet inte om jag har råd med det. Han dricker ju som en svamp. Vi kanske kan skramla. Det är ju i alla fall hans födelsedag.” Ek satt med huvudet i händerna djupt nedsjunken på sin stol.

”Det kommer att bli svårt för honom att arbeta med Maria i fortsättningen. Jag har en idé, men det kommer sannolikt att kosta dej ditt damsällskap. Är du beredd på ett sådant offer, Ek?”

”Har jag något val?” Hartman lutade sig fram och viskade lågt och konspiratoriskt. Då och då avbruten av Eks: ”Det gör han aldrig”… och ”du får säga det till honom själv”.

”Jag vill inte förlora en bra polis”, slutpläderade Hartman. ”Efter det här tilltaget kommer han med största sannolikhet att söka sig ifrån oss om vi inte ingriper. Därför måste vi göra det även om det kan kännas motigt och kanske en smula genant. Vi måste hjälpa honom att rädda ansiktet inför Maria. Fördela skulden som det heter i psyksvängen.”

”Nu gjorde han det igen, såg du? Han kysste henne också, den blonda med rutig top och vit kjol.” Erika drog ett streck på servetten framför sig och visade Maria. ”Ek leder faktiskt.”

”Vilket fånigt vad! Fortsätter de så här kommer ordningsvakten att sätta dem i fyllecell. Hartman, kan du inte säga åt dem?”

”Ja, det kanske är bäst.”

”Såg du?! Nu kysste Arvidsson Eks puma. Och där, se nu drar hon till honom med handväskan. Gör något Hartman!” Tomas Hartman stapplade fram som Zeb Macahan över det lätt gungande dansgolvet. Han tog dem avsides. ”Det är okey, ni kan lägga av nu. Poletten har trillat ner. Maria tror att kyssen bara är en i raden av alla vadslagningskyssar. Arvidsson, du förklaras härmed befriad från ansvar för din handling. Nu tycker jag att du försöker ta dej till hytten så du orkar upp i morgon."

Det var när Arvidsson, stödd på Hartman, vacklade ner mot hytten som Maria fick syn på Julius vid ett fönsterbord bakom bardisken. Kvinnan som lutade sig fram över bordet och höll hans utsträckta händer hade mörkt kortklippt hår och en väl tilltagen näsa. Hon såg bekant ut, men det var svårt att avgöra på avstånd. Julius nickade jakande eller förstående som ett svar på hennes utläggning. De reste sig och gick mot dansgolvet, kvinnan i rött fodral och Julius i grön kostym och fluga. Maria kunde se kvinnans ansikte tydligt nu i diskolampornas pulserande sken – Susann Göthe! De blickar hon gav Julius var fulla av löften. Visste Karin om att Julius var ute i damsällskap? Maria slog ifrån sig sin förvåning och sina ovälkomna tankar. Julius hade inte sett henne. Annars skulle han säkert ha hälsat och allt skulle ha fått sin förklaring. Naturligtvis var det inget annat än en affärsförbindelse. Oron låg mera i det faktum att det verkade råda helt andra regler för det sociala umgängessättet till sjöss än till lands. Ek hade kysst sin nyförsonade sambo farväl i hamnen innan de for, vilket på intet vis hindrade honom från att kyssa pumor på dansgolvet. Himberg hade jagat småtjejer i rymdbaren fast han gott och väl kunde varit farsa åt dem. För att inte tala om Arvidsson. Så helt sanslös!

Tax-freeshoppens berg av godis till sjöpriser lockade ögat. En flaska cointreau och tequila kanske också skulle kunna slinka med och utgöra basen för en och annan frozen Margarita på glasverandan någon vacker kväll. Och så lite sjörövargodis till barnen, och en whiskey till Krister... inte så petnoga vilken sort. Maria såg med förskräckelse på sin bräddfyllda kundkorg och gjorde ett överslag. Med saknad la hon tillbaka en ask med belgiska havsfrukter och Anthon Bergs marsipan med jordgubbe i champagne, för att sedan ta tillbaka havsfrukterna igen och göra ett nytt överslag. Egentligen var det inte säkert att det var billigare att handla här än till extrapriser på stormarknaden i stan. Men det låg liksom i förväntningarna vid hemkomsten att det skulle ha handlats i taxfreen. Maria räknade sina småslantar i myntfacket och såg sedan ut över lokalen i en slutgiltig bedömning av kassans status. I den stunden fick hon syn på Julius och skulle just ge sig till känna, när hon såg att Susann Göthe var på väg åt hans håll. Hans min var obeskrivlig!

”Julius!” Susanns röst var vädjande. Julius släppte sin kundkorg i gången och rusade ut genom kassan.

”Julius!” Han vände sig inte ens om. Maria tog ett steg bakåt i skydd av hyllan med Bassets. Det hon iakttagit kändes väldigt laddat och privat. Susann vred sina vigselringar runt ringfingret ryckvis medan ansiktet speglade en stor vånda. Obeslutsamt gick hon fram mot kön och Maria sökte sig längre bak i butiken, något förbryllad.

Gråkall var morgonen, gråblek var Arvidsson när de körde av båten i Stockholm på lördagsmorgonen.

”Ja, jävlar”, sa Ek för minst tjugonde gången.

”Tack. Ska aldrig glömma din insats. Blixt Gordon, du har räddat universum! Fast jag kan inte lova att jag kommer att återgälda det”, kraxade Arvidsson.

”Du kanske inte tror det, men det var Hartmans idé.”

”Knappast!”

”Jo, säkert.”

”Vad pratar ni om?” undrade Maria från förarsätet. ”Mår Arvidsson illa får du serva honom med plastpåsar. Det finns i fickan på sätet framför, en hushållsrulle också. Linda brukar bli åksjuk, så vi har en viss beredskap.”

”Det är mer så att han är lite gasig i magen. Evil spirits, you know. Var glad att du sitter i framsätet.”

”Håll käften”, väste Arvidsson.

Vindrutetorkarna vräkte undan regnet. En lätt imma bildades på rutan. Maria drog på fläkten. Hur kunde hon ha misstagit sig så på Arvidsson? Inte nog med att han antastat och kysst allt som gick i kjoltyg, han hade till och med kommit krypande ur Erikas hytt på morgonen när de skulle kliva av i Helsingfors. Utan att ha varit till någon som helst glädje, enligt Erika. Han hade somnat direkt innanför dörren. Ek hade hjälpt honom tillbaka till sin egen koj och där hade han stannat resten av resan. Han som var så kulturintresserad. Det var därför de bokat in sightseeingrundan med

Sibeliusmonumentet och Tempelkyrkan med sitt innertak av koppartråd och vatten sipprande längs väggen. De hade till och med hunnit ta båten över till Sveaborg. Livet är fullt av överraskningar. Maria kände med pekfingret på sin svullna överläpp och gav Arvidsson en förstulen blick i backspegeln. Nog såg han olycklig och ångerfull ut så det räckte. Det skulle ha varit mycket roligare att göra den här Finlandsresan med Karin, inte särskilt dyrt heller. Hon skulle säkert må bra av att komma bort ett tag och se något annat. Få något annat att tänka på än självmordet på Cheironkliniken, som berört henne djupt. Karin hade frågat Julius, men han ville inte släppa iväg henne i det tillstånd hon var. Julius förresten, det sista hon såg av honom i går kväll var att han lindrigt nykter gick med armen om livet på Susanne Göthe ute på däck. Maria hade följt dem med blicken så länge hon kunde innan de försvann bakom livbåtarna.

15

Ytterdörren stod öppen, men ingen kom och mötte henne. Uttröttad, premenstruell och vansinnigt grinig längtade Maria efter att få gå och lägga sig omedelbart. Huvudet molade, brösten spände och värken i ryggslutet fick henne att stöna högt. Irriterad sparkade hon undan alla skor och stövlar som blockerade ingången.

”Hallå! Krister!” Bilen var i alla fall hemma. ”Var är ni?” Maria blev stående i köksdörren. Tog ett stadigt tag om dörrposten när trötthetens störtvåg vräkte sig över henne. ”Neej, Krister.” Det var mjöl överallt, på diskbänken, bordet, stolsdynorna och på golvet blandat med vatten i en utskvätt väg från diskbänken mot dörren och vidare genom hallen och ut mot altandörren på baksidan, som också stod öppen.

”Hallå!” Hon kände brandröken innan hon såg elden nere vid tomtgränsen. Två små sotsvarta barn satt ensamma vid en falnande eld. Emil hade stora hål i sin jacka av hoppande glöd. Linda gick av och an med sina gummistövlar bland de heta förkolnade bitarna. Maria lyfte upp henne och tittade på sulan. Klacken hade helt smält ner.

”Vi gör pinnbröd. Vi gjorde det på lekis. Vill du ha? Det är jättegott”, sa Emil och sträckte en pinne med svart halvrinnande deg mot Maria.

”Var är pappa?!”

”Han ympar äppelträd hos Julius. Vi fick laga mat alldeles själva. Jag sa att jag kunde det, för det kan jag. Visst Linda, visst kan jag?” Emil kände i luften att allt inte var i sin ordning. Riktigt vad felet bestod i visste han inte, men det ökade på hans iver när han talade för sin vara. ”Pinnbröd är jättegott!”

Maria ledde in dem mot badrummet med bestämda steg. ”Du ska säga mina älskade barn!” sa Emil anklagande när Maria ändå inte tycktes ta notis om brödet. ”Gumma!” sa Linda vädjande. ”Lilla Gumman, lilla Gubben, mina älskade barn”, sa Maria och kramade sina svarta lerjordingar. ”Jag är glad att se er.” På torkställningen över det blåa badkaret hängde urdiskade plastpåsar i en lång rad. Ett visitkort från svärmor. Två nätter hade Maria varit borta. Hon undrade hur snart Krister ringt på förstärkning. På fredagsmorgonen eller kanske direkt på torsdagskvällen? Maria kunde inte hejda sin impuls att ta en titt i Kristers kalsonglåda medan hon väntade på att vattnet skulle fylla badkaret. Strukna och prydligt vikta låg underkläderna. Hade det varit möjligt att stryka strumporna hade hon säkert gjort det också, tänkte Maria. Födelsedagsgåvor, julklappar och de prydnadssaker som undan för undan smugits in i vitrinskåpet hade, med svärmors hjälp, letat sig ut igen i dagsljuset; förgylla svanar, porslinsherdinnor och askfat med landskapsmotiv. En hemsk liten ryamatta låg framför kakelugnen och skrek ut sina ostämda ljusgröna toner. En ny kreation. Säkert hundratals arbetstimmar och lika många timmars lidande hos mottagaren innan den kunde ”komma bort”. På det sätt Krister tackat för gåvan hade han säkert uppmuntrat sin mor till flera alster. Maria trodde inget annat. Vad som låg på lur i svärmors handarbetskorg just nu ville hon inte ens tänka på. Maria slog numret till Julius och bad att han skulle skicka hem Krister. Hon hörde maken mumla något i bakgrunden. ”Kvinnan som bet tungan av ormen”, lät det som, men hon var inte säker. När han kom hem skulle hon fråga om det och om en del annat också. Maria kände med handen i vattnet och lyfte i Linda och två båtar, en krokodil och ankmamman med sina fyra ungar.

”Vi vill ha badkritor och skumbad”, sa Emil.

Men när Krister somnat, när han låg där bredvid henne i sängen, kom mjukheten över henne, som en stor ömhet trots allt. Har man varit på Finlandsbåten och sett vad som står till buds på äktenskapsmarknaden, får man ett annat perspektiv på det man har hemma. Sällan hade han varit vackrare. Fast det tänkte hon inte låta honom få veta, i alla fall inte efter kvällens gräl. Hon la kinden mot hans sträva haka, drog in en doft av brandrök och skog. Varsamt lät hon handen cirkla över hans bröstkorg, kände bröstvårtorna styvna. Handen gled av vana nedåt och väckte blodet till liv i hans slumrande kropp. Just då ringde telefonen. Maria kastade sig över till sängbordet och fångade luren på andra signalen.

”Kommer du inte? Du ska jobba i natt.”

”Va?”

”Du jobbar i natt! Har inte Storm visat dej schemat? Ni ska rotera för att täcka upp nattvakanserna över sommaren.”

”Det måste vara ett misstag?”

”Känner dej mosig, va? Fick du vad du behövde på Finlandsbåten? Jag påpekade för Storm att vi kunde behöva vila upp oss lite, men lagt schema ligger. Det ser ut att bli en hel del natt för din del en period framöver. Inga heliga kor, säger chefen. De yngre förmågorna får ta natten i första hand. Jag beklagar”, sa Himberg.

Det gör du inte alls, tänkte Maria som hörde den försmädliga undertonen. Nattjänstgöring! Var det möjligt?

”Jag ska ringa din jädra chef! Spelar ingen roll att det är mitt i natten”, morrade Krister. Maria la sig över telefonen för att hindra Krister från att göra något överilat. Det vore att spela Storm i händerna om man lät maken sköta försvaret. Att visa sig liten och svag skulle leda till en oändlig argumentation kring kvinnors hjälplöshet och oförmåga att ta motgångar ”som en man”.

Regnet slog mot asfalten. Polishuset lystes upp av en kraftig kall ytterbelysning. Blodlönnens grenar vevade oroligt i blåsten. Maria knappade in koden, steg in i halvdunklet och gick längs korridoren mot utsättningsrummet. Det var så tyst och annorlunda i halvmörkret. Andra färgnyanser, andra dofter eller kanske starkare, tänkte hon. På natten när synen inte spelar den självklara huvudrollen förstärks de andra sinnena, hörseln, känseln och lukten. Det luktade dammig heltäckningsmatta och dålig ventilation, kaffe och gammal cigarettrök. Alla visste att Storm smygrökte på toaletten. Av sina medarbetare hade han dömts skyldig som skam mot sitt nekande. Städerskan hade till och med konfronterat honom med bevismaterialet; en fimp. Jämfört det med cigarettpaketet i hans bröstficka och paketet han lagt på sitt skrivbord, men han hade blånekat in absurdum trots att ingen påföljd var utdömd utöver det allmänna ogillandet. Ek hade hotat med att hänga sina svettiga strumpor över elementet på tork, som en sorts moteld, men det bet inte mer än en spottloska i Östersjön på Storm och hans inpyrda vanor.

Hur skulle det bli att jobba natt? Det fanns en trygghet i att arbeta med sitt eget gäng, där man visste vad som förväntades och vad var och en gjorde. Att arbeta natt, med olika personer varje gång kändes inte som någon höjdare, inte ens för en kortare tid. Var det kommissarie Storms sätt att försöka bli av med kvinnliga poliser? Att hon själv och Erika Lund inte var till belåtenhet hade han visat med all önskvärd tydlighet sen den dag hon tillträdde sin tjänst. ”Vad är arbetet värt om till och med en kvinna kan klara av det”, hade han sagt till Himberg och fått medhåll. Himberg som bland buset gick under namnet Himmler. ”Det heter inte polisman för intet.” I rättvisans namn borde Arvidsson och Ek arbeta natt i samma utsträckning som hon, om det officiellt var åldern man gick efter. Men så såg det inte ut på anslagstavlans periodplanering. Inte hade de behövt sitta i receptionen och ta upp anmälningar heller och något beslutsprotokoll angående nattjänstgöring hade hon inte sett.

”Och här har vi kvällens gästartist, Maria Wern. De största skönheterna kommer alltid sist.” Himberg la upp benen på en stol. Skjortan var uppknäppt och ärmarna uppkavlade för att blotta de muskulösa underarmarna. Maria kände sig inte imponerad. ”Se inte så rädd ut. Det är lugnt. Vi jobbar ihop du och jag. Farbror Himberg ska ta hand om dej, ska du se.”

Jag befarade det, tänkte Maria.

Maria lutade sig över en anmälan från ett lägenhetsbråk, som inträffat tidigare under kvällen. En kvinna hade blivit knivhotad av sin sambo. Grannarna hade ringt. Kvinnan hade inte velat göra någon anmälan om misshandel och avböjt att följa med för att bli undersökt av en läkare. Varför kallades det lägenhetsbråk, när det handlade om våld mot en kvinna? Som om det var själva lokalen man bråkat med. Hade dörrarna blivit kallade hora, fönstren krossats eller väggarna sparkats mot golvet kanske? Lägenhetsbråk utpekade inget offer, angav ingen skyldig i sin neutrala form. Det lät mer som oljud, ett oönskat buller som kunde störa grannarna och därför måste tystas ner. Inte som ett skrik på hjälp, en vädjan om livet, som borde tas på största allvar. Maria beslutade sig för att återkomma till kvinnan under morgondagen och försöka övertala henne att stå för det hon varit med om. Det bästa vore om tekniska kunde fotografera blåmärkena dag tre då de blommade som bäst. Sådana foton brukade göra intryck i rätten.

Himberg och grabbarna hade gått ner till motionsrummet för att få ett träningspass när det var lite lugnare för en gångs skull. Marias första tanke hade varit att följa med och ta en genomkörare, men sedan blev hon tveksam. Himbergs ständiga sexuella anspelningar och dubbeltydigheter kändes ännu mer närgångna när man hade minimalt med kläder som skylde kroppen. Hon skulle bli ensam i damernas omklädningsrum och beslutade sig för att avstå. Maria visste inte vilket stöd hon skulle ha av de andra arbetskamraterna på skiftet, män allihop. Sist hon låg i bänkpressen hade Himberg ställt sig över henne med sitt svettdroppande ansikte och flinat.

”Det är fan fusk när man har så stora tuttar. Jävla bröstvärn! Du kommer ju inte ner ordentligt med stången när bomberna är i vägen.” Maria rodnade vid tanken. Ingen hade stöttat henne i den pinsamma situationen och hon hade inte kommit på något att säga till sitt försvar där hon låg på rygg. Inte just då... men efteråt hade hon fört åtskilliga dialoger med Himberg i det tysta. Säkert skulle hon få en utförlig rapport, lite senare, om hans egna bedrifter på bänken. Det var inte precis nödvändigt att se det live. Ofattbart att det i somligas ögon kan vara så viktigt om man lyfter 10 kg skrot mer eller mindre i vårt högteknologiska samhälle.

Strax efter midnatt kom larmet. Vakthavandes lite nasala röst hördes på snabben. De skulle samlas i utsättningsrummet. Larmet gällde en kvinna i fyrtioårsåldern, drunknad i sitt badkar. Maken hade kommit hem och konstaterat att hon låg död i vattnet. På plats fanns även hans syster. Det var oklart om de kom hem tillsammans eller om systern redan befann sig i huset.

”Hör av er så fort ni kommer fram”, sa vakthavande innan han återgick till ledningscentralen.

”Så här jävliga är helgnätterna. Men det hade du väl ingen aning om, Wern. Välkommen ut i verkligheten! Dags att borsta bort kontorsdammet. Nu drar vi.”

Maria tände till. Det fick vara nog!

”Skulle du ha monopol på verkligheten menar du? Det vill till att vara pretentiös! Det kanske inte behövs något polisväsende alls? Du kanske klarar det här själv Himberg, med vänsterhanden?”

”Jag kan göra en del annat med vänsterhanden om du är intresserad, stumpan.” Himberg lyfte långfingret i en väl så tydlig gest.

”Vad då? Vad kan du göra menar du?” Maria släppte honom inte med ögonen, lät blicken skruva sig in i hans med hela styrkan av sin vrede.

”Va fan!” Gesten kroknade och kom av sig.

”Jag ställde en hövlig fråga, vad kan du göra Himberg? Säg det i klartext. Jag lyssnar.” Trött och irriterad tog Maria ett steg närmare honom och han liksom krympte till ett ännu ynkligare ”va fan” än tidigare. ”Så det var alltså inget du ville berätta för oss andra om din vänsterhand? Har jag uppfattat dej rätt eller ska jag fråga din fru om hon har någon aning?” Maria talade lugnt och tydligt. Hon tänkte inte vika en tum. Muskelberget framför henne sjönk ihop lite.

”Nej, va fan. Ta inte i så jävligt. Du är ju hysterisk! Jag har inte sagt något, har jag grabbar?”

”Då så. Vart ska vi?” sa Maria och bet ihop käkarna.

”Hillersvik. Erik Atterhed hette mannen som ringde. En rik jävel, säger de. Flyttar pengar och lever på räntor har jag hört. Ung vacker fru igen, man ser honom i veckopressen ibland. Förresten tror jag att Storm och Erik Atterhed spelar golf ihop. Jag har sett dem tillsammans vid klubbstugan”, sa en blek polisman med lite utstående tänder och insjunkna kinder. Maria hade glömt hans namn i samma stund han presenterade sig. Himbergs fel, så klart! Hon skämdes för att fråga igen.

”Adina Atterhed! Är det hon som har drunknat?”

”Förvånar det dej?” undrade Himberg och krängde på sig skinnjackan. ”Det där jävla psykfallet inbillade sig väl att hon kunde andas under vattnet.”

”Fan, vad du är cynisk Himberg!”

”Om du hade fått en spottloska mellan ögonen…Vet du att en polisman förväntas kunna ta emot en spottloska utan att vara berättigad till skadestånd? Det är jävlar inte klokt att det ska ses som normalt. I tjänsten är man fan rättslös!”

16

En medelålders dam i stram marinblå dräkt öppnade för dem utan ett ord. Hon hade inte gråtit. Ansiktet var uttryckslöst som stillastående vatten, tänkte Maria. Håret var grått och klippt i page, ögonen grumliga och den spetsiga hakan tydligt markerad. En gång hade hon säkert varit en vacker kvinna och alla tecken tydde på att hon försökt att streta emot ålderdomens oundvikliga förvandling. Huden stramade på ett märkligt sätt över hennes ögon och överläpp och gjorde leendet till en grimas med försiktigt blottade tänder.

”De lyfter sig tills de får pipskägg”, viskade Himberg i Marias öra och Maria returnerade med en blick som betydde; håll ditt skitsnack för dej själv och släpp inte ut det. Det stinker.

”Viktoria Atterhed, Eriks syster”, presenterade hon sig och handen var lika slapp som en torskfilé. ”Herr Atterhed tar strax emot er i biblioteket.”

”Tar emot? Vi är från polisen. Var finns den drunknade?” fräste Himberg och dolde en gäspning bakom handens baksida. Spänningen och tröttheten konkurrerade om hans ansiktsdrag.

”Vill ni slå er ner så ska jag anmäla er ankomst.” Hon försvann uppför trappan och de följde efter.

”Jävla societetsnycker”, sa Himberg och Maria hoppades att fru Atterhed inte hörde honom.

Erik Atterhed satt hopkrupen på golvet med sitt stetoskop runt halsen. Han ryckte till när de öppnade dörren. Gjorde en ansats att resa sig och sjönk ihop igen. Hans hår låg i våta stripor och byxbenen från knät och ner till pressvecken var mörka av fukt, konstaterade Maria. Den nakna kvinnokroppen låg utsträckt bredvid honom nedanför badkaret, hårlös, med vidöppen mun och gulvita läppar. Det kala huvudet fick henne att se ut som en skyltdocka. På pallen bredvid sminkbordet låg en brunlockig peruk som en sovande mops. Huden lyste så genomskinligt blåvit mot golvets marinblåa klinkers. Det var omöjligt att säga vem av de två som var blekast, Erik Atterhed i sin svarta kavaj eller Adina. När Himberg blev synlig i dörröppningen slet Erik av sig kavajen och täckte nödtorftigt över hustruns kropp.

”00.10 konstaterade jag dödsfallet; ingen puls, ingen andning, ljusstela pupiller. Efter fyrtio minuters återupplivningsförsök avbröt jag behandlingen. Jag har ringt begravningsbyrån för hämtning.”

Maria såg på kvinnokroppen. Lät ögonen försiktigt vänja sig. Sökte detaljer för att successivt klara att ta in helheten; blåmärken på underarmarnas insidor och på benen. Såret på knäet hade inte läkt. Det var ännu större än Maria kunde minnas. Kvinnan såg ut att vara gravid i långt framskridet skede. Erik Atterhed följde Marias blick. Han såg sjuk, nästan febrig ut. Det glesnade håret låg i tunna slingor över pannan.

”Inga fosterljud! Det har inte funnits några fosterrörelser heller på flera dagar.” Han brast i gråt och omfamnade Adinas mage, kysste den. Himberg vände bort huvudet och såg upp i taket. Erik lät det gråa huvudet vila mot kavajens svarta tyg, mot Adinas svällande mage. Axlarna skakade. Ett långdraget skärande läte ekade mellan kakelväggarna. Maria satte sig på huk bredvid honom. Lade sin hand på hans rygg. Strök sakta tills han åter gjorde en ansats att resa sig upp. Ryckvis rätade han på ryggen och nacken. Samlade sitt ansikte i en yrkesmässig min.

”Då var det väl inget mer. Begravningsbyrån kommer när som helst nu”, sa han med myndig röst.

”Jag är ledsen men vi behöver göra en teknisk utredning innan kroppen kan flyttas. Kan vi sätta oss i ett annat rum så länge?”

”Vad menar ni?! Det måste väl räcka att jag som läkare konstaterar dödsfallet. Min hustru har haft uttalade självmordstankar det senaste halvåret. Kan ni inte lämna oss ifred?”

”Jag skulle önska att vi kunde det, men i nuläget måste en tekniker dokumentera det inträffade. Som du vet måste vi också be en annan läkare konstatera dödsfallet. Kan vi sätta oss nere i biblioteket så länge?"

"Jag har en kamera i bilen, vi kan ta några bilder. Inte behövs väl en tekniker", gäspade Himberg.

"Kan vi ta ett snack utanför?" Maria föste muskelberget mot dörren.

"Jag anser att vi bör utreda!"

"Vad i helvete, Wern? Inte tänker du väl spärra av huset och dra igång hela baletten! Du är fan inte klok. Vi blir fast här hela natten och förmiddagen, räkna med det. Det begriper du väl att det är självmord eller möjligen en olyckshändelse. Du har ju också sett hur hon var, ett rent psykfall. Karln är ju knäckt. Man kan inte utreda varenda jävel som vill ta sig av daga. Det kommer du att inse när du fått lite rutin. Det här fallet är solklart. Fan, Wern. I verkligheten..."

"I verkligheten har hon fula blåmärken, Himberg! I verkligheten har Erik Atterhed klösmärken på armarna. Såg du inte det när han tog av sig kavajen? Vi är skyldiga att utreda, anser jag."

"Nu får du fan ge dej. Det är klart att han har. Det fick jag med och en spottloska i ansiktet när jag försökte hjälpa henne in i bilen vid ridskolan, du såg ju själv. Har han inte haft det jäkligt nog? Det blir en helvetes apparat att dra igång, säger jag dej. Han kommer inte att kunna vara i sitt hem på flera dagar medan teknikerna dissekerar hans privatliv, grannarna kommer att prata. Pressen kommer att göra piruetter och dubbelvolter i pur förtjusning."

"Jag vet, Himberg. Men jag kan inte släppa det. Adina har inte precis dött av ålder. Hon kan ha blivit mördad. Det behöver inte vara han som gjort det. Det är inte så jag menar. Jag tänker tala med vakthavande."

"Du är fan rubbad! Jag ska be Storm att han beordrar någon annan att ta nattpassen!"

"Bra."

"Du försöker jäklas för att slippa nattskift. Samarbetssvårigheter kallas det. Jag ska säga dej, att det kommer att följa med dej när du söker andra tjänster."

”Säkert! Jag vill att det här utreds. Jag är inte rädd för arbete. Är du?”

”Din jävla feministhoppa. Går det att lägga snaran om halsen på en man och sparka undan fotfästet så gör ni det. Alla män är våldsverkare och kvinnomisshandlare.”

”Hon måste ha gjort dej mycket illa, kvinnan du talar om. Vad hette hon, Himberg? Var det länge sedan?”

”Jävla Wern!” Himberg, som under samtalets gång vandrat nedför trappan till hallen, slet åt sig gästboken och studerade den uppmärksamt som om mördaren själv skulle presenterat sig i svart på vitt med den till kulspets moderniserade gåspennan.

”Om Adina Atterhed har blivit mördad är det vår förbaskade skyldighet att ta reda på det, oavsett om det är obekvämt för dej eller inte.”

17

Erik Atterhed stirrade ut genom fönsterrutan. Ett fint regn föll mot marken. Hans hud var grå i gryningsljuset. Ögonen vilade i sina mörka hålor under ögonbrynen, svarta som Ettans snus.

”Orkar du berätta för mej vad som hände?” undrade Maria. ”Om du känner att du inte klarar av att tala om det just nu, kan vi skjuta på det. Du får bestämma själv.” Erik drog en djup suck och riste i hela kroppen. Han nickade.

”Lika bra att få det avklarat.” Maria ändrade läge på den hårda päronornamenterade stolen i mörkbetsad ek. Det höga raka ryggstödet gav en domnande känsla i svankryggen. Sitsen, som saknade stoppning, hindrade blodtillförseln till akterns mjukdelar.

”Vem fann henne?” Maria la huvudet på sned för att få ögonkontakt. Eriks smala ögonspringor doldes nästan helt i ögonbrynens skugga. Han drog efter luft genom näsborrarna med ett väsande ljud och andades ut i en suck.

”Jag var ute hos hästarna. Såg till fölet.” Eriks blick följde djuren som gick i hagen, tätt tryckta intill varann i duggregnet. Stoet slog med svansen och gav sin son kärleksbett på manken och korset. Erik tycktes helt absorberad.

”Ja, vad hände sedan?”

”Viktoria, jag hörde min syster Viktoria skrika. Jag släppte allt jag hade för händer och sprang mot huset. Viktoria kom rusande emot mej. Mitt på gårdsplanen möttes vi. ’Adina’, skrek hon. Och pekade mot övervåningen. Musiken dånade genom huset. Jag tog trappan i ett par kliv. Viktoria sa något, men jag kunde inte höra henne för musiken. Hon var alldeles bakom mej i trappan. Jag sprang mot Adinas sovrum. Viktoria hann i fatt mej och drog mej i ärmen. 'Badrummet!' skrek hon. Dörren stod vidöppen. Snett över korridoren kunde jag se vad som inträffat. Adinas överkropp hängde från badkarskanten ned mot golvet. Jag tror att jag skrek. Viktoria hade dragit upp henne tills det blev övervikt men inte ända ner på golvet. Armarna låg slappa, huvudet hängde. Och jag förstod, jag visste att hon inte längre var vid liv... att det var lönlöst... ändå la jag ner henne på golvet och påbörjade återupplivningsförsöket. Ingen puls, ingen andning! Så länge jag orkade fortsatte jag, tills all kraft var slut. Viktoria tappade fattningen helt. Hon har aldrig varit med om något liknande. Hon kunde inte hjälpa till. Skulle till varje pris stänga av pianomusiken som hamrades fram i ett allt mer rasande tempo. Människor reagerar ofta irrationellt i krissituationer. Hon kan inte lastas för det. Jag gjorde hjärtkompressioner och konstgjord andning. Fyrtio minuter orkade jag, sen var jag helt utmattad. Om du inte varit med vid ett hjärtstillestånd tror jag inte du kan begripa hur fysiskt ansträngande det är. Jag gjorde mitt bästa. Mitt allra yttersta tills jag kände att det svartnade för ögonen. Jag såg på klockan. Efter trettio minuter finns det inte mycket att hoppas på. Hjärnan klarar sig inte länge utan syre. Jag skrek på Viktoria mellan varje andetag. Ville att hon skulle ringa ambulans, men hon hörde mej inte för musiken. När hon slutligen fick av den var hon så skärrad att det inte gick att få henne att samarbeta. Hon kunde inte ta in det jag sa. Hon tog vattenkannan och började vattna blommor i barnkammaren omsorgsfullt och koncentrerat. Hon kunde inte rå för det och jag kunde inte göra mer än jag gjorde. Jag kunde inte rädda Adina! Inte barnet i hennes mage heller! Adina berättade för mej att hon inte känt fosterrörelser på över en vecka. Hon berättade det för mej idag på förmiddagen. Jag kunde inte rädda barnet. Min son!" Erik böjde kaffeskeden mellan sina båda händer till en båge. Bet ihop käkarna. Kaffet stod orört i koppen. Hans ögon lyste så skärande sorgsna i morgondiset.

"Din syster, Viktoria, bor hon hos dej?"

"Viktoria bor i Bryssel. Hon arbetar som tolk. Jag bad henne komma hit på semestern. Hon sover i pigkammaren innanför matsalen på nedre botten. Hon hade det rummet som barn. Jag bad henne komma hit och hjälpa mej." De sista orden försvann i en ny suck och rösten blev viskande. "Jag var rädd att Adina skulle ta sitt liv." Det blev tyst en stund. Maria la sin hand över Eriks.

"Jag förstår att du behövde avlastning. Att orka dygnet runt är en omänsklig uppgift."

"Jaa." Erik lutade huvudet i händerna. "Jag hade inte orkat mycket längre till." Ljudet kom stötvis mellan hans fingrar. Han såg upp. Blicken gled förbi Maria bort mot öppna spisen. Det blev tyst.

"Använde Adina någon medicin?"

"Bara järntabletter och vitaminer."

"Hon använde inte sömntabletter?"

"Nej."

"Alkohol?"

"Jag har nyckeln till vinkällaren. Jag tillät henne inte att dricka alkohol i sitt ömtåliga tillstånd."

"Vilken mödravårdscentral tillhörde hon?"

"Jag tog själv hand om henne. Hon ville det. Jag är läkare!"

"När inga fosterljud hördes..."

"Då var det för sent! Förstår du inte att det var för sent! Hon hade inte velat säga något till mej! Det var så mycket med fölet. Tarmbeckets avgång blev fördröjd. Det var kritiskt. Jag tvingades hålla till i stallet för att inte förlora honom. Stora ekonomiska värden stod på spel. Jag fick kalla på en veterinär. Men vi klarade honom. Till vilket pris!! Till vilket helvetes pris! Min son!" Erik slog sönder kaffekoppen mot bordet. Så oväntat att Maria nästan föll av stolen. Kaffet rann över linneduken. De vita skärvorna gungade mot varann. Maria rörde sig inte. Inväntade Erik. Han stirrade på blodet som sipprade från ett snitt i handflatan. Iakttog hur det rann utefter underarmen och ner på de ljusa byxorna.

"Tror du på reinkarnation?" Frågan var lika oväntad som den krossade kaffekoppen. "Tror du att jag får träffa min son igen? Som läkare är man fostrad i den naturvetenskapliga skolan. All verklighet går att mäta, väga och beräkna. Ödet är summan av alla tidigare handlingar och skeenden, orsak och verkan. Om jag visste säkert att vi återföds..." Erik drog upp en näsduk ur fickan och knöt om handen. "Så jag bär mej åt", sa han och föste ihop duken till ett knyte. Det blev tyst.

”Har Adina några släktingar i Estland?”

”Dem underrättar jag”, sa Erik hastigt. ”Då var det väl inget mer då.”

”Vi behöver göra en teknisk undersökning.” Maria väntade på jordskred och väntade inte förgäves.

”Vad i helvete säger du kvinna! Är du rent vettlös!” Eriks ögon brann som vansinniga. Näsvingarna vitnade. Han reste sig med ett ryck och välte stolen. Ett ögonblick trodde Maria att han skulle slå till henne. Men näven träffade bordet med kraft.

”Jag ska tala med din chef!”

”Vakthavande har beslutat om en teknisk undersökning. Med största respekt för din svåra situation, kan vi ändå inte göra på annat vis.”

”Jag ringde själv polisen för att meddela vad som hänt! Ni tror väl inte att jag har... Polisinspektör Himberg sa att det räckte med några bilder. Det är du som vill ha en utredning, din inkompetenta subba. Jag ska kontakta din chef direkt i morgon. Och du ska få veta att du lever. Var så säker!”

”Jag gör bara mitt jobb så väl jag kan utifrån de regler som gäller. Dödsbevis måste skrivas av en annan läkare än du. Det vet du lika bra som jag, och dödsorsaken bör utredas. Jag förstår att du har det svårt just nu. Hur länge har Adina varit i Sverige?”

”Du får tala med min advokat!”

”Du är inte anklagad för något, Erik.”

”Jävla tur för dej. Försvinn härifrån innan jag gör mej olycklig på dej, kvinna.”

”Dessvärre är det så att vi kommer att göra en avspärrning av huset. Har du någon släkting eller vän du kan bo hos medan den tekniska undersökningen pågår?”

”Vad i helvete! Detta är mitt hem, mitt hus. Jag har betalt för det och det är mitt liksom...”

”Adina?”

”Tror du hon var billig i drift? Tror du det? Allt har sitt pris. Och nog har jag betalat.”

”Hur menar du?”

”Man borde ha rätt till det man betalat för.”

”Och...”

"Jag ville ha min son!" Erik sjönk ihop i en fåtölj och grät öppet. Maria dristade sig att lägga armen om hans axlar och han lutade sig oväntat mot henne. Snyftade som ett barn. "Min son", gurglade han. Och Maria vaggade honom stilla tills gråten tystnade och han torkade sig om näsan. "Jag har en jaktstuga jag kan dra mej tillbaka till. Viktoria vill nog bo på hotell i stan misstänker jag. Hon är inte mycket för friluftsliv."

Teknikern Erika Lund videofilmade badrummet när Maria sökte henne på övervåningen. Maria väntade utan ett ord. Lät ögonen följa kamerans svepande rörelser. Memorera. De slog sig ner i trappan. Erika, som normalt var kraftigt sminkad, såg naken och annorlunda ut utan kraftiga kajalstreck runt de bruna ögonen. Det bruna lockiga håret var hopdraget i en stram hästsvans. Vid tinningarna hade några bångstyriga grå hårstrån letat sig fram.

"Ambulanskillarna var här. Jag skickade iväg dem nyss. De hade distriktsläkarjouren med sig, så dödsbeviset är skrivet och klart. Behöver kompletteras med dödsorsak senare." Maria nickade. Kände tröttheten som en tyngd under pannbenet.

"Det blir väl ingen obduktion i helgen?"

"Det beror lite på vad vi hittar. Troligtvis inte förrän på måndag. Begravningsbyrån kör henne till patologen när jag är klar, men det tar ett par timmar till", sa Erika och gäspade stort. "Jag har ringt en kille som kommer och byter ut låscylindrarna i ytterdörrarna. Hur många kan det vara? Fyra eller fem?"

"Det finns ett par källarnedgångar också, till tvättstuga, garage och vedbod."

Vi nöjer oss väl med att spärra av boningshuset i det här läget. Efter obduktionen får vi se om vi behöver utvidga och sätta in en vaktpatrull. Erik talade om musik som dånade i huset. Viktoria stängde av musiken. De spelade tydligen på mycket hög volym."

"Jag har noterat det. Jo, Himbergs förhör med Viktoria Atterhed har skurit ihop. Han har farit ner till Statoilmacken för att få sig något till livs. Jag hoppas han tänker på oss också. Du fick gärna ta över sa han... fast i andra ordalag, om du förstår vad jag menar. Himberg gick aldrig in i badrummet va? Jag ser bara dina fotavtryck."

”Jag tänkte inte på det. Jag gick in och satte mej på huk bredvid Erik.”

”Du låter känslorna rusa först du, Maria. Det är lugnt. Bara jag vet vad du har haft för dej.”

18

Maria öppnade den dubbla turkosmålade spegeldörren och steg in i salongen där Himberg och Viktoria Atterhed suttit. De vita osymmetriskt ornamenterade väggarna var inramade av träpanel i avlånga speglar. En varsamt restaurerad 1700-tals miljö. I ena hörnet av rummet stod en hög mörkblå kakelugn med en kinesisk vas och en pendyl vars tickande nästan helt uppslukades av rummets volym. Golvets breda furuplankor blänkte av bonvax. En sal för dans och lekfullhet. Tavlan, som dominerade rummet, föreställde en ung dam på en gunga. Omgiven av blommor och amoriner tappar hon sin sko i farten. Hon tycks bekymmerslös, i stark kontrast till den andra långväggens dystra porträtt i tunga guldramar, förfädernas andar i stärkkragar, mot svart bakgrund. Det var som om två viljor stred om utrymmet. En ljus och romantisk å ena sidan, en tung, dyster å den andra. Till den dystra hörde de mörkblå sammetsgardinerna. De tjocka blåsvarta mattorna förde en ojämn kamp mot det ljusa furugolvet. Gobelänger med jaktmotiv och en uppstoppad fasan utgjorde en neutral zon, eller sammanbindande länk i stilblandningen. Viktoria Atterhed satt kapprak på en rokokostol och iakttog Maria, som stigit närmare den ljusa tavlan.

”Vacker, inte sant?” Rösten nådde Maria som en viskning.

”Ja, jag tycker den verkar bekant. Det kan inte vara ett original?”

”’Gungan’ av Honoré Fragonard. Konstnären Erik anlitade hade den tavlan som förebild när han målade fru Atterheds porträtt.” Maria böjde sig över rokokobyråns buktande former. Ansiktet, som log mot henne, var inte Adinas.

”Det är den riktiga fru Atterhed, Cecilia, hans första hustru.

Rummet har stått orört sen hennes tid. Adina försökte möblera om en gång, men Erik blev mycket vred på henne. Hon gjorde aldrig om det."

"Finns Cecilia Atterhed i livet?"

"Ja, men de har ingen kontakt, vad jag vet. Inte nu mer. Jag tyckte aldrig om henne. Hon hade ingen klass. Jag hade önskat han skulle finna en kvinna det gick att umgås med." Maria undrade för sig själv hur en sådan såg ut.

"Erik berättade att du arbetar som tolk."

"Ja, jag kan ryska och rumänska, lite estniska."

"Erik bad dej komma hit över sommaren. Var det så?"

"Ja, det gjorde han och jag blev förvånad. Han vet vad jag tycker om hans kvinnohistorier. När vi träffas sker det alltid utan något generande bihang. Jag vet att han har skrivit äktenskapsförord och det gör mej lite lugnare. En man som han borde stadga sig och tänka på en trygg ålderdom. Han kunde gott och väl ha varit far åt Adina, till de andra kvinnorna också förresten. Tänk att de ska vara så driftsstyrda, karlarna."

"Men nu behövde han din hjälp?"

"Jag trodde inte det var sant! Hon var så sjuk! Dåliga arvsanlag förstås. Sitt ner förresten. Var så god och sitt." Viktoria viftade med sin vita ringprydda hand mot soffan en bit bort. "Han vårdade henne som ett spädbarn. Det var efter det att hon försökt sätta eld på gardinerna som Erik ringde mej." Viktoria gjorde en gest mot fönstret. "Vi har givetvis bytt ut dem. Det blev inte billigt. Vi fick beställa nytt helt och hållet för att få samma färgnyans på alla längderna, och nya kornischer köpte vi hos snickaren i Björkavi. Han är oskälig i sina betalningsanspråk. Men så är det väl med hantverkare nu för tiden. De vet att ta betalt. Helst ville Adina vara på sitt rum med neddragna persienner. Hon orkade varken med ljud eller ljus. Jag fick fara till stan och handla öronproppar åt henne. Kan du begripa att hon tänkte gå ner och hälsa Eriks gäster välkomna i nattlinne?! Det är så obegripligt, men hon hade väl ingen riktig uppfostran att luta sig mot i krävande livsskeden."

"Hon tålde inte starka ljud." Maria kom att tänka på sina tidigare möten med Adina. Jag orkar inte med alla ljud! Skrik inte åt mej! "Erik talade om ett musikstycke?"

”Det var en tarantella av Chopin. Erik spelade den på högsta volym för att få Adina att lyda.”

”Som ett straff?”

”Hon skötte inte ens sin personliga hygien utan tillsägelse. Ljudet av tarantellan var det enda medel han hade att styra henne med, sen hon blev sjuk och slutat bry sig om kläder, vill säga. När hon inte ville stiga upp ur sin säng tände han ljuset och satte på musiken. Vad skulle han annars ha gjort?”

”Överlämnat ansvaret åt sjukvården?”

”Skulle han ha lämnat henne tillsammans med dårar på ett allmänt hospital? Otänkbart! Hon var dock en Atterhed. Sånt här sköter vi i familjen. Erik är psykiatriker. Jag hade ju helst sett att han öppnat en egen praktik i stället för att slita ut sig på lasarettet. Mor ville att han skulle bli kirurg, men så tålde han inte att se blod, stackarn. Fast han var fullt kompetent att ta vara på sin hustru.”

”Ja, men personalen på sjukhuset går hem och vilar sig när arbetstiden är slut. De arbetar inte varje dag och varje natt. Någon gång måste man komma till en punkt när man inte orkar mer. När man tappar kontrollen och inte längre är den man ville vara.”

”Vad insinuerar ni?” Viktorias strama ansikte spändes ytterligare. Framtänderna blev synliga, mer som en varghonas varning än som ett leende. Halsen sträcktes. ”Erik var ute i stallet när det hände. Det var jag som fann henne, om du vill veta det.”

”Vill du berätta vad som hände”, sa Maria lugnt och tydligt.

”I morse vägrade hon stiga upp! Vi förväntar oss att hon kommer ner klädd till frukosten som serveras 7.30 i lilla matsalen. Erik gick upp för att hämta henne. Hon var oresonlig. Jag hörde hur ohövlig hon var i tonen och gick upp för att bistå min bror. Adina stod på sängen och skakade så konstigt. Så föll hon ihop och krampade. Det såg så otäckt ut. Erik förklarade för mej att man kan krampa om man blir mycket upprörd. Jag trodde det bara gällde barn, det som kallas affektkramper, men han vet ju bäst. När Adina vaknade upp, var hon som en liten barnunge, ledsen och rädd. Jag tog upp frukost åt henne när Erik var ute hos hästarna, bacon och ägg på franskbröd och en kopp te med mjölk. Vid lunchtid var det likadant. Hon var inte klädd och hon höll inte tiden. Erik är noga med sådant. När han öppnade dörren till hennes boudoir kastade hon burken med vitamintabletter på honom. Jag stod bakom honom i korridoren och såg allt mycket tydligt. Locket lossnade och alla tabletterna föll ut över golvet.

'Jag behöver dem inte mer', viskade Adina.

'Vad menar du?' sa Erik. Han var väldigt upprörd och pekade på mattan för att förmå henne att samla upp burkens innehåll.

'Det finns inget liv', sa hon. Jag trodde Erik skulle falla ihop. Han gapade men det kom inga ljud. Han vacklade in på sitt rum och kom tillbaka med ett stetoskop. Lyssnade i en evighet. Förtvivlad kastade han sig på hennes säng alldeles översiggiven och hon skrattade åt honom. Kan du förstå? Hon skrattade rakt ut. Ett vansinnesskratt. En hel vecka hade hon gått och tigit. Erik reste sig och gick nedför trappan. De första tonerna av Chopins tarantella slog nästan lock för öronen. Musiken dånade genom huset. Jag trodde jag skulle bli tokig jag med. Adina fick ingen middag. Det sa Erik till om bestämt och jag höll med honom, det gjorde jag. Hela kvällen vandrade han i salen, av och an. Jag hörde hans steg och kom ner för att hålla honom sällskap. Han stod vid Cecilias porträtt och såg på henne. Jag tror jag förstod vad han tänkte. Han var mycket fäst vid sin första hustru, Erik. Vi satte oss i soffan. Han hade inte tänt lampan, men ett sparsamt ljus föll in från entrén. Han talade om sin son, om sina drömmar och om framtiden som ett svart hål. Då hörde vi hur Adina spolade vatten där uppe. Jag undrade om han inte tänkte se efter vad hon gjorde. Men han sa att det var honom fullständigt egalt. Istället drog han på sig sin skinnrock och gick ut för att se till fölet. Jag ville att han skulle ta ett paraply, men han brydde sig inte om regnet. När jag kom upp i hallen såg jag henne i badrummet. Hon hade inte stängt dörren. Hon stod där i hela sin otillständighet. Då såg jag att hon skakade, så där kusligt. Hon skrek obsceniteter jag inte ens vill ta i min mun. Sådant lär de sig innan de talar en god svenska. Då gick jag och satte på musiken. Vad annat kunde jag göra? Erik dröjde i stallet. Jag vattnade blommorna ute i fönsterlådorna och gick upp igen för att se att hon stängt av kranen ordentligt. Då låg hon där i vattnet. Ansiktet var alldeles under vattenytan. Hon tittade på mej genom vattnet med sina stora bruna ögon. Jag trodde först att hon spelade, att hon ville skrämmas. Men hon rörde sig inte, blinkade inte. Det kom inga luftbubblor. Jag blev riktigt rädd och tog tag i hennes arm. Den var hal och jag tappade greppet. Hon var helt lealös. Jag tog i med båda händerna och drog upp henne över kanten. Sen sprang jag efter Erik."

19

Varje rörelse röjde hans vrede, de högt uppdragna axlarna, den avvisande nacken och de neddragna ögonbrynen. När Maria kommit halvvägs in i bilen rivstartade Himberg utan en blick åt sidan. Tystnaden var mättad av anklagelser. Kanske hade det lättat upp lite om han skrikit "Jävla Wern". Det skulle inte ha varit svårt att provocera fram en sådan urladdning. Men Maria var för trött för att komma på något att säga överhuvudtaget. Säkert skulle alla försök till ett normalt samtal kunna tolkas som att hon vacklade i sin ståndpunkt om en grundlig utredning, att hon var villig att be om ursäkt. Maria ville inte riskera det. Hon kunde redan för sitt inre öra höra Himbergs version av det inträffade i utsättningsrummet bland sina allierade. Fruntimmer! Utredare! Tänk om han hade rätt. Om det var en olyckshändelse. Maria kände ett styng av oro. Förutom Adinas blåmärken hade hon inte mycket att komma med, mer än sitt dåliga samvete. Adina hade vädjat till henne om hjälp. Kanske var hennes upprepade "trafikolyckor" också ett sätt att få uppmärksamhet? Svårt att veta. Vad hade hon kunnat göra mer än det hon gjort? Tankarna ledde inte framåt, de cirklade runt som anklagande måsar, nöp till och försvann. Är det straffbart att plåga någon med ett musikstycke, en tarantella som för en del människor är något njutbart? I ett annat sammanhang skulle det hela säkert te sig skrattretande. En tarantella! Erika Lund hade berättat att italienarna förr i tiden hade den bestämda men felaktiga föreställningen att tarantelspindelns bett var dödligt giftigt för människan. Man kunde bara bli botad genom en dans, en vild dans intill utmattning. Bettet kunde ge de mest varierande symptom, därför kunde man aldrig säkert veta om man blivit biten. Stundtals utbröt hela karnevaler av tarantelladansande människor, som ville ta det säkra före det osäkra. "Det är ungefär som på Finlandsbåten", menade Erika. "Under en karneval behöver man inte heller ta ansvar för sina handlingar fullt ut. Inte när alla gör det otillåtna. Det egna ansvaret uppslukas av kollektivets anonymitet och i skydd av det kan man leva ut ohämmat. På Trinidad är det fängelsestraff för dem som inte slutar dansa när karnevalen är slut, annars skulle de aldrig få någon hejd på festen." Maria fick andra associationer av tarantellan; spindelns håriga armar, Adinas tavla med sina skira rödgröna nyanser. Historien om stekeln som bedövar tarantelspindeln och lägger sin avkomma i dess kropp. "Spindeln äts sen inifrån. Utan möjlighet att röra sig. Den kan inte fly sitt öde eller sin smärta." När Maria kikade in i ateljén, och blev ertappad av Per som såg till hästarna, hade tavlorna varit borta. Hon måste komma ihåg att fråga Erik Atterhed om det, vart tavlan med kvinnokroppen tagit vägen.

Erika Lund hade visat henne ett rum på övervåningen, så olikt de andra gästrummen, en barnkammare. De hade stått i dörröppningen och tittat på den ljusblå sängen med sina höga gavlar. En svart gunghäst med guldbetsel och sammetssadel såg ut som om någon just stigit av den. Ett svärd och en hjälm låg slängda på golvet. Intill den ena långväggen stod ett stort bord med en tågbana; Märklin, där någon inspirerad person placerat ut tunnlar och stationshus, små träd i plast och gräs av grönt strösselliknande pulver. Två tåg med vagnar, små semaforer. Hus och kyrkor, en skolbyggnad och en borg med tappra fanbärare till häst. Och märkligt nog inte ett dammkorn! Sängkläderna luktade rent. På den ljusblå byrån vid sängen låg några sagoböcker, precis som om någon just plockat fram dem för att läsa en godnattsaga. "Petter och hans fyra getter" låg överst. I fönstren stod vita blå och rosa saintpaulior. De enda levande blommorna i huset, slog det Maria den stunden. Det var ingen kammare för en liten nyfödd. Kanske var Erik Atterheds förväntningar på ett litet nyfött barn inte helt realistiska. Vad skulle han göra med ett litet barn vid sin ålder? Han hade gått och väl hunnit till de år när man räknas som farfar, om man kommer med ett litet barn vid handen. För kvinnor är åldern en naturlig barriär för föräldraskap. Hade Adina velat ha sitt barn? Det verkade inte så. Det var svårt att veta vilken framtoning hon skulle ha haft om hon varit frisk förstås. Erik hade inte velat svara på hur länge Adina varit i Sverige. Om de inte varit gifta i två år måste hon ha uppehållstillstånd med särskild invandrarprövning; att varje halvår bedyra invandrarmyndigheten hur högt man älskar varann och att man gift sig av idel kärlek. Och om hon misshagade sin make hade han möjlighet att, när som helst inom de två åren, få henne returnerad till Estland genom att begära skilsmässa. Så säger lagen. Hur stora uppoffringar kan man göra för att få bo i ett välfärdsland? Nyligen hade Maria läst om en man som satte regelverket i system. Han behöll kvinnorna han importerat i nästan två år, och sedan bytte han till en ny, yngre och lydigare kvinna, precis innan de fick samma lagliga rättigheter som han själv, innan de kunde språket och fick andra kontakter. Genom att agera hallick hade han skaffat sig avsevärda extrainkomster.

Adina talade väldigt bra svenska. Kan man lära sig språket så bra på bara ett par år? Om man är mycket språkbegåvad? Maria kunde inte bedöma det. Adina arbetade som sjuksköterska. För att få vara yrkesverksam krävs en svensk legitimation, en kompletteringskurs, enligt Karin. Hur lång tid tar det? Maria drog upp sitt block och gjorde en anteckning. Himberg himlade med ögonen halvt vänd mot henne så hon inte skulle undgå att lägga märke till det. Vilken skillnad det skulle varit att ha Hartman bredvid sig i bilen och kunna diskutera det inträffade på ett konstruktivt sätt.

Solen gick upp vid horisonten. En växande bågform av ljus. Det blåste friskt över havet. En stank av ruttnande tång letade sig in genom ventilationen. Vågor med vita gäss rullade blågrå in över stranden. Två fiskebåtar skymtade ute under Kronholmen i diset. Stranden låg öde. Maria försökte blunda och slumra till lite trots den obehagliga stämningen i bilen. Träden som susade förbi rutan skuggade morgonsolen i blixtsnabba växlingar; ljus och mörker, orangegult och svart innanför de stängda ögonlocken. Det fick henne att ideligen rycka till. Bilen krängde. Himberg gjorde en kraftig inbromsning och vrålade panikslagen.

”Nu får du jädrar mej köra. Jag höll på att somna. Vi kunde ha varit hemma för flera timmar sedan. Inser du det, Wern? Fattar du vad du har dragit igång, din jävla pappersfetischist?”

20

Molly kom rusande mot henne, med all den kärlek en hund kan uppbringa. Det spelar ingen roll om man varit borta en vecka eller bara fem minuter. Man är ÄLSKAD! Slickad, buffad. Ögonen flödar av honungsguld. Svansen, hela bakdelen vinkar välkommen hem. I glada skutt och svängar visade hon sin lycka över Marias uppenbarelse.

”Har inte hunnit rasta Molly. Vi försov oss”, lydde Kristers dystra meddelande på lappen bredvid kaffebryggaren. Dyrt och heligt hade han lovat att hustrun skulle slippa gå ut med hunden, om hon inte särskilt ville det förstås. Sen blev det som det blev. Han kunde ju inte hjälpa att han inte hann. Hur många morgnar Maria och barnen varit ute med hunden innan dagis hade hon tappat räkningen på. Efter en hel natts vaka var rastandet av en hund nästan ogörligt. Förresten luktade hunden konstigt. Mormor Vendela hade haft syrener på sitt utedass. Det luktade något ditåt. Maria stoppade näsan i pälsen och ulkade. Precis så luktade det, som syrener på ett utedass! Antagligen hade Krister velat göra det enkelt för sig och släppt hunden utan koppel nere på ängen där många red. Vem blir lycklig av att få rulla sig i hästskit!? Att riktigt få knö och mosa in det i pälsen, rulla runt och njuta. Av stanken att döma hade Krister nöjt sig med att spola av det värsta med trädgårdsslangen och sedan parfymera hunden. Maria kunde se honom framför sig. Hur han jagade Molly med pumptvålen och vattenslangen, påhejad av barnen. Han hade inte kunnat erkänna att han ångrat att han tagit hem Molly. Absolut inte, även om det hade varit nära sist när det var fullmåne och hunden ylade av rädsla för att den Gule skulle braka ner från sitt fäste rakt i huvudet på henne. Krister skulle upp tidigt för att hinna med ett tåg till Göteborg morgonen därpå. Maria hade fått hjälpa honom att mörklägga huset med filtar över gardinstängerna i vardagsrummet för att få tyst på hunden.

Molly skuttade stigen ner mot havet och drog Maria efter sig i kopplet, alltför uppspelt för att kunna koncentrera sig på att uträtta sina naturbehov. En kvarglömd barnsandal låg avsparkad i väggruset. Ett strömmingskadaver statt i förruttnelse hade lockat till sig en svärm av grönskimrande flugor. Det luktade tjära och tång nere vid fiskebodarna. Morgonljuset skar i ögonen. Solen värmde strandängen och lockade fram dofter av fuktig jord, timjan och ängsblommor, som blandades med lukten av salt hav i samma takt som Maria vandrade ner mot stranden. Kisade. Ögonen tårades. Hon vände bort blicken från havet. Näten gungade sakta på sina eneklykor som uråldriga glesnade tomteskägg. Blåklockor, gulmåra och hundkex lyste upp dikeskanten. Daggpärlor, som ännu inte slukats av morgonsolen, glittrade i strandängens gräs. Molly bara lekte, lyssnade på minsta prassel, minsta rörelse på ängen, uppmärksam på allt, koncentrerad på intet.

”Pinka ditt elände annars får du kall gröt till middag!” muttrade Maria och vinglade framåt, trampade snett på en sten och vacklade till. ”Sätt dej ner och gör det bara, som en lydig hund. Sätt dej ner!!” Molly lyfte sin långa nos och log med sina stora bruna ögon. Trodde du ja! En ny rörelse framför dem och uppmärksamheten gick förlorad.

”Maria vänta!” En gestalt lösgjorde sig ur skuggan vid fiskelägets utedass och kom närmare.

”Karin?” Det var Karin i mörka solglasögon, regnjacka och nattlinne. För en utomstående kunde plagget ha passerat som sommarklänning, men Maria kände igen den gula särken. ”Har du rymt hemifrån?” Karin nickade. ”Har det hänt något? Är ni osams?” Karin nickade igen. ”Vill du prata om det?” Maria stålsatte sig mot tröttheten, mobiliserade all kraft som fanns kvar. ”Vi kan gå hem till mej och ta en fika. Jag är ensam hemma. Krister och barnen har farit till hans bror i Norrtälje nu på morgonen.” Maria log lite för sig själv när hon tänkte på doften av rakvatten i sovrummet. Det var roligt att han ville göra sig till lite och lukta gott. Han var annars inte mycket för sånt, Krister. Och så hade han köpt ny skjorta och kavaj. Han kanske hade fått en slant till det av sin mor, kan tänkas.

"Se hur tomatplantorna har tagit sig", sa Maria när de stannade till vid växthuset i väntan på att kaffet skulle rinna ner. Molly låg tjurig på trappan och blängde på dem, övergiven och bortmotad sedan hon i en stund av obegränsad förtjusning försökt omfamna Karin. "Det kommer att bli mera grönsaker än vi hinner ta vara på. Du får komma och hämta gurka och tomat sen när de mognar."

"Du är min goaste vän, Maria. Min allra goaste."

"Du med! Vill du berätta vad som hände?"

"Det började redan i går kväll när Julius kom hem. Han var så trött och irriterad. Jag frågade hur resan hade varit och han svarade knappt, så jag berättade hur jag haft det på jobbet. Det kanske inte var så taktiskt av mej. Han var inte på humör för att lyssna. Det bara halkade ur mej. Vi har patienter i korridorer och dagrum i stället för på riktiga salar, vilket gör det än mer tungarbetat. Det är fullt på hela sjukhuset. Patienttrycket minskar ju inte för att platserna gör det. Det är bara en tidsfråga innan vi blir anklagade för vanvård. Och vad har neddragningarna lett till, sa jag? Inte en krona har man tjänat in när allt fler går långtidssjukskrivna och resten av personalen beordras in på kvalificerad övertid. 'Jag äter ute ikväll' sa Julius och jag kände mej helt sänkt."

"Gick han ut?"

"Ja, han kysste mej snabbt på kinden och gick. På kinden, inte på munnen som han brukar. 'Vart ska du?' ropade jag efter honom men han svarade inte. Jag skulle kanske ha sagt det på ett lite mer lättsamt vis, han brukar kunna lyssna då."

"Vad finns det för lättsamt att säga om vården?"

"Att ALLA patienter inte blir vanvårdade till exempel. För att bli vanvårdad måste man lyckas ta sig in och få en sängplats och det är inte det lättaste. Stackars den läkare som står på akuten och bestämmer vilka som ska få de få platser som finns och vilka som ska skickas hem. Det finns de som liknat vårdsituationen vid leken Hela havet stormar. Du vet när man går runt stolar till musik medan platserna försvinner undan för undan."

”Landstingspolitikerna måste ju hålla sin budget. Jag tycker det var hedersamt av förre landstingsdirektörn att avgå i protest när nya besparingar var på gång.”

”Man kan tycka det. Hur skulle det vara om gräsrötterna avgick i protest? Vem skulle då sköta de sjuka? Vi som står närmast patienterna kan inte lämna dem i sticket. Den lojaliteten utnyttjas till bristningsgränsen. Var någonstans var jag innan vi pratade om vården?”

”Julius bara gick sin väg, sa du.”

”Jag packade upp hans resväska. Ville hjälpa till om han hade mycket att göra. Det luktade parfym om hans kavaj. Rök också förstås, men mest parfym sån som du har. Escape. Byxorna var jätteskrynkliga och fuktiga. Man kunde tro att han simmat iland. Det fanns lite läppstift på hans krage. Jag väntade hela kvällen att Julius skulle komma hem, så vi kunde skratta åt alltsammans. Jag lovade mej själv att aldrig mer besvära honom med hur det är på arbetet om han inte direkt frågar. Sen måste jag ha somnat. När hans väckarklocka ringde steg jag upp. ’Sov, det behöver du’, sa han, men jag ville att vi skulle äta frukost tillsammans. Jag ville känna att allt var bra. Oron stod mej upp i halsen. Han frågade hur det gick hos doktorn i fredags. Jag fick en konstig känsla av att han visste eller anade det jag ville dölja och att han var arg på mej. Jag blev så rädd. Vågade inte se honom i ögonen. Jag kunde ju inte fråga rent ut om han fått reda på något om aborten. Jag berättade att fosterljuden var bra, att vi ökat i vikt och att jag fått järntabletter och vitaminer. Hb:t hade sjunkit rejält sen sist. Det tyckte jag var konstigt. Jag kollade det på jobbet förra veckan och då var det bra. Någon kan förstås ha slarvat med att kalibrera apparaten. Fast så mycket ska det inte slå på i alla fall tycker jag. Sen ska jag härda brösten, säger dom. Är det verkligen nödvändigt?”

”När jag väntade Linda hade jag en barnmorska som tyckte att det bästa sättet att härda brösten var att klippa hål för bröstvårtorna i bh:n, och låta friktionen mot tyget härda. Jag berättade för henne att jag bytte om i allmänt omklädningsrum på jobbet. Och att folk säkert skulle undra vilka orgier som lett till bh:ns märkliga utseende. Det bästa är faktiskt Scoth Brite, en sån där gröngul svamp du vet. Först gnor man med den mjuka sidan och sen med den gröna när man blivit mera härdad.”

”Är det så?” skrattade Karin. ”Du ljuger?”

”Ja, jag ljuger. Vad hände sen med Julius?”

”Jag berättade att jag tänkt börja en datakurs. Jag tänker försöka få tjänstledigt och läsa data fram till förlossningen, får jag inte ledigt tänker jag läsa ändå. Jag vill göra något annat i mitt liv. Jag tror inte jag orkar arbeta kvar som sjuksköterska i 35 år till. Det känns orimligt. Det är en påbyggnadskurs till den grundkurs jag läst tidigare. Jag hade inbillat mej att Julius skulle bli glad.”

”Men det blev han inte?”

”Nej, ibland blir jag så trött på hans sätt att visa omtänksamhet genom att försöka förbjuda mej att göra sånt som han tycker är riskfyllt. Han tycker att jag borde vara sjukskriven. Jag hade gärna följt med till Finland. Men Julius tycker att jag ska befinna mej nära Cheironkliniken ifall det skulle hända något. ’Tänk på ditt blodvärde’, sa han. Jag tror inte han ville ha mej med. Tänk om han tröttnat på mej? Han hade ju läppstift på skjortan.”

”Det tror jag inte. Det lyser om honom när du är i närheten. Det är hur tydligt som helst. Han träffade väl affärsbekanta på båten. Jag tror att han dansade med Susann Göthe, hon kanske var lite kladdig om mun. Han håller ju på med ett test åt Cheironkliniken, sa han. Nåt med vitaminer och IQ.”

”Ja de skulle visst på samma konferens i Finland. Jag undrar vem han skulle träffa igår kväll? Jag ringde dej sent men Krister sa att du inte var hemma.”

”Jag jobbade?”

”Natt?”

”Ja.”

”Då borde du sova?”

”Det hinns nog med.”

21

”Det verkar inte riktigt klokt. Sa han verkligen så, Storm?” Arvidsson lämnade tidningen med ögonen för en stund och såg på Maria under lugg.

”Utredningen av Adina Atterheds död läggs ner efter obduktionen och jag är förvisad till receptionen med omedelbar verkan.”

”Vad är det med Storm?” stönade Arvidsson.

”Vet du inte det? Han har fått en kvinnlig chef. En jurist. Ledningsgruppens herrklubb är sprängd. Den här kvinnan är rena dynamiten, intelligent, verbal och effektiv. Det blir oroligt för honom. Han har sömnproblem. Ser ni inte det?” Ek vispade runt i glaset med sin kaffesked så vattnet stänkte. ”Vet ni vad det här är? Det är en gåta.”

”Sluta upp! Vad håller du på med?” sa Arvidsson och drog undan sin tidning.

”Gissa då.”

”Kan inte. Hela havet stormar? Lägg av nu! Sluta vispa runt innan jag blir förbannad!”

”Storm i ett vattenglas”, sa Maria och Ek nickade gillande och satte skeden bakom örat.

”Han borde vara glad åt att slippa konfrontationerna med pressen. Den biten kommer hon att ta över säger Hartman.” Arvidsson försökte få isär två blöta sidor utan att ha sönder tidningspappret.

”Det vore ett lyft för vårt anseende.” Ek gjorde ett sista svep med skeden i glaset och fick en trött och irriterad blick av Arvidsson.

”Du ska alltså sitta i receptionen månaden ut och skriva rapporter om cykelstölder och försvunna mopsar. Det är fan mej inte rättvist!" Arvidsson slängde undan sin röda lugg och rynkade ögonbrynen.

"Vakthavande ansåg att vi borde utreda, men nu har Himberg varit inne och snackat med Storm. Jag är inte övertygad om att det är en olyckshändelse", sa Maria.

"Någon borde väl kunna slå en MFP på Erik Atterhed i alla fall. Fast får Storm veta det blir han förbannad!"

"Jag har gjort det, jag har sökt i brottsregistret", mumlade Maria i mungipan. "För snart tjugo år sedan satt han inne för vållande till annans död och rattfylla."

"Och... ?" Arvidsson la undan sin tidning.

"Han hade suttit och groggat på kvällen. Sonen, fem år gammal, fick ett kraftigt kruppanfall. Hustrun hade inte körkort. Erik satte sig vid ratten och gjorde en vansinnesfärd mot sjukhuset och frontalkrockade. Frun och sonen satt i baksätet utan bälten. Sonen for ut genom framrutan och dog nästan omedelbart. Hustrun blev invalidiserad. Man skulle väl ha gjort samma sak själv; kört utan att tänka sig för, om man hade haft ett barn som inte fick luft", sa Maria tankfullt. "Jag tror inte man skulle ha hunnit fundera över om man druckit eller inte. Han försökte skaffa barn med Adina. Hon var gravid."

"Stackars sate! Han har inga andra barn?!" Ek släppte ner skeden i glaset. "Varför tror du att det skulle ligga ett brott bakom hennes död? Du berättade förut att hon krampade. Kan det inte ha varit en olyckshändelse, ett epileptiskt anfall eller något liknande. Hon krampar och drunknar i badkaret? Kanske slog hon huvudet i badkarskanten?"

"Någon måste titta på henne på patologen, snarast. Dödsbeviset måste kompletteras med dödsorsak. Hon kan ha varit alkoholpåverkad, tabletter kanske? Hade hon inte tagit lugnande medicin på sin arbetsplats?" Maria skruvade olustigt på sig. Vad hade hon att komma med? Blåmärken. Ett musikstycke. Sitt eget dåliga samvete... Adinas vädjan om hjälp.

"Vad får dej att tro att det skulle vara ett brott?" upprepade Ek.

"Jag vet inte, jag känner mej bara inte övertygad om att det var en olyckshändelse." För att en psykiskt instabil invandrarkvinnas död bör ha samma dignitet som vore det en helsvensk rik medelålders man. Likhet inför lagen, tänkte Maria.

”Jag tycker det verkar långsökt”, sa Ek. ”Säkert att du inte bara är förbannad på Himberg?” Maria ryckte på axlarna. Hon hade hoppats på stöd av sina kollegor.

”Fick du reda på hur länge de varit gifta?” undrade Arvidsson och la tidningen på tork över elementet. Maria gav honom en tacksam blick.

”Lyssnade lite med invandrarverket. De har varit gifta i knappt ett år. Adina har en bror som enda släkting kvar i Estland. Hon kom till Sverige -81 gifte sig fick uppehållstillstånd och svensk sjuksköterskelegitimation två år senare. Skilde sig och flyttade tillbaka -84. Sen återkom hon till Sverige nu i fjol.”

”Hon gifte sig inte med gubben för att få uppehållstillstånd alltså.” Ek stirrade misstroget på sina naglar. ”Vad såg hon hos honom? Sökte hon en fadersgestalt eller var det pengarna som lockade?” Maria ryckte på axlarna igen, kände vreden komma.

”Det är sjukt med gamla gubbar som köper sig ungdom. Äckligt!”

”Förlupna kulor”, sa Ek. Arvidsson kostade på sig ett motvilligt leende.

”Receptionen nästa.” Maria reste sig och stoppade in sin tallrik i diskmaskinen och drog ihop sitt långa ljusa hår i en hästsvans. Arvidsson försökte att inte följa henne med blicken.

Kvinnan på andra sidan receptionsdisken sökte ögonkontakt med Maria. Ängsliga bruna ögon i ett runt rynkigt ansikte ramades in av rakt grått hår, i en intetsägande och lättskött frisyr. Kläderna var omoderna och urtvättade, men hela och välstrukna. En uppoffrande moder? Det är den vägen vi är determinerade att gå, att skrumpna ihop till plufsiga moderpotatisar efter det att barnen fått sitt, tänkte Maria. Kvinnan sträckte fram handen, en sträv och narig näve. Hon talade fort och tyst.

”Min son har varit borta sedan natten mot söndag. Han försvann från sitt arbete mitt i natten. De ringde hem till mej på morgonen. Jag cyklade bort till hans lägenhet men där var han inte.”

”Kom, vi sätter oss där borta i lugn och ro. Det är lite stimmigt här just nu.” Maria såg ut över lokalen som fyllts av ett tiotal människor som varit med om en lindrig, men förtretlig seriekrock därför att någon bromsat in för en reklamballong som kommit farande med vinden. Anklagelserna duggade tätt och högljutt. Men det såg inte ut att gå till handgripligheter.

”Var arbetar din son?”

”Han är transportör på sjukhuset.”

”På natten?”

”Ja, han har arbetat där över femton år och alltid skött sitt arbete. Inte en sjukdag. Ingen frånvaro.”

”Vad heter han?” Maria tog fram block och penna.

”Alf Hansson.” Kvinnan satte handen för munnen och drog in luft. Sen sjönk hon ihop med utandningen till en stor oformlig klump av ängslan.

”Bor han ensam?”

”Ja, det har inte blivit så att han träffat någon. Det är ingen brådska tycker han. Han fyllde trettiosju nu i mars. Jag tycker han skulle skaffa sig ett dagarbete i stället, så han får se människor och solljus. På vintern när han arbetar flera nätter i sträck, somnar i mörker och vaknar i mörker, så ser han inte solen på flera dygn. Det kan inte vara hälsosamt. Han har varit så blek på sistone. Man tycker att han borde träffa någon när det finns så många trevliga sköterskor. Bara han ansträngde sig lite.”

”Vad gör en transportör på natten?”

”Hämtar journaler, går med blodprover som inte kan skickas med rörposten och transporterar patienter mellan avdelningarna och avlidna ner till patologen. Jag tycker att det är så otäckt att han ska behöva gå ensam genom de där kulvertarna mitt i natten. Men han säger att han är van. Att det inte gör något. Tänk om det hänt honom något, om han blivit nedslagen av någon knarkare som vill komma över passerkortet. Man hinner tänka allt möjligt.”

”Har du talat med dem han brukar umgås med på fritiden?”

”Ja då, flera gånger. Han brukar mest umgås med sin kusin och ett par andra grabbar. De har ett band ihop och spelar tradjazz. Jag tror just inte de haft några spelningar på sista åren, men de träffas och har trevligt. Vad kan vi göra? Var kan han vara?”

”Har du talat med någon som arbetade den natten när han försvann, som vet var han sist var synlig?”

”Nej, de som arbetade helgen är lediga nu och de lämnar inte gärna ut anställdas telefonnummer. Det var därför jag kom hit, för att få hjälp. Jag är så orolig. Vad ska vi ta oss till? Jag begriper inte var han kan vara?”

”Har han syskon?”

”Nej, vi har bara varann. Jag är änka sen trettio år tillbaka. I natt drömde jag att han låg mördad i ett sopnedkast, styckad! Man ser så mycket otäckt på teve. Huvudet låg under armarna. Han såg rakt på mej men blicken var tom. Jag ropade men han svarade mej inte. Jag vaknade och skrek rakt ut. Grannfrun bankade i väggen. Kanske var det av det jag vaknade.” Kvinnan förde handen mot munnen igen, som för att hindra skriket från att tränga ut. ”Uppe på avdelningarna har de soprum. Det är inte svårt att stoppa någon i en sopsäck, dra igen den med ståltråd och släppa ner kroppen, som far i rännan och hamnar i någon sorts container där nere gissar jag. Ni måste undersöka det! Lova mej! Han är inte så stor till växten.”

”Jag förstår att du är orolig, men säkert finns det en naturlig förklaring. Han har inte talat om att resa, träffat någon ny vän?”

”Det skulle han ha berättat för mej. Vi talar med varann dagligen. Ni måste ta mej på allvar! Jag tror att något hemskt har hänt!”

”Jag tar dej på största allvar. Jag kommer omedelbart att kontakta sjukhuset när vårt samtal är avslutat. Du sa att han hade ett passerkort. Då borde det gå att ta reda på var han varit under natten. Säkerhetsansvarig på sjukhuset kan hjälpa oss med det.”

”Låt dem inte tömma någon container utan att ni kontrollerat den!” Kvinnan spände ögonen i Maria. Stora ängsliga bruna ögon, som sedan följde Maria en lång tid därefter.

22

Maria befann sig i ett märkligt litet rum på akutmottagningen med grönmålade avskavda väggar. Dörrfodret hade fått rejäla törnar. På golvet fanns svarta repor efter något som dragits över plastmattan. Skylten på dörren hade angivit att det var ett samtalsrum, men av inredningen att döma kunde man undra om man kommit rätt. Det fanns tre stolar och ett skrivbord, men också droppställningar, en EKG-apparat, två rullstolar, en rollator och ett gåbord, samt en mängd andra apparater vilkas funktioner Maria svävade i okunnighet om. Längs med ena väggen var en säng intryckt, sannolikt en överbeläggningsplats. Karin hade berättat att det ibland blev problem med platserna när en patient avlidit. Inte kunde man låta den avlidne ligga kvar på en två- eller flersal. När de anhöriga kom för att ta farväl måste det få ske i avskildhet. Ett samtalsrum fick ibland duga som visningsrum, om det inte redan låg någon i sängen där förstås. Läkarexpeditionen, undantagsvis, om det inte fanns en överbeläggning där också eller i värsta fall fick den avlidne ligga i behandlingsrummet, där alla sprang ut och in för att hämta saker. Den här stunden av farväl är så viktig. Man vill så gärna att det ska bli ett fint avsked, hade Karin sagt. Förutom att hitta en plats för den avlidne vill man gärna ha ett annat rum där man kan ta en kopp kaffe med de anhöriga i lugn och ro, där de kan få gråta utan att mötas av nyfikna blickar.

Maria lät ögonen vila på en tavla med en sprattlande harlekin, en man med groteska ansiktsdrag och en dräkt i grälla färger. Inget uppmuntrande att hänga på en sjuksal. Säkert en donation. Tavlorna i samtalsrummet såg ut som donationer allihop, om man tänkte efter. Det var väl därför harlekinen hamnat här halvt dold bakom en skärm. Maria kom att tänka på tavlan hon fått av Adina. Var hade hon gjort av den? Fick hon med sig den in eller blev den kvar i bilen? Kunde det rent av ha blivit så att hon glömt kvar den hos Atterheds?

Dörren flög upp och Maria spratt till där hon satt i tankar.

”Bertil Hoas, säkerhetsansvarig. Jag ringde just polisen och fick höra att du redan var på plats.”

”Maria Wern, länskrim.” Hon reste sig upp och sträckte fram handen. Det föll sig naturligt eftersom mannen framför henne var ofantligt lång. Att hälsa i knähöjd kändes inte rätt. Hans huvud var alldeles för litet eller också såg det så ut för att det satt så högt upp. Bertil slog sig ner, dubblade ihop benen under stolen och kikade närsynt på henne genom starka minusglas.

”Det gäller Alf Hansson, förstår jag.” Maria nickade och konstaterade att huvudet, så här ansikte mot ansikte, såg mera proportionerligt ut. ”Jag har lyssnat med personalen. Vid tvåtiden i natt transporterade Alf Hansson en avliden kvinna från ambulansintaget till patologen. Kvinnan hade avlidit i hemmet. Exakt 2.07 passerar någon dörren till patologavdelningen med Alf Hanssons passerkort. Det kan mycket väl ha varit Alf, eller någon som använde sig av hans kort. Tidpunkten kan fastställas och vem kortet var utställt på, men alltså inte vem som höll i det. Klockan 3.18 öppnas dörren igen. Meddelandet säger ’uppbruten dörr’ vilket oftast innebär att någon öppnat med dörrvredet istället för att använda nyckelknappen på insidan. Någon yttre åverkan på dörren har vi inte hittat, så vi bör kunna sluta oss till att det gått till på det viset. All personal är instruerad att använda sig av nyckelknappen, därför skulle man kunna tänka att det var någon annan än Alf Hansson som gick ut, men det kan vi inte veta säkert. Han kan ha varit trött och glömt sig, helt enkelt. Man kan inte undgå att fundera på vad som tog sådan tid där inne.”

”Den avlidna kvinnan han transporterade, i vilken ålder var hon, hon som avled i hemmet?”

”En gammal kvinna, runt nittio. Varför frågar du?”

”Jag åkte på ett larm lördag natt, det var en yngre kvinna som avlidit. Jag tänkte bara om…” Maria avstod från att fullborda meningen.

"När jag fick meddelande om att du satt och väntade granskade jag videofilmer. Vi har övervakningskameror i kulvertarna. Det är ett stort material att gå igenom även om vi koncentrerar oss på området kring patologen. Tidigt i morse fick jag veta att en kamera mörklagts under natten. Vi har en väktare som med oregelbundna mellanrum kontrollerar bildskärmarna. Klockan två såg det normalt ut, men halv fyra upptäckte han att en kamera var ur funktion. Han gick ner för att kontrollera. Det hängde en svart sopsäck över apparaturen. Dessvärre var det den kamera som finns i korridoren som leder till patologen. Om man vet var kamerorna är belägna och kommer bakifrån går det att mörklägga dem utan att bli filmad. Ofta sker det som ett skämt eller dumt påhitt. Vid ett tillfälle fick vi en kamera stulen på det viset. Säkerheten ligger egentligen i oregelbundenheten i väktarens kontroll av bildskärmarna. Den här gången föll det sig så oturligt att väktaren blev uppehållen av ett knivbråk utanför akutmottagningen. Det blev ett längre glapp i kontrollen än vi räknat med. Oturligt! Jag hör av mej så fort jag har något mer att tillägga. Alfs mor ringde mej och ville att vi skulle gå igenom soporna."

"Ja?"

"Jag har sagt till om det. Inget har lämnat soprummet än."

"Du heter alltså Liselott och arbetade natt i helgen på akutmottagningen?" Maria drog upp block och penna ur ryggsäcken, och tänkte lite roat för sig själv att det var illa ställt med personalrekryteringen om man fick ta in grundskoleelever i vården. Kvinnan framför henne såg ut att vara praoelev på sin höjd. Hennes röst var ett barns.

"Ja. Alf bara försvann, typ. Det låg tre patienter och väntade på att få komma upp på avdelningar, läkarna väntade på journaler. Det var inte klokt. Ingenting fungerade ju, alltså. Vi sökte honom, men han ringde aldrig upp. Han kanske inte hade sökaren påslagen eller också var det något annat fel, typ. Det blir ju kaos här på akuten om patienterna inte kommer i väg när de ska. På natten finns det bara en transportör. Till slut fick vi springa iväg själva och hämta journaler. Så ska det fan inte va. Folk blev som tokiga i väntrummet. Allt blev försenat. En kärring med gallbesvär råskällde på kirurgen för att han inte tänkte operera henne med en gång. Hon har varit inne fyra gånger nu. Sist hann hon ända upp på operation, fastande med dropp och klädd i nattskjorta, innan hon blev hemskickad för att det inte fanns personal. Nu var hon förbannad!" Liselott nickade så hästsvansen guppade.

"Har det hänt tidigare att Alf försvunnit på arbetstid?"

"Nej, jag blev jätteförvånad. Han håller sig lite för sig själv och så, men vill man ha igång han kan man prata om frimärken, om han köpt något nytt eller sett nåt fint. 'Har du skaffat någe nytt å slicka på', brukar jag säga och då svarar han alltid att de gamla är bäst. Jag tror inte han förstår skämt och så. Han spelar trumpet, tror jag. Eller hur Per?" Maria såg hur den vita rocken som fladdrade förbi stannade till en bit bort i korridoren och ett inte helt obekant ansikte blev synligt.

"Hej, jag kan inte placera dej riktigt, men jag vet att vi setts tidigare", sa han.

"Maria Wern, kriminalinspektör. Jag trodde du var veterinär!"

"Det var det fräckaste!" Per log med hela ansiktet och Liselott skrattade smått hysteriskt. "Nu vet jag, hos Atterheds eller hur! Jag hjälpte till när deras engelska fullblodssto fölade. Jag är gynekolog. Förlossning som förlossning. Det var ett grant föl. Mor min äger Gröndahls ridskola, så jag är uppvuxen med hästar."

"Förlåt", sa Maria uppriktigt, både med tanke på att hon klivit i rabatten och trampat i klaveret.

"För all del. Fruktansvärt det där med Eriks hustru! Vi har känt varann sen utbildningstiden, min alltså. Erik ska väl snart gå i pension. Stackars man! Han har inte haft det lätt i sitt liv. Du som är polis, varför låter man honom inte vara ifred? Jag tycker det är skandal att han inte ens kan vara i sitt eget hus, efter allt han gått igenom. Det är väl inget att utreda. Ni knäcker ju karln, för tusan. Vad gör du här förresten?"

"Söker en försvunnen transportör."

"Alf Hansson? Jag hörde om det nu på morgonen. För jävligt! Vad kan ha hänt?"

"Vi vet inte ännu. Känner du honom väl?"

"Jag tror inte att någon kände honom väl. Han var lite egen av sig. Svår att få kontakt med. Jag har visserligen inte så mycket med honom att göra men man försöker ju prata lite med alla i fikarummet."

"Har han varit borta från jobbet tidigare utan giltigt förfall, vad du vet?"

"Det är omöjligt att svara på. Jag tror inte det. Han brukar bli väldigt trött frampå småtimmarna sägs det."

"Ibland somnar han på soffan i personalrummet, typ. Han brukar ha en tidning över ansiktet så det inte ska synas", fnittrade Liselott och vippade med hästsvansen. "Han kanske ligger i någon skrubb och sover. Tänk om han råkat bli inlåst någonstans! Vad tror du Per?" Ögonkasten hon gav läkaren sa allt, blickar som höll sig fast och dröjde kvar på ett intimt sätt. Hon drog in en slinga av håret i munnen och sög på den. Maria kunde inte undgå att notera signalerna. En romans på jobbet? Spännande!

"Arbetade du också i helgen?" undrade Maria.

"Nej." Per tittade på klockan.

"Man får inte låta damerna vänta. Jag är en kvart försenad till nästa patient. Vi kanske ses, kriminalinspektörn."

Med tanke på ditt yrke hoppas jag att jag slipper det, tänkte Maria.

23

Kaffe och en chokladbit, alltför ofta blev det så. Salladen kostade 45 kronor och Maria hade bara en tjuga och en guldtia i plånboken. Krister måste ha plundrat den och glömt att säga till. Det kändes inte som om hon hade tid att leta efter en bankomat. Förresten var det inte säkert att det fanns något på det gemensamma kontot. Maria hade en vag aning om att Krister tagit ut det sista för att kunna hämta ut bilen från verkstaden. Vad kan en ny lackering ha gått på? Maria var inte ens säker på att hon tyckte åtgärden var nödvändig, men Krister var noga med att hålla en fin fasad utåt även om insidan var på väg mot undergång. Precis som sin store idol Potemkin, han som med hjälp av kulisser och falska byar lyckades få Katarina II att tro att ön Krim blomstrade under hans kreativa fingrar. Imponerande på avstånd, en bedrövlig syn på nära håll, precis som Kristers bilar. Kioskvagnen hade kommit glidande i korridoren och lockat Maria från tanken på en kokt med bröd. Chokladkakorna hade doftat. Nog hade de doftat oemotståndligt eller var det ren inbillning. Hur som helst låg det en mörk chokladkaka bredvid kaffekoppen. Maria bröt en stor bit och stoppade i munnen. Det var svårt att äta långsamt. Choklad ska man äta långsamt om man verkligen vill uppleva smaken. Låta en liten bit smälta på tungan, men just nu gick det inte att hålla emot. Maria knycklade ihop papperet och lät blicken landa bland de upplagda salladsfaten. Varför blev det alltid så här när hon bestämt sig för att hålla igen? Varför var hon så karaktärslöst begiven på choklad?

Fortfarande hungrig gick Maria med raska steg mot patologen. ”Vi har låst dygnet runt, så du får ringa på”, hade sekreteraren sagt.

"Det är så många konstiga typer som vill in så vi har faktiskt beslutat att hålla avdelningen stängd."

Maria följde pilarna i kulvertens grå gångar från akutmottagningen i riktning mot patologen, så som Alf Hansson borde ha gått om han tagit raka vägen; sänghissen ner och så till vänster. Ett tåg med rostfria matvagnar skramlade förbi. Maria fick väja för en vitklädd man på cykel med provrör placerade i ett ställ på styret. En likblek patient färdades i sin säng mot röntgen. Ett gäng fnittrande vitklädda kvinnor gick raskt mot matsalen. En äldre kvinna med krokiga ben skjutsade en hopsjunken man i rullstol. Detta var dagens puls. Flera gångar gick ihop och bildade ett torg i underjorden. Maria kunde se övervakningskamerorna nu, strax under taket. Torgets väggar var målade i glada bilder, en grönskande trädgård med äpplen, en cykel som stod lutad mot ett staket och mitt i det en dörr med skylten elcentral och en annan med beteckningen omklädningsrum. Och där strax till vänster mellan två grova blåmålade rör satt kameran som varit täckt av en svart sopsäck. Kamerans artificiella öga blickade ut över kulverten. Även här var väggarna målade och lät vandraren följa årstidernas växlingar genom vetefälten. Sakta skred landskapet över från frusen vintermark, vårens första hoppfulla grönska till gult och fullmoget vete och sedan skörd. Det luktade kraftigt av urin vid skördetiden. Maria såg sig omkring och upptäckte tre vita tvättsäckar i ett prång bakom en fyrkantig betongpelare. Stanken var kväljande. Märkligt ställe att förvara tvättsäckar på. Maria böjde sig fram för att se bättre. Hon var mycket noga med var hon satte fötterna. Det såg ut som ett litet bo av liggande välfyllda tvättsäckar, med en fördjupning tvärs över som ett avtryck efter en människokropp. Det här området måste spärras av omgående! Maria hade just tagit fram mobilen för att slå numret till vakthavande när hon kände en hand på sin axel.

"Mobiltelefoner får inte användas inom sjukhusområdet. Den kan störa annan teknisk utrustning", sa en man i vit rock och log överseende. Hon fick väl ringa från patologen då.

"Har du möjlighet att stanna en kort stund och se till att ingen rör något?" Hon visade sin polislegitimation och den unge mannen nickade.

"Ja, har det med transportören att göra?"

"Kanske." Maria stod kvar en stund för att skapa sig en tydlig minnesbild.

En tom flaska Absolut Vodka stod lutad mot väggen där vetefältet slutade i gulbrun stubbåker, och bredvid flaskan en brunrutig, mycket solkig keps. Hit nådde inte kameraögat i sin stela begränsning, utan hjälp av andra sinnen lämnade den sin enögda och förenklade bild av verkligheten, en betongpelare.

Medan Maria tryckte på signalklockan utanför patologens glasdörr funderade hon på vilka konstiga typer som kunde tänkas vilja komma in här. Vad kunde det finnas som var lockande på patologen med sin obduktionsenhet? Bertil Hoas öppnade.

"Du var då inte borta länge", log han.

"Får jag låna telefonen?"

Om vi tänker oss att Alf Hansson hade en avliden patient med sig och skulle till kylrummet måste han först passera hela patologavdelningens korridor." Maria stannade till och såg ut över ett landskap med mikroskop, arkivhyllor, frysboxar och rostfria diskbänkar med dragskåp och kraftiga blänkande rör upp till taket. Vid en arbetsbänk satt en kvinna i vit rock och preparerade rektangulära glasbitar i en vätska.

"Vad görs här?" Den vitklädda gjorde ett uppehåll i sitt arbete och såg värderande på Maria. Vem är du?

"Hit skickas olika vävnadsprover för att utesluta eller diagnostisera olika cancerceller. Man gör fryssnitt och färgningar för att titta på preparaten i mikroskop. Det är ett riktigt hantverk. Proverna urvätskas med absolut alkohol och bäddas in i paraffin för att sedan skivas tunt och bedömas i mikroskop."

"Är det därför avdelningen är låst. För att det finns sprit, datorer eller annan dyrbar utrustning?" undrade Maria.

"70-procentig sprit finns över hela sjukhuset", inflikade Hoas, "här används visserligen 95-procentig, men jag tror inte det gör någon större skillnad. Nej, anledningen till att man låser är att en del konstiga typer vill in och se de döda, de får en kick av det på något vis. Ibland är det vilsna anhöriga eller drogpåverkade vänner till avlidna som rusat in för att se. Vi vill att allt här sker på ett värdigt sätt." Marias ögon föll på en glasburk med ett kvinnobröst i vätska.

"Hur kan man arbeta här?"

"Man vänjer sig nog. Om man vet vad man letar efter och ser patienten framför sig i väntan på besked om sin cancer så blir det en annan sak. Väntetiderna från provtagning till läkarsamtalet, där patienten får besked, är idag orimligt långa. De har fått dra ner på personal här, precis som på alla andra avdelningar. Min hustru hittade en knöl i bröstet i höstas. Det tog fyra helvetesveckor att få tid för mammografi och ytterligare en vecka för att göra en finspetspunktion. Sen fick hon vänta 14 dagar innan hon fick träffa en läkare för att få ta del av provsvaret. Provet sa i stort sett ingenting och hon fick tid för operation en och en halv månad senare. Hon grät och vädjade om att få komma tidigare, men man kunde inget göra. Ny väntan på en ny läkartid. Han var på semester så det tog ytterligare två och en halv vecka att få reda på att knölen varit ofarlig. Nästan fyra månaders väntan i helvetet! En förlamad tid då allt stod stilla i en väntan på domen. Med riktigt optimala resurser kunde det ha tagit fjorton dagar." Bertil snurrade på burken med bröstet och suckade. "De som har anledning att klaga högst orkar sällan göra det."

"Så länge man är frisk märker man det inte."

"Så är det. Och har man råd att skaffa sig vård privat, bekymrar det en inte heller. Utvecklingen ser ut att gå den vägen."

"Hur mycket har väktaren hunnit gå igenom av biutrymmena här?"

"Allt skulle jag säga. Städförrådet, visningsrummet och fottvätten."

"Fottvätt?"

"Vi har ibland anhöriga som är muslimer. De vill själva ta reda på sina avlidna. Det är viktigt för dem att det sker på ett riktigt och rent sätt. I visningsrummet har vi ingen symbol för någon särskild religion. Det ska vara ett rum inrett med respekt för alla som behöver vara där. I sköljrummet har väktaren redan gått igenom alla större skåp." Maria lät blicken vandra i rummet förbi diskbänken, sopsäckarna till bandsågen.

"Vi har ett särskilt rum för de avlidna som ska vidare till rättsmedicin, men dit har bara polisen och obducenten nycklar. En transportör kan inte ta sig dit in. Och här har vi själva obduktionssalen." Maria blinkade kraftigt. Rummet var ljust och rent. Det påminde på något vis om ett storkök. De rostfria britsarna blänkte. Inte alls mörkt och kyffigt som i gamla brittiska kriminalfilmer.

"Finns det någon personal här nattetid?"

"Nej, bara om de rings in av synnerliga skäl."

"Mord?"

"Ja."

"Det krävs en del för att gå ensam den här sträckan nattetid."

"Ja, det gör det. Kylrummet har vi här till vänster. Det är ett väldigt liv här på andra sidan. Här till höger håller man på och bygger nya kylrum, det börjar bli för trångt. Förr tog sjukhemmen hand om sina avlidna själva, det gör man inte längre."

"Hela sjukhuset verkar vara en enda stor byggarbetsplats."

"Ja, förändrat antal vårdplatser kräver också förändring av lokaliteterna."

"Det låter inte billigt. Har man kontrollerat att den patient Alf Hansson körde ner hit till kylrummet verkligen finns här?"

"Ja, men jag skulle inte öppna dörren till kylen om jag var du. Tanten hade legat över en vecka i sin lägenhet i sommarvärmen."

"Jag funderade på det där med Alf Hanssons sökare?"

"Jaa."

"Man har förstås provat att söka honom under natten, men inte fått kontakt. Det fungerar alltså så att sökaren piper och ett telefonnummer kommer upp på displayen som han sedan förväntas ringa upp?"

"Det är riktigt."

"Har någon ringt på hans sökare idag?"

"Vi har försökt flera gånger."

"Om sökaren trots allt skulle finnas här nere, dränks den i ljudet från byggarbetsplatsen. Hur dags börjar de på morgonen?"

"I regel vid sju."

"Kan vi be dem avbryta arbetet en kort stund?"

"Nu?"

"Ja." Maria rynkade pannan eftertänksamt. Hon kunde givetvis ha fel, men idén var väl värd att pröva. Bertil försvann ut genom dörren och återkom efter någon minut med tystnaden.

”Har du möjlighet att slå hans nummer nu.”

”Ja visst.” Maria öppnade dörren till kylrummet och steg in. Stanken var svårare än hon förväntat sig, en stickande smutssöt odör av förruttnelse. Hon trevade efter strömbrytaren utmed kaklets rutor, tände ljuset och såg ut över raderna av vita kokonger. En kall vind, ett dödens andetag, svepte förbi hennes ansikte i samma stund som signalen vibrerade mellan de kaklade väggarna och ledde henne mot en av de kroppar som låg inlindad i vita lakan. Hon lyfte försiktigt med ett minimalt tumgrepp lakanet på båren längst in. Det var en medelålders man med ljust lite lockigt hår som väl liknade det foto Maria fått av fru Hansson. Sökaren i Alf Hanssons bröstficka gav ifrån sig ännu en signal.

24

”Vad i helvete gjorde Wern på sjukhuset?” I Ragnarsson-Storms vitfnasiga ansikte började röda fläckar framträda. Ögonbrynen hopade sig hotfullt över näsroten. ”Svara! Ingen överordnad har beviljat något byte! Det finns inget inlagt i datorn. Vad i helvete ska det betyda?! Ek satt i receptionen när jag kom ner. Ek och inte du, Wern, som skulle ha suttit där enligt tjänstgöringsschemat!”

”Jag tyckte det var min tur.” Ek studerade sina naglar ingående, petade bort ett litet korn under lillfingernageln och såg obeslutsamt på tummen.

”Det var min idé”, sa Maria frankt. ”Ek hade ett viktigt möte han inte ville missa. Jag hade möjlighet att arbeta över. Det som hänt på sjukhuset såg inte ut att rymmas inom kontorstid.”

”Det är jag som beviljar byten! Att självsvåldigt sätta sig över det är tjänstefel. Begrips! Vet Wern vad tjänstgöringsfel kan leda till för disciplinåtgärder?”

”Jag la en lapp till sekreteraren. Hon skulle lägga in det i datorn”, förklarade Maria.

”Det kan hon väl för helvete inte göra innan jag beslutat om det.”

”Du satt upptagen i ett möte. Det började bli lite knappt om tid.” Storm såg ut som han skulle kvävas, möjligen kräkas. Händerna trevade utmed kavajen efter cigaretterna, som inte fick rökas inomhus längre, och stannade i höjd med bröstfickan i form av krampaktigt krökta klor. Ögonen stirrade vilda under de buskiga ögonbrynen.

”Försvinn ur min åsyn och gör för helvete inte om det!”

”Jävla fruntimmer!” hörde Maria när hon svängde runt hörnet. Ek reagerade inte. Nu hörde hon det igen ännu mer accentuerat. Stackars man, vad livet var komplicerat för honom. Den nya kvinnliga polisintendenten tänkte ta i tu med könsfrågan. Hälften av alla kvinnliga poliser blir trakasserade. Det visade den senaste statistiken. Maria hade fyllt i sin enkät sanningsenligt även om hon aldrig skulle komma på tanken att göra en anmälan om sexuella trakasserier. Det vore socialt självmord. Enligt Hartman ålåg det nu Storm att bilda samtalsgrupper för att komma tillrätta med problemet. Storm i en samtalsgrupp! Maria tyckte nästan synd om honom. Den mannen skulle inte ens klara en anställningsintervju i dagens läge.

”Ek har matlåda”, sa Erika. ”Jag såg när han ställde in den i kylen. Det var rotmos och fläsklägg, det såg jag när han gläntade på locket. Och efterrätt har han i en annan pyts. Är det inte rart?”

”Då var det dags igen då. Jag misstänkte nästan det, när han ville byta med mej igår”, sa Maria. ”Hoppas det håller den här gången. Han börjar bli lite sliten.”

”Arvidsson säger att han har fått henne på annons i Land.”

”Nehej.”

”Jo, det är säkert.”

”Vad pratar ni om då?” Arvidsson släntrade ur sitt rum mot ytterdörren.

”Eks senaste uppenbarelse, har du sett henne?”

”Har man sett en puma har man sett alla.”

”Det är inte säkert. Någon gång kanske han träffar någon på allvar.”

”Kanske”, sa Arvidsson och skyndade sig ut.

”Ska du också höra sjukvårdspersonal?” undrade Erika. ”Det verkar bli folktomt här idag.”

”Ja, de flesta förhör hålls på sjukhuset. Det är svårt för personalen där att gå ifrån någon längre stund. Och vi vill gärna höra alla som arbetat samtidigt om det går. Hartman och jag ska titta på Alf Hanssons lägenhet och knacka dörr i området.”

”Vet du vad det var för signatur på kontaktannonsen?”

”Rimligen inte.”

”Bättre begagnad bondmora söker en dräng.” Erika gjorde en min med högt uppdragna ögonbryn och nickade eftertryckligt.

”Jaha.”

”Och vet du vad det stod sen?” Erikas ögon lyste av berättarlust.

”Du, jag tror jag måste gå nu. Hartman väntar i garaget.”

”Videvägen 28. Det är sista slingan före elljusspåret”, sa Hartman, växlade ner Forden och blinkade vänster.

”Alf levde ensam, enligt modern. Han spelade trumpet i ett jazzband och samlade frimärken. Har slagit en MFP. Han har inget brottsligt förflutet. Inte ens parkeringsböter. Har du hört om de hunnit med obduktionen av Adina Atterhed? Jag glömde höra mej för igår.”

”Det förstår jag. Det dröjer väl innan de gör något åt henne nu, kan jag tänka. Man nöjer sig kanske med att obducera? Vad tror du? Hon ska inte skickas vidare till rättsmedicin?” Hartman kisade mot solen och spanade längs de flagnade husväggarna efter de svarta nummerskyltar som en gång suttit där i upplysningens tjänst.

”Teknikerna hittade inget anmärkningsvärt hos Atterheds. Vi släpper avspärrningen av Hillersvik så fort obduktionen är klar. Hittar man något som stöder teorin om självmord eller olyckshändelse så läggs det ner.”

Hartman svängde upp på parkeringen och stannade bilen. Blev sittande en stund i funderingar.

”Har du talat något mer med Erik Atterhed?” undrade Maria.

”Ja. Det där musikstycket du talade om, tarantellan som spelades på hög volym, jag frågade honom om det.”

”Ja?”

”Han ville inte gärna prata om det, märkte jag. Till slut klämde han fram att det var hon som börjat. Att hon spelat den för att reta honom. Ett märkligt förhållningssätt. Jag begriper det inte. En del människor verkar leva ihop för att försäkra sig om möjligheten att kunna plåga varann livet ut.”

En cykel med uppbrutet lås låg slängd i portuppgången. Hartman antecknade pliktskyldigast ramnumret. Alf Hansson bodde på nedre botten. Dörren var försedd med tittöga. De gick in med reservnyckeln som lånats av Alf Hanssons mor. Maria sände en tacksam tanke till Arvidsson, som följt med och underrättat om dödsfallet under gårdagskvällen. När det gällde att tala med äldre damer var han fin, Arvidsson. Inte rädd för kroppskontakt, som man kunde tro. Fru Hansson hade gråtit ut mot hans axel och Maria hade känt en viss förvåning. Han var märklig Arvidsson.

En typisk ungkarlslya bredde ut sig framför deras ögon, en etta med kokvrå. Lätt instängd var lukten som slog emot dem av ingrodd heltäckningsmatta och gammalt matos. Bred säng, stor stereoanläggning, ordinär teve, konstaterade Maria. Ganska dammigt. Smutstvätten låg i högar på golvet. Inga tavlor dekorerade väggarna, bara en plansch med en halvnaken kvinna på motorcykel, en annan plansch med en utomjording som drack öl, We are only here for the beer, och en bokhylla utan böcker. Överhuvudtaget fanns inget som symboliserade varaktigt boende på något vis. Ett rum för någon på genomresa. Tristess? Maria kikade in i badrummet. Fick en obehaglig känsla av att snoka i något mycket privat. En duschhandduk slarvigt slängd över badkarskanten, skäggstubb och intorkat lödder kvar i handfatet, ett rågat askfat på golvet bredvid toalettsitsen och en överfull papperskorg toppad med en begagnad kondom, mera smutskläder.

”Han kanske inte var så helt utan sällskap som hans mamma trodde”, sa Hartman och Maria konstaterade att de gjort samma reflektion. Pentryts lilla diskbänk var överbelamrad med disk, ölburkar, tomma konservburkar som innehållit vita bönor och fiskbullar, tonfisk i olja och ravioli. En kastrull med vidbränd röra stod vattenfylld och balanserade i den överfulla diskhon. Fönstret var gardinlöst, persiennen halvt nedfälld. En brungul och vissnad High Chaparal stod lutad mot fönsterrutan. Maria hade trott att kaktusar av den kalibern överlever allt, men så var det tydligen inte. I ett ställ på golvet stod trumpeten. Blänkande! Som i en klass för sig svävade den över den nötta plastmattans gråbruna rutmönster.

”Vi låter teknikerna ta över här, tror jag.” Hartman såg frågande på Maria.

”Inga spår av våld. Ska vi knacka dörr då?”

Maria ringde på dörren mitt emot. Studerades noga i tittögat innan en näsa blev synlig i dörrspringan ovanför säkerhetskedjan. När ansiktet blev synligt i sin helhet bestod intrycket av just näsa. Hela huvudformen var avsmalnande och strävade fram mot en väl tilltagen kran. Den grå knuten i nacken tycktes applicerad för jämviktens skull, tänkte Maria och försökte hålla sig allvarlig.

”Ja, Alf det är en skötsam pojke. Jaja. Lite tystlåten. Han sover på dagarna. Ibland bankar han i väggen om jag glömmer mej och sätter på radion för högt, å andra sidan spelar han trumpet. Fast det tycker jag är vackert. Jaa. Till och med när de är här allihop och spelar. Ja. Det riktigt hoppar i skosulorna på en gammal gumma, ska jag säga. Jaja.” Kvinnan skrattade och blottade en rad dåligt sanerade tänder.

”Har han några andra bekanta förutom spelgänget?”

”Vill du ha kaffe?” plirade gumman förväntansfullt, utan att svara på frågan.

”Tack det är bra”, sa Maria hastigt då hon såg att nivån på städningen vida understeg den hos Alf Hansson. Prydnadsföremål rådde det ingen brist på, inte heller på kattspillning.

”Hanses mamma är väl här ibland, ja, annars har han bara manliga bekanta. Jaja. Fast jag går och lägger mej tidigt jag. Så jag vet inte om han har damsällskap på nätterna. Det vet jag inte, nejnej.” Kvinnan skrattade och skrattet övergick i en hostattack. En övergödd katt på krumma ben hoppade ograciöst ner från sängen och gungade fram mot sin matskål. Maria bad att få låna toaletten. Hon var av nöden tvungen och hänvisades till ett kyffe där upptvättade långstrumpor, korsetter och laxrosa linnen trängdes om utrymmet på linorna i taket. På golvet stod en rad hinkar med kläder i blöt. En stund blev Maria stående med benen i kors och bara tittade. Toalettsitsen var klädd med ljusblå ”rattmuff”, matchad av badrumsmattan som bäddade in tronen i sitt varma ljusblå ludd.

De möttes på första trappavsatsen. En dörr över deras huvuden slog igen med ett ”snutjävel” och en tydlig smäll.

”Vad hände?”

”Jag talade med en grabb i tjugoårsåldern, snaggad varelse, helt ur stånd att föra en normal konversation.”

"Gav det något?"

"Han titulerar sin granne 'bögjäveln dää'. Dää torde betyda: på nedre botten. Jag bad honom redogöra för om det var ett mera allmänt okvädingsord eller om han menade att Hansson var homosexuell och han vidhöll det senare med ett 'bög fattaru'."

"Det är inget Alf anförtrott sin mamma. Hon väntar att han ska träffa någon trevlig kvinna."

"Jag frågade om det handlade om en bestämd man eller flera och han gav signalement på en medelålders ljus man. Visst talade mamman om någon kusin. För vår hårlöse vän där uppe kanske det räcker med ett enkelt herrbesök för att trigga igång fantasin. Det spörs. Han var ytterst obenägen att delge mej några detaljerade iakttagelser. Vi kanske får anledning att återkomma till honom. Mitt emot grabben bor en kvinna som arbetar natt. Jag väckte upp henne. Hon var inte riktigt talbar så jag bad henne kontakta oss när hon vaknat till. Hon skulle visst arbeta kommande natt och behövde få sova."

25

”Alf Hanssons mor sitter där ute. Hon vill tala med dej. Jag går nu, om det är okey.” Eks ansikte strålade och en icke oangenäm doft av aftershave svepte in i Marias rum.

”God jakt! Va fin du är, ny kavaj och skjorta, visst.”

”Vi ska på traktorpulling, vad det nu är?”

”Låter romantiskt.” Maria log med hela ansiktet.

”Jag gör vad som helst för den damen.”

”Traktorpulling, låter som ’vad som helst’. Säkert att du inte är för finklädd? Det kan väl vara oljigt och lerigt.”

”Det är lugnt, det är inte kobingo vi talar om.”

”Ses i morgon, om du överlever natten.”

”Ska göra mitt yttersta.”

”Det förstår jag.”

Maria lyfte luren. Emils simskola! Krister skulle bli sen, det hade han sagt redan i går kväll. Hon hade ingen möjlighet att komma ifrån som det såg ut nu. Alf Hanssons mor satt ute i receptionen och väntade. Det samtalet måste få ta sin tid. Maria slog numret till Karin, inget svar. Hon suckade tungt, då återstod bara svärmor. Med ett djupt andetag försökte Maria sänka axlarna, slappna av och bukandas. Hon petade numret med ovilliga fingrar och beredde sig på anklagelserna som inte lät vänta på sig.

”Visst kan jag skjutsa Emil till simskolan, det kan jag visst det. Men när mina barn var små… Maria ögnade igenom en anmälan på dataskärmen och rättade ett par stavfel… En kvinna bör tänka på hemtrevnaden. Jag tycker att Linda har blivit så mager. Du slarvar väl inte med att ge dem kvällsmat, en skvätt grädde i maten har aldrig gjort någon skada. När Krister var liten...” När Krister var liten var han tjockast i klassen och alltid sist vald i fotboll, tänkte Maria, men höll tand för tunga. Vad fanns det för alternativ till svärmor som barnvakt? ”Jag ska koka lite god smörgröt åt dem när vi kommer från simskolan”, bestämde Gudrun raskt. Hälften smör, hälften vetemjöl och en halvliter grädde, ville Maria minnas. Hon kunde bara hoppas att Krister hade vett att avstå och att hon själv skulle kunna slingra sig ur greppet när hon kom hem. Barnen skulle nog överleva. Maria kastade en blick på klockan.

”Jag har ett besök som väntar.”

”Ja, låt inte mej störa. Det var faktiskt du som ringde, Maria. Det kanske intresserar dej att veta att Artur har fått ny hjärtmedicin. Han var hos doktor Enoksson på förmiddagen. Doktor Schwarts sa alltid att man skulle ta den gula tabletten på förmiddagen, men doktor Enoksson tycker att man kan ta en på kvällen och en på morgonen. Jag tror mer på doktor Schwarts. Doktor Enoksson visste inte alls vilken tablett jag menade när jag sa att Artur hade en sån där liten vit med skåra, till kvällen.” Maria bet ihop kindtänderna och knep ihop ögonen.

”Du får hälsa Artur så mycket. Jag hoppas han känner sig kry till helgen.”

”Kry! Artur har väl aldrig varit frisk!”

”Vi kan tala mer om det när jag kommer hem. Emil ska vara på simskolan klockan sex. Han har kassen med badkläder med sig på fritids.”

”Din väninna Karin, är inte hon sjuksköterska?”

”Jo?”

”Om jag fick hennes telefonnummer kunde jag ju höra med henne om Arturs medicin. Om Artur verkligen ska ha två gula. Hon borde ju veta.”

”Nu måste jag gå. Tack för att du tar hand om barnen. Jag kommer så fort jag kan.”

”Den där Karin kanske skulle kunna titta på min liktå och kontrollera ett blodtryck. Hon har väl blodtrycksmanschett hemma. Det brukar de ha. Det är då rakt för dyrt att gå till vårdcentralen och inte lyssnar de heller på vad man har att säga. Sist jag var där hos doktor Enoksson...” Maria lät telefonen sjunka ner på sitt fäste och drog handen genom håret, på det vis Hartman brukade göra när det körde ihop sig. Det skulle säkert ta sina modiga minuter innan svärmor insåg att hon talade till en tom telefonlur. Maria hade så väl behövt den här stunden för att förbereda sig inför samtalet med Alfs mor.

Hon gick ut i personalrummet och hällde upp kaffe i två muggar. Socker och grädde åt fru Hansson, svart åt sig själv. Kvinnan hade rest sig, redo att följa med. Maria visade in henne på sitt rum.

”Han hade aldrig några ovänner. Jag kan inte tänka mej att någon ville honom ont. Det måste ha varit en knarkare som ville åt hans kort eller någon annan som ville in på patologen. Man har ju hört om såna där nekrofiler och andra med sjuka böjelser.” Maria kände sig som en konfirmand, hade inte ens tänkt den tanken. ”Vad finns det annars där på patologen som någon kan vilja komma åt?”

”Sprit, datorer, provsvar om man kan ta sig in i en dator”, funderade Maria högt.

”Han borde ha haft ett överfallslarm. Hade de haft kvinnliga transportörer skulle de ha haft larm för länge sedan och pepparspray. Jag hörde honom tala om att de kvinnliga läkarna skulle få ut larm. En del av dem är då både större och starkare än Alf var. Vet ni hur han dog?”

”Inte ännu. Vi kontaktar dej så snart obduktionen är klar.”

”Det är så fruktansvärt att tänka att han blir obducerad. Att de skär i min pojke.”

”Ja, Maria fattade kvinnans nariga näve. Tog den mellan sina båda och värmde den. Handen var kall och fuktig. Ögonen så rödkantade och svullna. ”Jag brukar tänka att det är som att bli opererad. Han känner inget nu. Ofta lämnar obducenterna kroppen i bättre skick än när de får den. De är noga med att göra ett fint arbete”, sa Maria och kände sig illa till mods för att hon inte hade något bättre att säga.

”Jag har tänkt på det där du frågade om flickvänner. Han har aldrig haft någon flickvän. Tanken har ibland slagit mej att han kunde vara lagd åt andra hållet. Men jag har aldrig frågat honom rent ut. Tänk om det är så, och någon slagit ner honom för den skull?”

”Vi låter alla möjligheter stå öppna tills vi vet. Allt du kan komma på, alla funderingar är värdefulla för utredningsarbetet. Du får höra av dej hit vilken tid på dygnet du vill.”

”Gud, vad ska jag ta mej till? Vad ska jag leva för nu?” En tårlös gråt sköljde över kvinnans ansikte. Maria ställde sig bredvid henne och la armen om hennes böjda axlar. Vaggade henne i sin famn, utan ord.

Ljum svepte sommarvinden över parkeringen. Sakta sjönk solen ner bakom Kronberget och skuggorna blev längre och mörkare. Människor i ljusa sommarkläder vandrade utmed ån mot gatuserveringen. Tonerna av ett dragspel hördes från bron. Stötvis i ett okontrollerat tempo knappades de fram av Per Trägen, en känd A-lagare. Maria kunde se honom buga för småslantarna som trillade ner i kepsen när de vitklädda passerade. Det måste vara en annan keps än den han glömt bland tvättsäckarna, konstaterade hon. Per hade kommit tillbaka för att leta efter huvudbonaden och sedan suttit i förhör hos Arvidsson under eftermiddagen. Upprörd så det ekade i polishuset hade han krävt att få kepsen tillbaka. Om man inte har så många ägodelar här i världen får man försvara sina tillgångar med desto mera energi. Arvidsson anklagades högljutt för stöld, häleri, förskingring, egenmäktigt förfarande med annans egendom och förargelseväckande beteende. Med tiden lär man sig fikonspråket och Per Trägen hade umgåtts i poliskretsar längre än han ville minnas. Stundtals hade han minne som en daggmask, vilket var fallet när han skulle redogöra för den aktuella natten. Visst, han hade sovit i kulverten, det var låst till omklädningsrummets toalett och han hade pinkat på golvet, man är ju bara människa. Sen hade han sovit, näst intill medvetslös och vaknat först när matvagnarna skramlade förbi. Ett fasansfullt ögonblick hade han tyckt sig ligga på rälsen framför ett rusande tåg utan att kunna röra sig. Vakten, som det också föll på Arvidssons lott att höra, hade passerat uteliggaren ett par gånger under natten, men sett mellan fingrarna på hans förehavanden, då han var en ”oförarglig stackare” som blivit vräkt på grund av sina husdjur; vita råttor, påstods det. ”Det får gå så länge det inte blir allmän förläggning här nere”, menade vakten. ”Jag kunde inte slänga ut honom redlös i regnet. Polisen har väl en del annat för sig utan att behöva fara och hämta en sån här gök för tillnyktring. Jag lät han sova." Vad hade hänt om polisen kallats till plats? Hade Alf Hansson fortfarande varit vid liv då, frågade sig Maria.

Kriminalinspektör Maria Wern steg in i bilen och lutade sig mot ryggstödet. Hon tog ett par djupa andetag, drog in den sötaktiga doften av jasmin, som solmogna smultron. Försökte andas ut den spänning som fanns i kroppen. Så lätt man fångas i orons grepp och andas med ångestens korta andetag. Det var skönt att ha en halvtimmes bilresa mellan arbetet och hemmet, en transformationszon och en stund av ensamtid. Ett glas vitt vin på Gyllene Druvans uteservering vore inte dumt, i jämförelse med smörgröt helt oöverträffat. Men livet bjöd inte på vitvinsdagar just nu. Det var bara att acceptera. Maria vred om startnyckeln och rullade ut mot kusten, lät tankarna flyga fritt. Hon masserade axlarna med vänsterhanden och försökte slappna av mot smärtan. Tankarna på Adina Atterhed återkom. I tumultet efter den försvunne transportören hade hennes fall kommit helt i skymundan. Varför kunde hon inte lämna tankarna på den kvinnan? För att Adina hade vädjat om hjälp och inte fått tillräcklig uppmärksamhet? Maria kände skulden som ett förnyat tryck över axlarna. Vad kunde hon mer ha gjort? Kört kvinnan till akutpsyk i stället för till hemmet. Men Adina ville ju hem. Hem till Estland, hade hon sagt. Erik tog hand om henne. Hade olyckan kunnat förhindras? Var det en olycka? Nu låg hon kall och stel i sjukhusets källare, nere i kylrummet. Ofrivilligt bromsade Maria in och stannade vid vägrenen. I kylrummet! Tanken var fyrkantig och oformlig till en början. Hon lät den ta plats. Vägde den noga. Så tog hon telefonen och knappade in Hartmans hemnummer. Marianne svarade.

"Han kom precis innanför dörren. Egentligen hade jag tänkt ha honom för mej själv i kväll, men det får gå för att det är du", sa hon lite fnittrigt.

"...får gå för att det är du", ekade Hartman med samma röst som om han just nojsat med sin fru, vilket säkert var fallet. Marianne fnittrade i bakgrunden. "Vad har du på hjärtat?"

"Adina Atterhed ligger i det kylrum där Alf Hansson blev funnen. Det behöver inte alls ha något samband, givetvis. Bara en tanke. Om man kunde skynda på obduktionen."

"Det var rakt på sak."

"Förlåt, jag ville inte inkräkta på Mariannes tid. Privatlivets helgd och så vidare. Tycker du att tanken är orimlig?"

"Nej. Jag tar det med vakthavande. Han får kontakta säkerhetsansvarig på sjukhuset så får de besluta om vidare åtgärder."

Svärmors bil var borta. Maria drog en lättnadens suck och kände sig samtidigt lite skamsen för det. Gudrun hade faktiskt ställt upp och tagit hand om barnen. Inte gratis, känslomässigt hade det sitt pris, men Maria borde ändå känna sig tacksam. Emils cykel låg slängd framför trappan. Han måste ha haft bråttom in. Lite ovant att ha byxor med knapp och dragkedja i stället för resår. Maria log för sig själv. En ruta i drivhuset var trasig och fotbollen hade tydligen landat på paprikaplantorna för flera av dem var knäckta, konstaterade Maria mindre road.

Hon öppnade ytterdörren och möttes av skrik och gråt. Linda sprang henne till mötes, men inte den Linda hon var van att se med ljusa lockar. Den här varianten hade ett ojämnt snaggat rufs.

"Vad har hänt med ditt hår? Har du klippt dej själv Linda?" Linda knep ihop munnen till ett smalt streck och blundade för att slippa möta Marias blick. "Var är pappa?" Linda pekade mot datorn.

Maria smög sig på sin man bakifrån och gav honom en kram.

"Vad gott du luktar. Är det rakvattnet du fick av din bror i julklapp?" Krister skakade henne av sig.

"Fan vad du är sen! Det är sånt jädra liv på ungarna och jag måste skriva klart mitt föredrag tills i morgon. Jag hade räknat med att du skulle komma hem och lägga dem åtminstone."

"Det hade jag också tänkt, men så blev det inte. Har du ätit?"

"Vad tror du?"

"Var är Emil?"

"Jag slängde in honom på sitt rum. Han har varit oresonlig hela tiden sa mamma."

"Och Linda har klippt sig."

"Hon har väl det. Jag måste vara i fred nu. Kan du inte få tyst på dem?!"

Maria knackade på Emils dörr. Linda smög upp bakom henne och höll ett stadigt tag om Marias ben.

"Gå, jag vill inte att du ska vara hemma", hördes det bakom den stängda dörren.

"Jag längtar efter min Emil", sa Maria med sin mjukaste röst.

"Neeej! Gå iväg. Jag är arg!"

"Varför är du arg Emil", undrade Maria och gläntade på dörren. Längst upp i huvudändan på sin säng satt en rödmosig och söndergråten pojke med alla gosedjuren tätt intill kroppen. Maria satte sig på sängkanten och sträckte fram armarna. "Kom och berätta för mej." Emil tvekade en stund och kom sen ålande över täcket och la huvudet i Marias knä. Maria strök honom över det snaggade håret och kände hur spänd han var i kroppen.

"Ni tycker bara om Linda och inte om mej", hickade han.

"Du är den mest älskade pojke jag har. Varför säger du så, att vi bara tycker om Linda?"

"Linda är söt. Hon har lockigt hår. Hon hade lockigt hår förut. Farmor säger att hon är den sötaste ungen på jorden. Fast nu är hon inte det mer." Maria hörde en gnutta triumf i hans röst.

"Har du klippt Linda?" Emil bet ihop tänderna. "Har du det? Ville du inte att hon skulle vara lockig?" Emil nickade. "Ville Linda att du skulle klippa henne?" Huvudskakning. "Varför klippte du henne?"

"För jag ville att hon skulle vara ful, så ni kunde tycka om mej i stället."

"Han tänkte slå mej", sa Linda.

"Tänkte du slå henne om hon skvallrade Emil?"

"Ja", sa Emil och drog in luft.

"Den här mamman har en stor famn och två knän att sitta i. Alldeles lika och rättvist, med lika mycket plats år varje barn. Så är det också i mitt hjärta. Det finns lika mycket plats till Emil och Linda", sa Maria och drog dem till sig.

"Sover de nu", undrade Krister.

"Ja, det ska bli skönt att komma i säng."

"Karin ringde förut. Hon undrade om ni kunde ta en promenad när du lagt barnen." Maria lutade huvudet i händerna. "Hon lät så ledsen tyckte jag, gråtfärdig på rösten. Du ska nog ringa henne i alla fall."

"Jag är så in i döden trött. Jo, jag ska så klart ta en promenad med henne. Finns det något att äta?"

"Smörgröt finns så det räcker till en hel armé. Vill du inte ha det så finns det kåldolmar. Mamma tog med matlåda till mej till i morgon, men jag äter ute. Jag blir bjuden. Du kan ta den om du vill. Hur länge ska vi ha det så här Maria? Vi hinner knappt ses om kvällarna. Ibland arbetar du till och med på helgerna. Barnen blir lidande."

"Jag arbetar inte fler helger och kvällar än vad du gör. Färre om du ska vara ärlig. Det är nästan alltid jag som stannar hemma när de är sjuka och jag som hämtar på dagis."

"Jag tycker du ska se dej om efter ett annat jobb. Du märker inte själv hur det sliter på dej. Hur länge sen är det vi älskade, vet du det?"

"Ja."

"Och..."

"Vi kan dela på en flaska vin i båthuset efter mörkrets inbrott på fredag. Deal?"

"Jag hade tänkt mej pannrummet i kväll."

"Varför pannrummet?"

"För att frammana lite hetta."

"Nu är du orättvis. Jag tror din mamma har dåligt inflytande på dej. Hon får dej att känna dej orättvist behandlad, eller hur?"

"Jag *är* orättvist behandlad", sa Krister och knäppte upp Marias blus medan han stadigt såg henne i ögonen. "Pannrummet?"

26

”Julius bara stack iväg med bilen. Han sa knappt hej.” Karin dinglade med benen och lät vänster fot göra en cirkel i vattnet. Maria drog upp knäna mot hakan och lutade huvudet mot dem där hon satt på bryggkanten. Vad skönt det skulle vara att bara kura ihop sig och sova. Mörkret sjönk i havet, långt borta anades Kronholmens utsiktsklippa. En ljum vind från land svepte in dem i strandängens dofter. ”Jag tror han träffar någon i stan. Han vill inte ligga med mej nu när jag är med barn. Han tror att det är skadligt för barnet. Jag har försäkrat honom att det inte är det. Jag tror att han tycker att jag är oaptitlig med min stora mage, eller att han känner någon sorts skuld för att han gjort mej med barn. Nu när det syns. En del män kan göra det, har jag läst. Han är strängt uppfostrad. Egentligen hade han nog önskat att vi varit gifta. Han ser inte på mej som förut, det är väl som att lägra en flodhäst.”

”Det är väl att ta i.”

”Jag tappar hår med. Se här, det bara lossnar. Jag tror inte det är normalt. Under amningen kanske, men inte under själva graviditeten. Jag är ful och oformlig och jag tror att han har en annan.”

”Du är vackrare än någonsin Karin. Det finns väl inget så vackert som en gravid kvinnas kropp.”

”Sen har han blivit så snål och konstig. Jag får inte handla någonting. Han har tagit över alla inköp, tagit över allting förresten. Jag får inte företa mej någonting utan att det blir bråk. Jag känner mej instängd och kontrollerad. Och så är jag sjuk hela tiden. Den ena infektionen avlöser den andra; halsfluss, bihåleinflammation och svamp i underlivet. Jag har till och med haft öroninflammation och förkyld är jag hela tiden. Det är inte normalt. Visserligen kan man få nedsatt immunförsvar av stress, men det här är det värsta jag varit med om. Julius skulle helst önska att jag var sängliggande dygnet om, av fel orsak." Karin stoppade båda fötterna i vattnet.

"Jag tänker bada! Det tänker jag faktiskt. Det är inte så kallt."

"Är du säker på att det är så bra", sa Maria försiktigt.

"Nu låter du precis som Julius. Vi badar nakna som vi gjorde när vi var i Ardre på Gotland på cykelsemester, minns du. Det är ingen som ser oss här mitt i natten." Karin drog av sig kläderna, knölade in dem under en enbuske och vadade ut i månljuset. Maria följde motvilligt efter. Det var kallare än hon tänkt. Stenarna på botten gick inte att undvika när de inget såg i det svartblänkande vattnet. "Jag tvättar mej i månljus och blir oskyldig som en brud", sa Karin högtidligt och dök ner för att komma upp fem meter längre ut. Maria tog ett par simtag och tänkte att det skulle varit skönt att ha en handduk att torka sig på.

"Har du försökt att prata med Julius om vad du tänker? Det kanske är ett misstag alltihop. Det är så lätt att prata förbi varann när man har mycket omkring sig."

"Han säger att jag inte ska oroa mej så mycket. Att det inte är bra för barnet", flåsade Karin och spottade saltvatten ur munnen. "Tänk om han på något vis fått veta att jag gjort abort. Du har inte sagt något Maria? Det är bara du som vet. Och Samuel Göthe förstås, men han har tystnadsplikt."

"Aldrig i livet! Det är klart jag inte har! Ska vi gå upp nu och försöka torka oss på strumporna. Visst var det så vi gjorde? Den som ändå hade haft ett par knästrumpor."

"Fy tusan vad kallt det blev." Karin vinglade mot land, halkade i det slippriga sjögräset och störtade med ett plask.

Maria kände adrenalinet rusa ut i fingertopparna. Hon tänkte på den ömtåliga magen. "Hur gick det?"

"Jag slog armbågen. Den är helt domnad."

"Får jag se. Du blöder ju." I månljuset såg Maria något som fick henne att stelna till och tvivla på sin egen syn. Karin hade blåmärken. Armarna och benen var fulla av märken i varierande ålder. "Karin, vad är det här?"

"Vadå?"

"Slår Julius dej?"

”Jag vet inte vad du pratar om. Klart han inte gör.”

”Se på mej Karin. Jag vill veta sanningen. Slår han dej?”

”Typisk yrkesskada. Svaret är nej. Kan du torka mej på ryggen, tror du? Jag har en torr strumpa här.”

”Torr! Den är ju dyngsur.”

”Jag var på ultraljud i dag. Det blir en pojke.”

”Får man veta det i förväg?”

”Om man vill. Det kändes lite som att tjuvkika i en adventskalender. Men jag är praktiskt lagd. Nu kan jag tacka nej till alla som vill låna ut flickkläder. Det spar en massa tvättande och strykande i onödan.”

”Hur var det med blodvärdet då?”

”Bättre sen jag började ta medicin. Lite i underkant kanske men det fick passera. Det var hemskt vad det blöder på armbågen. Det blev nog ett djupare jack än jag trodde. Jag får linda om strumpan tills vi kommer hem. Det gäller att behålla det lilla blod man har kvar.”

Huttrande passerade de strandbodarna och tog stigen över strandängen.

”Hur är det att föda barn? Ärligt! Jag vill veta sanningen, hela sanningen och inget annat än sanningen. Berättar man att man är gravid blir man överfallen av sina medsystrars förlossningsberättelser, den ena gräsligare än den andra. Om det vore så fruktansvärt som de säger så borde ingen ha mer än ett barn, eller hur?”

”Det märkliga med förlossningssmärta är att den inte är främmande. Det är inget ont som tillfogas utifrån, utan en välbekant smärta. Som tio gånger mensvärk ungefär.”

”Egentligen är det orättvist att kvinnan ska ta så stor del av obehaget.”

”Jag läste om en indiankultur där man kompenserar den saken genom att mannen får knyta ett snöre om pungen som kvinnan kan dra i när hon har värkar, för att han på det sättet skulle kunna vara delaktig i processen.”

”Jag ska prata med Julius om det.”

Plötsligt började Karin skrika och fäkta med armarna. Hon vände och vred på kroppen och slog med handflatorna mot bröstkorgen och låren.

”Hjälp, ta bort den.” Maria såg ingenting.

”Vad är det, Karin?”

”Spindeln, ta bort spindeln!” Maria såg inget i gräset eller på Karins kropp.

”Vänd på dej. Jag ser ingen spindel någonstans, Karin.”

”Det måste du! Den var så här stor.” Karin visade mellan tummen och pekfingret. ”Där, där på mitt ben, ta bort den!”

”Det finns inget på ditt ben Karin.”

”Se själv, hjälp mej då!”

”Det finns inte så stora spindlar i Sverige.”

”Den här finns. Jag såg den ju”, skrek Karin.

”Det måste ha varit en skugga. Det kanske var en fågel som skuggade månljuset. Jag vet inte. Du hade ingen spindel på dej, Karin.”

”Jag tyckte jag kände att den kröp. Men det var nog inbillning.” Maria hjälpte Karin upp ur strandgräset.

”Så du skrämde mej.”

”Det var otäckt. Jag såg den lika tydligt som jag ser dej nu. Tror du mej inte?”

”Jag tror att du såg något, frågan är vad det var?” Karin såg inte ut att vara nöjd med svaret men Maria orkade inte tänka ut något bättre.

”Följer du med in och tar en kopp te? Du kanske jobbar i morgon förresten?” Maria nickade. ”Vi tar det en annan gång, du måste ju hem och sova. Det glömmer en nattuggla som jag. Sen jag gick på havandeskapspenning har jag inte kommit i säng före tolv någon kväll.”

”Säkert att du mår bra? Om du vill väntar jag tills Julius kommer hem.”

”Nej, det behöver du inte.”

”Får jag se på armbågen? Det blöder mycket, det har blött igenom”, sa Maria bekymrat. De ställde sig under trädgårdslyktan vid Karins hus. ”Ska jag hjälpa dej med ett tryckförband? Du kanske behöver till lasarettet och sy det där?”

”Jag är väl sjuksköterska, ett litet skrubbsår klarar jag själv.” Maria insåg med en rysning att de orden hade hon hört förut.

Hon borde ha kastat sig under täcket med en gång, men de sista stegen hem erinrade sig Maria var hon gjort av tavlan hon fått av Adina. På hatthyllan under paraplyerna hade den hamnat. Hon hade lagt ifrån sig den innan hon följde värmeljusen till badet. Maria ställde sig på tå och fick ner den. Hon gick ut i köket, tände lampan och vecklade ut det bruna omslagspappret. Bilden framträdde; ett skrattande pojkansikte omgivet av en frökapsel. Ett magert litet ansikte. Vem? Skulle hon drista sig att fråga Erik Atterhed om det? Pojken skrattade, men hans ögon var djupt allvarliga. De sökte sig in i Marias och etsade sig fast. Håret låg prydligt i sidbena, skjortan var ordentligt knäppt upp i halsen.

Hon borde ha lagt sig under täcket men så blev det inte. Tankarna drog och slet som Kronvikens underströmmar. Maria korkade upp en flaska vitt, hällde upp ett glas åt sig och gick ut till bänken vid sitt kryddland. Månen lyste mild och gul på oregano, mynta och rosmarin. Maria gnuggade ett blad av basilika, andades in doften och andades ut sin oro. Andades månljus och lät lugnet sakta sjunka in.

27

”Arvidsson har klippt sej”, sa Erika Lund så fort Maria hunnit innanför dörren. ”Men han har inte varit hos klipparn i Kronviken.” Maria skrattade. Klipparn i Kronviken hade två frisyrer att erbjuda; en pojkfrisyr med snaggad nacke och lugg och en herrfrisyr med samma snaggade nacke och luggen bakåtkammad. Arvidsson var i det närmaste helsnagg och hade sannolikt klippt sig i stan. Erika klappade honom på huvudet när hon gick förbi. Arvidsson skruvade sig besvärad och vek ihop tidningen.

”Det är enda gången i mitt liv jag fått ett erkännande av Storm. En prydnad för rättsväsendet sa han att jag var.”

”Kan tro det”, sa Hartman. ”Du ser ut som någon sorts aktieguru. Vad har du i portföljen, Arvidsson?”

”Inte är det aktier om du trodde det. Jag har inga. Jag tror att det kommer att bli en börskrasch som på 30-talet. Det finns ekonomer som varnar för samma tendenser i ekonomin nu som då. Stora belopp flyttas allt snabbare. Aktieägarna kräver bättre avkastning vilket tvingar företagen att sträva mot högre lönsamhet. Det vill säga så få anställda som möjligt till lägsta möjliga lön. Företag slås ihop till stora koncerner för att bli mer konkurrenskraftiga, andra slås ut. Varje felsatsning blir ödesdiger i kapplöpningen med konkurrenterna.”

”Det låter som du funderat en del.”

”Ja. Genom att satsa på aktier kanske vi själva skapar oss de arbetsförhållanden vi inte vill ha.”

”Så du tycker att man ska satsa på fast egendom, höns och potatis”, inflikade Maria.

”Något ditåt”, sa Arvidsson och ryckte till som om han just i det ögonblicket uppfattat hennes närvaro. Han drog generat med handen över skulten.

Ek som kommit in under samtalets gång visslade högt och radade upp sina persedlar på bordet. Kläderna såg ut som om han sovit i dem.

”Ja jävlar, Arvidsson.”

”Ska du säga.”

”Får det vara lite kaffe Ek? Du ser ut att behöva det”, sa Hartman snällt och skickade kannan. ”Storm sitter i ett möte med ledningsgruppen. Vi får ta en genomgång av fallet Alf Hansson utan honom.” Hartman nickade åt Erika.

”Vi har fått obduktionsresultaten från rättsmedicin. De har varit snabba. 'Kroppens utseende motsvarar mannens biologiska ålder. Vid en yttre besiktning finner man inget anmärkningsvärt utom ett litet sticksår i skallbasen. Cirkulationsorganen utan anmärkning, normalstort hjärta, respirationsorganen visar inga lungförändringar, dock finns hållpunkter för andningsförlamning till följd av en skarp skada, ett vasst föremål av stilettkaraktär har stuckits upp via skallbasen till medulla oblongata. Digestionsorganen utan anmärkning etc.' Han har alltså avlidit av andningsförlamning till följd av ett knivhugg genom skallbasen till förlängda märgen. Ett ovanligt grepp som kräver vissa förkunskaper i anatomi, ingen direkt råstyrka, men precision. Ingen alkoholpåverkan hos offret, inga spår av andra droger.”

”Vad kan vi tänka oss? En läkare? Obduktionstekniker? Kanske en sjuksköterska?” sa Hartman tankfullt och borstade bort lite pärlsocker från skjortan. ”Det rimmar inte så illa med den bild vi har från samtalen med säkerhetsansvarig på sjukhuset. För att veta hur man tar sig in på natten måste man veta vilka dörrar smygrökarna brukar hålla öppna genom att lägga föremål i kläm i dörren. Man måste också veta var övervakningskamerorna är placerade för att inte bli filmad. Om vi tänker oss att målsättningen var att komma in på patologen eller till obduktionsavdelningen, inte att ta Alf Hansson av daga, så måste gärningsmannen ha vetat att Alf var transportör och att han i egenskap av detta hade ett passerkort som gick att använda överallt. Vad vi kan utgå ifrån är att den vi söker arbetar eller har arbetat på sjukhuset och känner rutinerna. Vi har börjat att höra all personal som arbetade den aktuella natten, men det har inte gått att nå alla. Det intressantaste vittnesmålet hittills är en sköterska från lungmedicin som strax efter två gick mot akutmottagningen för att köra en artärblodgas då apparaten på avdelningen var ur funktion. Nere i kulverten mötte hon Alf Hansson med en övertäckt bårvagn. Hon gick direkt med blodprovet och analyserade det. Vilket tog ungefär 6 minuter. Tiden för analysen är 2.01. Alf Hansson bör ha lämnat akutmottagningen ca 1.55." Hartman tog ett bett i nästa bulle för att markera att anförandet var slut.

"Jag skulle vilja veta vad Erik Atterhed gjorde den aktuella natten", sa Maria.

"Varför i all världen då?" muttrade Ek.

"För att Adinas kropp ligger i samma kylrum, är det en så orimlig tanke? Erik Atterhed fyller alla kriterier. Han är läkare och har arbetat på sjukhuset."

"Vad skulle han ha för motiv att mörda en transportör?" sa Ek.

"Inte vet jag? En tanke bara."

"Jag tycker vi bör höra honom igen. Fast vi kanske ska vänta tills vi har sett obduktionsprotokollet. De ligger lite efter nu på obduktion, men det ska vara klart till eftermiddagen, tror jag." Hartman såg sig omkring för att fånga upp den allmänna meningen.

"Just nu är det lite svårt att höra Erik Atterhed", sa Arvidsson.

"Varför?" Maria kände en stor besvikelse, tänkte på Adinas tavla hon hade i bilen. Det vore intressant att höra vad han hade att säga om den.

"Han har med Storms goda minne farit till Estland." Arvidsson kände med handen över sin snaggade skult. Det skulle ta tid för honom att vänja sig vid sitt nya utseende.

"För att underrätta Adinas släktingar?"

"Snarare för att skaffa sig en ny kvinna", sa Arvidsson och skruvade på sig.

"Är det sant?" sa Maria tvivlande.

"Storm sa det."

"Fy fan!" sa Maria och reste sig hastigt från bordet. Hon fick ett förvånat ögonkast av Hartman.

28

Säkerhetsansvarig Bertil Hoas petade upp glasögonen på näsroten och såg sig omkring med stort allvar.

”Något liknande har jag inte varit med om under mina tjugo år i landstingets tjänst.” Hartman la ner block och penna och mötte mannens blick. Maria Wern satt alldeles stilla.

”Jag vet ännu inte hur vi ska tolka det här, men jag ansåg att det var min plikt att informera er omgående. Det jag har att berätta låter helt osannolikt.”

”Ja?” Maria hade svårt att dölja spänningen som kröp i kroppen.

”Klockan tre idag fick jag ett samtal från obduktion. Det var en av våra mest erfarna obducenter, Sven Bunge, som ringde mej. Han kom tillbaka från sin semester nu i morse och han hävdar med bestämdhet att Adina Atterhed redan blivit obducerad. I första hand hysterektomerad, det vill säga livmodern har blivit bortopererad och avlägsnad. En lekman på området, som jag, undrar då om det inte kunde ha handlat om en operation utförd medan hon var vid liv. Sven Bunge nekar bestämt till det. Kvinnan är hopsydd med vaxad lintråd, ett material som endast används på obduktion. Vid vanliga operationer används andra material. Dessutom finns det ett obduktionsprotokoll i datorn, som om en riktig obduktion hade ägt rum, men skallbenet är intakt och vikten på organen stämmer inte utan måste ha blivit ditskrivna mer på känn. Om ni förstår vad jag menar? Protokollet är inte signerat och därför inte utskrivet. Våra sekreterare skriver inte ut några protokoll utan en elektronisk signering. Någon har alltså lyckats ta sig in i datorn men inte lyckats hitta någon kod för signering. Om Sven Bunge inte hade varit en så noggrann och uppmärksam läkare hade risken varit stor att han rutinmässigt signerat protokollet på anmodan av läkarsekreteraren. Någon egentlig obduktion är alltså inte genomförd men protokollet är skrivet som om så vore fallet. Livmodern har inte placerats tillbaka i kroppen och har inte heller återfunnits någon annanstans. Frågan är alltså vem som haft glädje av att avlägsna en livmoder och varför. Hon var gravid om jag har förstått det hela rätt?"

Maria kände ett lätt illamående. Hartman såg ut att känna detsamma. De blev sittande en stund i tystnad. Ljudet från motortrafiken på gatan utanför kröp närmare.

"Vi måste lysa Erik Atterhed. Möta honom direkt när han kommer i land", sa Maria.

"Han flög till Tallinn, han är en förmögen man." Hartman sneglade på sitt armbandsur.

"När skulle han komma tillbaka? Vet vi det?" undrade Maria.

"Nej, i princip skulle han kunna vara tillbaka redan nu."

"Adina Atterheds kropp skickas till rättsmedicin nu i eftermiddag", sa Bertil Hoas.

Maria stegade över torget. Vinden låg på från hamnen och högg tag i bomullsjackan, föste henne in genom entrén till stora hotellet. En angenäm doft av grillat letade sig ut från restaurangen och blandade sig med cigarettrök och ett svagt stråk av rengöringsmedel. Den nyskurade halvan av marmorgolvet blänkte. Maria försökte hålla sig på den andra halvan, när hon gick mot receptionsdisken

"Jag söker Viktoria Atterhed. Det är från polisen."

"Rum 234. Ska jag anmäla er ankomst?"

"Det är inte nödvändigt."

Maria tog trapporna upp till andra våningen. Breda trappsteg ledde till en korridor med röd matta, gröna konstgjorda växter och en tapet i royal blue med en sirlig bård i guld. Hon satte sig ner en liten stund i den röda sammetssoffan utanför dörren till rum nummer 234. Inte så mycket för att hämta andan som för att förbereda sig och koncentrera sig inför mötet. Hur skulle man själv reagera om ens bror var lyst av polisen? Skydda honom till varje pris? Det gällde att inte gå ut för hårt. Lirka varligt. Säkert visste systern mer om Erik än hon var villig att berätta. Maria vecklade ut tavlan ur omslagspappret och knackade på dörren. Omedelbart hördes smattret av höga hårda klackar mot parkettgolv och Viktorias strama ansikte blev synligt i dörrspringan.

”Oh, är det bara du.” Maria undrade vem hon hade önskat sig i stället. Prinsen av Wales kanske? ”Kom in.” Viktoria verkade glad över att slippa sitta i sin ensamhet. Hon kanske inte hade så stort umgänge kvar i staden ändå, tänkte Maria. Hade hon haft några nära vänner hade hon nog inte bott på hotell. ”Vad kan du ha på hjärtat? Sitt ner för all del. Får jag bjuda på något att dricka? Lite sherry kanske?”

”Gärna vid ett annat tillfälle, men nej tack. Jag skulle vilja att du ger mej ditt omdöme om en tavla.”

”Det var ett märkligt ärende. Jag lovar inte att köpa något, men jag kan titta.”

”Jag är inte här i egenskap av dörrknackande tavelförsäljare, så underbetalda är vi ännu inte inom polisen”, log Maria. ”Det här är en av Adinas tavlor.”

”Hu då!” Viktoria ryggade tillbaka. ”Jag tyckte aldrig om hennes målningar, jag vill inte kalla det konst. Hon målade så egendomligt och groteskt på något vis. Erik tyckte inte heller om dem. Han brände faktiskt upp en del av hennes senaste alster.”

”När var det?”

”Om jag inte missminner mej så var det veckan innan Erik bad mej komma. Han trodde inte det var bra för henne att måla. Hon blev liksom besatt av sin skapelse, sa han. Först plockade han bort dem ur ateljén och lagrade dem i en kartong på vinden, men när hon sen försökte ta sig dit eldade han upp dem.” Maria hade en del att säga om saken, men teg i hopp om ett fruktbart samtal. Hade Adina eldat upp gardinerna för att ge igen?

”Vet du vem den här tavlan föreställer?” Barnansiktet i sina bleka rödgröna färger log mot Viktoria, artigt men utan värme. ”Ta god tid på dej.”

”Det kan ju vara någon i hennes fantasi.”

”Om det inte är det, vem kan det vara då?”

”Jag vet faktiskt inte. Det ser då inte ut som en Atterhed.”

”Vad hette Eriks son som dog i bilolyckan?”

”Karl, lille Karl. Varför frågar du?”

”Kan det vara han?”

”Nej, det tror jag inte. Karl var lite skelögd. Han hade lapp för högra ögat och sin mors röda hår. Men Adina var ju inte en utbildad konstnär, som jag nyss nämnde. Kluddandet hörde mera till hennes sjukdom, ett nervöst klottrande och kladdande med färg.”

”Vet du när Erik kan väntas hem”, sa Maria i förbigående, lutade sig bakåt i fåtöljen och studerade kristallkronan som glittrade i dörröppningen till badrummet.

”Han bör ha kommit hem under eftermiddagen. Han ringde mej från Tallinn vid tolvtiden och sa att han var på väg. Var det något särskilt du ville honom? Jag kanske kan svara i hans ställe.”

”Vet du var han befann sig natten mot måndag?”

”I söndags kväll? Jag måste se i min almanacka vad vi gjorde. Ett ögonblick. Jo, vi var på bio. Det var inte mycket att se ska jag säga dej. En sån där modern historia där man får bestämma slutet själv. Jag vill ha mera struktur, men jag kanske är gammalmodig. Efter bion skjutsade han mej till hotellet, vi tog en drink och sen for han till jaktstugan. Den ligger en halvmil bortom Hillersvik, man svänger vänster efter Klockhammar upp i bergen. Det är en timrad brun stuga med stor veranda. Den går inte att missa. Varför vill du veta vad han gjorde?”

”Var du här hela kvällen och natten.”

”Ja.”

”Han ringde dej inte sen han kommit hem.”

”Min bror brukar bara ringa mej i nödfall. Inte är han den som skulle ringa och säga god natt, om du trodde det. Han anser att telefoner endast är till för korta meddelanden.” Viktoria skrattade som om hon fann sitt påstående riktigt lustigt. ”Varför vill du veta var han befann sig?”

”Jag kan inte svara på det just nu.”

”Så märkligt. Men du tycker att jag ska svara både på det ena och det andra. Är han anklagad för något så vill jag veta det. I så fall kräver jag att få tala med min advokat innan jag svarar på flera frågor.” Viktoria visade vägen ut med sin smala ringprydda hand.

29

Skogen tätnade allt eftersom vägen slingrade högre upp i bergen. Strandkantens martallar sträckte upp sig och blev till ståtliga furor och välväxta granar under färden av ett par kilometer. Maria vevade ner rutan och andades in doften av solvarm mossa och grankåda. Grusvägen blev allt mer snårig och igenväxt.

”Frågan är om Erik alls farit till jaktstugan?” sa Hartman och torkade svetten ur pannan med en ljusblå näsduk. Maria saktade ner farten.

”Det tror jag. Om du ser på den brutna kvisten i höger hjulspår och avtrycket i mossan lite längre fram så har någon kört här nyligen.” Hartman skärpte blicken och nickade.

”Hur verkade han må sist ni talades vid?” undrade Maria och justerade backspegeln för att kunna se vart den vita Saab de mött på landsvägen svängde av.

”Han var korrekt och artig, lite stum i sina kroppsrörelser, men fullt balanserad i rösten. Han talade om Adinas död med en saklighet som om det gällt att redogöra för ett patientfall inför en samling kandidater. Pedagogiskt och lite övertydligt, kanske.”

”Vad skulle han haft för skäl att ta sig in på patologen och obducera Adina? Finns det någon rimlig förklaring eller är det ett vansinnesdåd, en chockreaktion? Vad kan man tänka sig?”

”Han kanske drabbades av tvivel på att barnet i magen verkligen var dött?”

”Som läkare borde han väl förstå…”

”Han kanske inte var läkare i den stunden, han kanske mest av allt var en man som längtade efter att få en son, så mycket att allt annat tycktes honom oväsentligt.”

”Så att han till och med kunde planera och begå mord för att stilla sin oro? Det ser inte ut som en desperat handling. Den som tog livet av Alf Hansson var beväpnad och noga förberedd. Stiletten och den svarta sopsäcken över kameran, kunskapen om kamerornas placering, allt tyder på förberedelse, inte på sinnesförvirring.”

”Vad kan vi tänka oss annars? Vad ska man med en livmoder till? Hon var gravid och fostret var nästan fullgånget.”

”Om det inte är Erik Atterhed som tagit livet av Alf Hansson, vad får vi för bilder då?” Hartman vevade ner sin ruta och det grå ulliga håret virvlade runt i draget.

”Jag vet att Erika Lund initierat en besiktning av de andra kropparna i kylrummet. Det kan vara någon som plockar reservdelar. Djävulsdyrkare, någon som har ingått ett vanvettigt vad? Nekrofiler?” Maria kände sig matt av vämjelse.

”Det har inte funnits några märken eller symboler. Främmande fingeravtryck tar sin tid att uttala sig om, även om det är lättare inne på själva obduktionssalen och i kylrummet än på de platser som är mer välbesökta.”

”Tydligen har de haft studiebesök av en klass sjuksköterskeelever i fredags, väldigt oturligt. Det ingår som ett led i anatomiundervisningen, berättade Erika. Det finns fingeravtryck överallt i lokalerna.”

”Här framme är det enligt kartan.” Hartman pekade snett åt vänster där skogen öppnade sig i en glänta med tre fastigheter. Den timrade stugan med sin breda veranda låg lite för sig själv högre upp i backen, de andra stugorna var nybyggen i standardutformning, ljusgula charmlösa byggsatser.

”Gäststugor, enligt Viktoria”, pekade Maria. Hartman kontaktade ledningscentralen och stämde av läget.

”Erik Atterhed fanns med på ett plan som avgick från Tallinn 12.14.”

”Bil eller tåg på resten av resan?” undrade Maria.

”Vit Toyota årets modell.” Hartman upprepade meddelandet från ledningscentralen.

”Jag ser ett vitt fordon utanför stugan.” Maria bromsade in i skydd av de gula barackerna.

”Han har licens på en älgstudsare och ett hagelgevär. De har försökt nå honom på telefon, men han svarar inte. Vi avvaktar en stund till innan vi går in. Jag tycker vi bör ta på västarna. Jag slängde i dem där bak. Tycker det känns osäkert om vi inte fått kontakt med honom och vet att han är vid sina sinnen.” Hartman knäppte upp bältet.

”De här västarna hjälper inte mycket på nära håll, om han vill blåsa huvudet av oss är det fritt fram. Är han en god skytt? Vet vi det?”

”Han har jägarexamen, men är ingen tävlingsskytt, sa vakthavande. För ett knivhugg stoppar de i alla fall.”

”Med kikarsikte kan han se skäggstråna på min haka om han vill. Han svarar inte i telefon eller hur? Ska vi ta oss fram till huset? Tar vi risken?” Hartman nickade.

”Har han inte mobil?”

”Tydligen inte.”

”Enligt kartan finns det en skogssjö ett par hundra meter ovanför huset, ser du det? Den är inte stor. Han kanske är och badar i all oförarglighet? Om en timme sitter vi nog och dricker kaffe och talar med honom i lugn och ro.” Hartman lät som om han inte riktigt trodde på det själv. ”Det hade inte gjort något om vi fått med oss en patrull från NÄPO.”

”De som går att avvara hör sjukvårdspersonal. Storm anser att Atterhed är ofarlig. De spelar tydligen golf ihop. Det sa Erika. Visste du det?”

”Nej, jag visste inte ens att Storm spelade golf.”

”Det är inte mycket man vet om honom. Han släpper inte någon för nära. I alla fall inte mej”, sa Maria med ett snett leende.

”Det ligger en parkeringslapp i vindrutan. Arlanda. Då har han alltså använt fordonet och bör befinna sig här någonstans. Motorhuven är fortfarande varm.” Hartman stod tyst en stund och räknade på tid och sträcka. ”Om han körde raka vägen från Stockholm med en snitthastighet av 90 km/h så finns möjligheten att han skulle ha anlänt hit för en timme sedan.”

”Jag tycker vi knackar på och går in”, sa Maria.

”Tänk om han fick napp.”

”Hur då, menar du?”

”Han kanske inte svarar i telefon av den anledningen att han just nu har en kvinna i sin omedelbara närhet.”

”Då får vi snart reda på det. Fan vad det äcklar mej med den här kvinnohandeln!”

”Köpt kärlek är aldrig vacker.”

”Kärlek? Det är väl att romantisera å det grövsta.”

Verandans grova furuplankor knakade lätt under deras fötter. Dörren stod olåst. De steg rakt in i storstugan, ett rum på säkert fyrtio kvadratmeter där man kunde se ända upp i nocken. En stor öppen spis dominerade rummet, som var sparsamt möblerat med tunga furumöbler och fritt från textilier i varje form. En ohämmat maskulin inredning, tänkte Maria. Väggarna var dekorerade med jakttroféer – horn av älg och rådjur, elefantbetar, sköldpaddsskal, en hylla med en uppstoppad fasan och en mård, rådjurshuvuden och ett apkranium, kunde man gissa. Värmen jäste mellan väggarna och det luktade instängt. Maria steg in i köket.

”Hallå, någon hemma?” Inget svar. Köket var stort och modernt med två frysskåp, en frysbox och stor diskbänksyta. I ett ställ av trä, det största Maria sett i sitt slag, satt jakt- och fiskeknivar sorterade i storleksordning. En nött och väl slipad fiskekniv behöver just inte vara bredare i bladet än en stilett, tänkte hon. Och vände sig om vid ett plötsligt ljud.

”Ingen fara, bara jag. Det finns två sängkammare. Båda tomma. I det ena står en svart resväska. Ska vi knacka på i de andra barackerna innan vi går upp till tjärnen?”

”Det finns bäver här, ser du?” Maria visade på den avgnagda stubben och trädet som låg fällt över bäckens utlopp. Mossan välvde sig mild och varmgrön ner mot bäckfåran, som kantades av friskt gröna ormbunkar. Skogsstjärnan lyste med sitt vita öga bland blommande lingon och kartiga smultron. Svart och outgrundligt blänkte tjärnens vatten. En bäver slog till med sin breda svans i vattenytan och försvann bland kvistar och grova grenar mot botten. De stannade och lyssnade. Inga ljud nådde deras öron utom naturens egna, fågelsången och vattnets porlande, surrande bin i de blommande vildhallonsnåren. En skräddare vandrade på vattenytan. Granskogen speglade sig fåfäng, lät sin mörka skugga sjunka ner i djupet och över bryggan där en liten plattgattad eka låg förtöjd.

”Hallå, finns någon här? Erik Atterhed! Hallå!” Det kändes fel att ropa på en plats som denna. Det gröna templet bjöd till stillhet och kontemplation, allt annat var mot naturen, tänkte Maria när hon steg ut på bryggan och såg sin förvridna spegelbild i det krusade vattnet.

”På fyrtiofem minuter kan de vara här med hundpatrullen”, sa Hartman.

”Om han tagit sig härifrån är det fråga om hur; finns det andra bilspår än våra och Toyotans. Kan han ha gått eller cyklat någonstans?”

”Ledningscentralen har varit i kontakt med systern. De har inga bekanta i området han kan ha hälsat på. Inte vad hon vet. Det verkar inte heller som om han har haft damsällskap på flyget till Sverige. Flygvärdinnan minns honom särskilt för att han klagade på komforten ombord. Han satt ensam. Planet var inte fullt.”

”Jag skulle vilja gå in och se mej omkring igen.”

”Gör det du.”

Maria ställde sig innanför dörren. Om jag kom från en längre resa skulle jag nog först ställa ifrån mej bagaget. Jag skulle släppa det i hallen. Erik Atterhed är en ordentlig man, han bär in resväskan i sovrummet. Sen går han troligtvis till toaletten efter några timmars resa. Maria steg in i det västra sovrummet och öppnade dörren till toaletten, ett genomgångsrum mellan sovrummen, två dörrar där det gällde att komma ihåg att låsa och låsa upp om man inte var mycket nära bekanta. Ringen var uppfälld, vilket borde tyda på att en man varit där sist. Maria lät blicken glida utmed de röda väggarna, förbi rakspegeln utan ram och ner på golvet. I den grälla mosaiken i rött, svart och grått fanns ett par knappt märkbara blodstänk, två små droppar som vid ett litet skärsår eller en lindrig näsblödning. Maria tog ett par steg bakåt. Gick runt och betraktade dem från det andra sovrummet. Båda dörrarna var nu öppna.

30

”Hade du helt glömt bort att jag skulle ha bilen klockan sju!?” sa Krister irriterat.

”Jag försökte hinna hem i tid, men det var omöjligt. Det kom saker emellan.”

”Det kommer alltid saker emellan. Ingen ren skjorta fanns det heller.”

”Om vi hade haft en fungerande tvättmaskin, i stället för eländet svärfar köpte på annons, skulle livet ha varit enklare. Hur många gånger har vi haft reparatör här? Fyra om jag inte räknar fel. Pengarna vi lagt ner skulle ha räckt till en ny vid det här laget.”

”Ja, men nu har vi inga pengar. Vet du vad det kostade att lacka om bilen? Tre tusen! Och ändå är det en kille jag känner som gjorde det. Om vi hade haft pengar hemma hade jag tagit en taxi ikväll, nu fick jag ringa och säga att jag var sjuk! Det håller inte i längden, det måste du inse. Vet du hur jobbigt det är att åka buss med barnen? Du borde se dej om efter ett annat arbete.”

”Eller du! Jag vet precis hur det är att åka buss med barnen, det är väl inte så farligt.”

”Inte så farligt! Linda spydde ner mina enda rena byxor och sen kletade hon in en chokladbit i nacken på tanten framför oss, och som om inte det var nog så slog Emil näsan i stolpen när busschauffören bromsade för en katt. Det blödde inte men han skrek ända fram till handelsträdgården. Du är väl ledig i morgon?”

”Vi har en mordutredning på gång. Jag är inbeordrad.”

”Och så jobbar du helgen!?”

”Ja, så blir det nog.”

Krister suckade tungt och drog henne intill sig. ”Vi då? Hur blir det med oss? Kan vi inte sjukskriva oss båda två i morgon och så lämnar vi in barnen på dagis och sen öppnar vi en flaska vin nere i båthuset?”

”Låter lockande, väldigt lockande.”

”Så tar vi fram en påse räkor. Jag bakar några baguetter, vitlöksbaguetter med riktigt smör medan du bäddar med rena lakan.”

”Och sen?”

”Sen kommer min mamma som ett brev på posten efter att ha träffat dagispersonalen som promenerat förbi på väg till lekplatsen. Vi måste kräva dagispersonalens absoluta lojalitet om det ska gå vägen.”

”Kan vara svårt att få dem att inse fördelarna med projektet.”

”Tror du? De måste väl tänka på nativiteten, återväxten som garanterar dem arbete i framtiden.”

”Vi låser in Gudrun och baguetterna i båthuset och tar med oss vinet och räkorna...”

”Varför ska ni låsa in farmor i båthuset?” Emils kalufs blev synlig i dörröppningen. ”Det heter olaga frihetsberövande, det har du sagt mamma. Och det får man inte göra.”

”Glömde det. Då får vi hitta på något annat.”

”Linda har hittat på något annat.”

”Så bra.”

”B”, strålade Linda.

”Har du gjort bokstaven B. Får jag se?” sa Krister. Linda tog sin far i handen och ledde ut honom i trädgården. Maria öppnade kylskåpsdörren för att se vad det fanns att äta. Leverpastej med utgånget datum, en skrumpen morot och kallt hopklibbat ris. Mjölken var slut. Så enastående tråkigt.

”Maria ta hand om ungen! Jag måste skrika.”

”Vad är det?”

”Kolla bilen! Ser du vad hon har gjort?! Ett B ristat med en vass sten över hela bakluckan och granar eller vad det är runt hela bilen. Den nya lacken! Försäkringen täcker knappast det här. Faan! Jag går ner till bryggan ett tag, så det inte händer något värre. Så jävla onödigt!”

Maria vaknade med ett ryck. Teveljuset flimrade i rummet. Hon måste ha slumrat till men som tur var inte så länge. Hon hade inget minne av att hon sett väderleksrapporten, men börsnoteringarna pågick för fullt. Reportern talade sig varm över nyemissionen av aktier i läkemedelsjätten OKTA, en fusion av åtta mindre läkemedelsföretag. Den nya folkaktien, sa han. Sedan IT-aktiernas nedgång spåddes läkemedelsindustrin och biomedicinsk teknik en lysande framtid. Åtta manschettprydda armar sträcktes mot allmänheten för att skaka hand och ta emot slantar från småspararna. Maria hittade kanalväljaren under Emils gröna tyggroda och bytte kanal till de lokala nyheterna. Ett foto av Erik Atterhed fyllde upp rutan och försvann. Polisen vädjade till allmänheten om bistånd. Och där i tevesoffan satt Storm. Maria gnuggade ögonen. Skulle inte den nya kvinnliga chefen ta över kontakterna med media? Det var inte rätt att måla Storm på väggen, men det här bådade inte gott.

”Tycker ni att det är riktigt att ni sitter kvar som utredningsledare när ni var bekant med Erik Atterhed? Enligt vissa källor var ni till och med nära vän till mannen?”

Det Storm muttrade var i det närmaste ohörbart.

”Skulle utredningen av Adina Atterheds död ha bedrivits mera aktivt i den initiala fasen om någon annan suttit i ledningen?”

”Det kan jag inte svara på i nuläget.”

”Kommer du någonsin att kunna svara på den frågan?”

”Jag gjorde vad jag fann bäst med den information jag då hade tillgänglig.”

”Du borde kunna erkänna att ett fel är begånget?”

”Nej!”

Maria skruvade olustigt på sig och bläddrade i tevetidningen. Hon hade en vag aning om att Samuel Göthe skulle delta i kvällens ”Läkarrond”, ett populärvetenskapligt program om forskning och medicin, på samma kanal efter nyheterna. Hon tog en näve popcorn och reste sig för att kika in i sängkammaren. Krister hade krupit ner och snarkade behagfullt med båda fötterna utanför täcket.

”Kvällens tema är Våra gener. Är kloning en framtida möjlighet för barnlösa par?” Maria slog sig halvhjärtat ner på soffbordets kant. Samuel Göthe verkade finna sig synnerligen väl till rätta framför kameran och gav ett helt annat intryck än när Maria träffade honom sist. Med värme och stor kunnighet redogjorde han för sin ståndpunkt i frågan.

”Jag ser ingen anledning att klona människor om vi tillåter både donation av spermier och ägg i Sverige. Dessvärre har det senare beslutet låtit vänta på sig. Jag ser det också som ett hinder att män som är villiga att donera sperma inte tillåts vara anonyma. Jag tror att det är en återhållande faktor. Dessutom innebär kloningen en oacceptabel risk för modern, med alldeles för hög procent missbildade foster och missfall.”

”Finns det några vinster att göra i framtiden, kan ni se några fördelar med att utveckla en teknik för att manipulera mänskliga celler?”

”Det kan i framtiden bli möjligt att utveckla en exakt kopia av sig själv att plocka reservdelar ifrån, benmärg... en njure kanske. Jag vet inte om det skulle kännas acceptabelt. Var skulle man förvara sin kopia? Inlåst? Jag anser att det är av yttersta vikt att lagstiftarna gör etiska ställningstaganden och inte låter marknaden styra utvecklingen. Politikerna måste få en chans att hinna sätta sig in i de komplicerade frågorna innan de går till beslut. Man kommer i framtiden att kunna bota många ärftliga sjukdomar med genterapi, men ännu haltar systemet. Man har möjlighet att diagnostisera långt innan det finns en möjlighet till bot. Skulle du som förälder vilja veta att ditt barn kommer att få Alzheimers sjukdom, om det inte fanns någon meningsfull behandling och symptomen kommer först i 60-årsåldern? Hittills skulle den kunskapen endast gagna försäkringsbolagen. Dessutom finns det idag människor med ärftliga sjukdomar som lever ett meningsfullt liv. Hur skulle det kännas för dem om man förordade en teknik, som skulle ha eliminerat dem redan på äggstadiet? Kunskapen är en hora, ibland tjänar hon det goda ibland det onda. Det är upp till oss att noga överväga vad vi vill använda vår kunskap till. Det är inte säkert att det alltid är av godo att göra det man kan.”

”Nitton länder i Europa har förbjudit kloning, tror du att man kan hindra det på sikt eller kommer vi att få en medicinsk turism?”

"Säkert kommer det att göras försök till kloning av människor om det inte redan är på gång någonstans i världen. Jag tror inte en 'Karibiensemester' är ett bra alternativ för par som lider av barnlöshet. Som jag sa tidigare. Riskerna är alltför stora för modern, oacceptabelt stora. Det finns krafter som inte drar sig för att slå mynt av andras olycka, det har vi sett åtskilliga exempel på genom historien."

Molly krafsade och gnölade vid dörren. Maria stängde av teven och klev i sandalerna. Motvilligt! Men i de bruna vädjande ögonens magiska glans smälte hon till ett villigt offer. Ett sofistikerat språk för den som inte äger orden och väl så nyanserat och effektfullt som de sötaste av fraser.

Det låg en lapp på köksbordet. Maria hade ibland tänkt att om man band samman alla lappar till en bok så skulle det bli en bok om livet. En verklig dokumentär. Eftervärlden skulle säkert försöka avkoda meddelandena eller slå fast att människosläktet led av en svår fixering vid födoämnen: 3 liter mjölk, 2 fil och morötter. Äter ute. Frysta ärtor 400 gr, kesella 1% och purjolök. Kan du rasta Molly? Kaffe, socker och blöjor! Kommer sent! Puss. Mariekex, dill och 4 liter mjölk. Gör matsäck åt Emil, gympakläder. Glödlampor 15 W, räkor (frysta) och spagetti. Försäkringskassan har ringt.

På lappen stod det: Ring Karin. Maria såg på klockan. Antagligen ville hon ut och gå. Onödigt att ringa när hon ändå skulle passera med Molly om ett par minuter. Karin var ju en nattuggla. Det var säkert inte för sent att knacka på. Maria drog kopplet över Mollys huvud och blev nästan fälld av den viftande svansen.

Den trasiga rutan i drivhuset fick bero tills de hade råd att göra något åt den. Lite sallad borde man kunna plocka och ta med i morgondagens matlåda och ett par rädisor. Neej – mitt i salladen var en djup grop. Humpekatten hade lagt bredband i grönsakerna utan att skotta igen efter sej. Gödslar gör man på hösten och våren inte under skördetid, men den instinkten verkade helt ha gått förlorad i och med domesticeringen av kattdjuren.

En lätt dimma låg över Kronholmen, i skira stråk också över strandängen där den jäste som en trollbrygd ur marken. Maria drog igen jackan. Det var kallare ute än hon tänkt. Ikväll var Karin förhoppningsvis inte badsugen. Hur hade hon det med Julius egentligen? Kunde det ligga någon sanning i Karins misstankar om att han var på väg bort? Vad hade hon sett av honom på Finlandsbåten egentligen? Julius och Susann satt vid samma bord. De dansade och höll varann i hand när de gick upp på dansgolvet, ett normalt beteende i sitt sammanhang, uppseendeväckande i ett annat. Maria hade inte studerat dem så noga när de dansade. Det fanns annat som distraherade. Hon drog med pekfingret över sina läppar. Hon hade faktiskt inte nämnt något för Krister om Arvidssons tilltag. Det var på Finlandsbåten det hände och Arvidsson var inte vid sina fem sinnen. Det kunde nog ingen tycka. Det som hade hänt hade egentligen inte hänt. Så var det på Finlandsbåten. Hade Julius gjort något han inte borde? Hade han dåligt samvete på sitt håll? De kanske gick och analyserade varann, var och en i sin egen överkänslighet: Vet han något? Vet hon något? Karin hade bestämt förnekat att Julius hade med hennes blåmärken att göra. Du är yrkesskadad! Men hon hade inte givit någon annan förklaring till dem. Samuel Göthe hade sagt att kvinnomisshandel inte sällan debuterar under graviditeten. Det är en tid av påfrestning för båda, mannen känner sig utanför, sviken och rädd att mista kontrollen. Om man dessutom bär på skuld? Om det i uppfostran ligger djupt rotat att det är en skam att göra en kvinna med barn utom äktenskapet och om man dessutom varit otrogen eller nästan otrogen? Emil hade blivit arg av att bära på sin skuld när han klippt Linda. Han hade hotat att slå henne och han hade skickat in en boll i drivhuset av ren ilska. Vad säger att vuxna människor fungerar annorlunda? Vad gör man för att kunna hantera sin skuld? Hittar fel hos andra, skapar sig medbrottslingar och fördelar skulden?

Julius attityd fick Karin att känna sig skyldig. Hon sökte förklaringar hos sig själv och fann dem naturligtvis. Ingen är felfri.

I skenet av trädgårdslyktan såg Maria att det duggregnade. Hon hade inte lagt märke till det, bara till dimman. Ett fint regn som inte kändes mot huden, men som smög sig inpå kroppen som ett frostigt andetag. Hon ringde på Karins dörr. Det lyste i vardagsrumsfönstret, ett varmgult sken mellan blommornas svarta siluetter. Svaga toner av en panflöjt letade sig ut i skymningen. Maria ringde på igen och ångrade att hon inte slagit en telefonsignal hemifrån. Molly drog av alla krafter i kopplet. Maria sträckte sig efter henne och blev stående på ett ben, drog Molly närmare och ringde på igen. Hon kanske kom olämpligt? Klockan var tio. Hon skulle just vända sig om och följa minsta motståndets lag, det vill säga Molly, när dörren öppnades.

"Hej, jag undrar om Karin har lust att följa med... Vad är det Julius?" Maria såg hans ansiktsuttryck och blev rädd.

"Karin mår inte bra."

"Vad är det då?" undrade Maria. Vi skulle inte ha badat. Det var mitt fel. Jag kunde ha lagt in mitt veto. Jag borde ha hindrat henne. Såret på armbågen! Vi skulle ha farit ner till jourläkarmottagningen. Tankarna pilade runt som skrämda råttor. Hon sökte anklagelsen i Julius ansikte.

"Hon kommer inte ut."

"Får jag komma in, orkar hon det?"

"Hon vill inte träffa dej." Julius ord träffade som en pisksnärt.

"Hur menar du? Är hon för trött? Jag skulle bara vilja se hur det är med henne." Julius täckte hela dörröppningen med sin kroppshydda. Hans ansikte var kritvitt mot det svarta krulliga håret. Trädgårdslyktans ljus blänkte i glasögonen och dolde hans blick.

"Hon vill inte träffa DEJ."

"Varför?"

"Jag orkar inte förklara just nu. Gå! Gå bara och fråga inget mer. Förlåt mej Maria om jag låter brysk. Men det är bäst så."

"Ni har grälat! Finns det inget jag kan..."

"Ja, gå härifrån!!"

"Säg till Karin att jag ringer i morgon." Julius stängde dörren och Maria kände hur hon skakade inombords.

31

”Hundarna fick upp ett spår vid sjön, men det visade sig vara av rådjur. De har inte hittat honom än. Erik Atterhed är som uppslukad av jorden.” Hartman såg märklig ut i sitt regnvåta platta hår. ”De har hållit på hela natten, trots regnet. Vi har en patrull stationerad där tills vidare. Vi har också fått ett beslut på utökad husrannsakan i Hillersvik och givetvis även i jaktstugan. Viktoria Atterhed hade inget att säga om tavlan?”

”Nej.” Maria skruvade på sig. Vänster axel kändes domnad. Hon hade inte sovit mycket, bara slumrat ett par timmar på efternatten i vardagsrumssoffan, för att inte störa Krister med sin oroliga sömn. Ingen hade svarat hos Karin på förmiddagen. Maria var bekymrad.

”Vi har ytterligare ett problem, en pressläcka. Ni har säkert sett morgontidningarna.” Arvidsson växlade en blick med Ek.

”Jag har inte hunnit”, sa Maria och värmde händerna på kaffemuggen. ”Vad är det?”

”Adina, ingreppet på Adina är förstasidesstoff! Sjukhuspersonal har tystnadsplikt, men det måste ha läckt ut i alla fall. All information har sitt pris, tydligen. Storm är vansinnig. All hans tid går åt till samtal med pressen. Det är honom de vill hänga.” Hartman petade sig med kaffeskeden i örat sakta och eftertänksamt.

”Vad säger säkerhetsansvarig?” undrade Ek. Maria la märke till att han hade en ny rutig skjorta på sig, röd och svart. En helt ny klädstil hade Ek anbringat de senaste dagarna, till Arvidssons odelade munterhet. Över stolsryggen hängde en grön Helly Hansen-tröja.

”Det blir naturligtvis en utredning om vem som kan ha läckt. I övrigt har förhören med personalen inte givit så mycket nytt. Ingen har sett något obekant ansikte den natten, vad de kan erinra sig. Å andra sidan tror jag inte man studerar ansikten närmare när den man möter har vit rock. Hade de stött på en civilklädd person skulle man säkert ha fått bättre signalement. Ingen har sett Erik Atterhed. Sista förhörsomgången har vi tagit med ett foto på honom. Högst ett tiotal personer har varit ute i kulvertsystemet under de aktuella timmarna. Ingen, utom vakten, har passerat patologen. Den mesta trafiken har varit mellan akutmottagningen och kemlab, blodcentralen och akutvårdsavdelningen. Samt en transport ner till röntgen och sedan vidare upp på operation, som akutmottagningens personal fick ombesörja själva eftersom Alf inte dök upp."

"Adinas släktingar i Estland, borde vi kontakta dem?" undrade Maria.

"Pressen har säkert hunnit före oss där", muttrade Arvidsson.

"Jag tänkte på Eriks före detta fru, Cecilia Atterhed. Jag har plockat fram hennes adress. Hon bor i Örebro. Jag kan fara dit och tala med henne, om ingen har något bättre förslag", undrade Maria.

"Ensam? Hur stor är chansen att Erik Atterhed gömmer sig där?" Hartman kliade sig i huvudbotten.

"Örebropolisen har varit där. Han befann sig inte i lägenheten. Jag skulle vilja tala med henne. Vi har väl inte någon mer att avvara. Det är okey", sa Maria. "Jag hör av mej så fort jag kommit fram."

Regnet slog mot vindrutan. Ibland så kraftigt att Maria fick luta sig fram och kisa. Det blev imma på framrutan och hon satte på fläkten. En kort minut hade hon önskat att alla civilmålade bilar skulle vara ute. Hyrbilarnas komfort var definitivt bättre. Men sådan lyx erbjöd inte dagen. Ändå var det skönt att få några timmar för sig själv i bilen, den ensamtid hon så väl behövde, när det kändes som om hon skulle kvävas av krav från alla håll. Aldrig till full belåtenhet, alltid med dåligt samvete för barn, Krister, svärföräldrar, föräldrar, jobb, vänner och hur hon lät sin kropp förfalla och sitt sinne förslöas framför tevens underhållningsprogram. Vad är ett optimalt liv? Maria kunde se sin gamle filosofilärares entusiastiska ansikte framför sig, när han talade om de gamla grekerna. Enligt gammal grekisk filosofi borde man leva ett liv i måttfullhet där man odlar sina etiska och intellektuella dygder, ville hon minnas. Att kultiveras i ett litet sällskap av goda vänner, diskutera filosofi och dricka måttligt med vin. Sålunda skulle man tillbringa sina dagar enligt filosofen. Fast på den tiden gällde det bara män förstås. För kvinnor var det en dödssynd att dricka vin och därigenom bli berusad och lösaktig. Så förmäten var den antika tankegången. Män blir redlösa vilket i stort sett är i sin ordning, kvinnor blir sedeslösa och det är en dödssynd. Det var så kyssandet infördes i familjen, hade hon lärt sig på filosofilektionen. För att mannen på ett effektivt sätt skulle kontrollera om hans hustru druckit vin, inte som ett led i det erotiska spelet. Säkert kommer nutidsmänniskan att dömas hårt av eftervärlden för sitt insiktslösa och destruktiva leverne. Fast vad kan man göra åt det när man redan sitter i centrifugen och snurrar på högvarv. Hitta små oaser av måttligt vindrickande och filosofiskt tänkande möjligen. Att odla dygder vore ytterligare ett överkrav. Maria suckade tungt och körde om en långtradare som i irriterande 80 km legat och maskat vid mittlinjen, innan hon såg 50-skylten och vägkorsningen.

Kunde Cecilia Atterhed, Eriks före detta hustru, ha något att tillföra? Viktoria hade berättat att Erik inte orkade med sina patienter på sjukhuset, att han borde ha startat eget så han kunde välja vilka han ville behandla, menade hon. Det hade blivit en drink på kvällarna, sen allt fler för att kunna komma till ro och sova. Så hade det hänt, pojken som fick krupp, ilfärden till lasarettet och så olyckan. En pojke i Emils ålder. Enda barnet. Han hade haft sin mors röda hår, sa Viktoria. Cecilia Atterhed hade hamnat i rullstol, förlamad från midjan och ner. Hustrun som förlorat sitt enda barn. Hur möter man de ögonen? Vad gör man med en sådan skuld? Blir den till anklagelser och vrede? Emil hade försökt klistra tillbaka Lindas hår med Karlssons klister, men en del saker kan inte göras ogjorda. Sista klippningen hade blivit intill själva svålen. Vad hade Erik Atterhed gjort med sin skuld? Kvinnorna han hämtat från Estland, vad önskade han sig av dem? En son? Vad skulle han gjort om han fått en son med Adina? Slängt bort emballaget när det inte längre behövdes. När han fått det innehåll han ville ha. Betalat för att få vårdnaden? Köpt sig ett barn? Maria funderade på om det var cyniskt av henne att tänka så. Några varmare känslor verkade de inte ha haft för varann, Erik och Adina, det bekräftade Viktoria också. Maria måste erkänna för sig själv att hon var nyfiken på Cecilia Atterhed. Kriminaltekniker Erika Lund hade hittat en brevsamling i Eriks låsta skrivbordslåda, glödande kärleksbrev mellan en ung lärarinna och en läkarstuderande. Framtidsdrömmar ljusa som sommarnatten hade svävat mellan raderna. "Jag ska lära våra barn att rida och vi ska bygga drakar, sådana som jag gjorde som barn med svans av kräppapper, och låta dem flyga högt över taken upp mot himlen." Så hade Erik skrivit. Hon hade svarat med andra bilder av lyckan, så som hon såg den. "Att helt få rå om varann och aldrig behöva skiljas mer"..."äga varandra fullt och helt". Inte ett ord om barn eller familj. Hennes bild av lyckan var tvåsamhetens. Men de hade fått ett barn, en son. En kompromiss eller hade de båda önskat fler? Maria stannade till i Avesta, köpte en kopp kaffe och dukade upp sin kalla matlåda på instrumentbrädan. Pannkakor, morötter och en hembakad fralla utan pålägg.

De skulle ses på Hälls Konditori i Örebro. Cecilia Atterhed hade valt tid och plats. Hennes röst i telefonen hade varit artig men bestämd. Maria parkerade på Stortorget nedanför Engelbrektstatyn och lyssnade på klockspelet. En äldre kvinna i hatt och kappa pekade ut vägen mot Centralpalatset och Hälls Konditori.

"Du ska smaka deras Desiréebullar. Di är goda, vaniljgrädde, kanel och rullade i socker, inte dumt alls", sa kvinnan innan hon släntrade in på Lindhska Bokhandeln. Regnet hängde tvehågset i luften och Maria andades in den råa kylan i djupa andetag. Det hade varit kvavt i bilen. Hon skyndade på stegen över bron och skymtade Hälls Konditori bortom slottet. Konditoriets fönster, på ömse sidor om dörren, gick ända upp till övervåningen. I skylten stod en trattgrammofon och en femvånings marsipantårta. Maria steg in och lät blicken svepa över de läckra bakverken, småkakor, bitar och tårtor. En kvinna med vågig kopparröd page satt i sin rullstol på nedre botten. Hon såg forskande på Maria med sina lustiga halvmånformade ögon. De hälsade.

”Jag tänkte vi kunde ta en kopp kaffe, sen får du gärna ta mej på en tur i Stadsparken. Det är så sällan man kommer ut. Om det inte är för mycket besvär”, tillade hon hastigt.

”Gärna, det skulle vara skönt med en promenad. Det ser ut att klarna upp.” Maria spanade ut mot slottet och vallgraven. Molntäcket höll på att spricka upp. Solen log och svepte guld över vassruggarna. Vattnet som legat surmulet och svart under bron glittrade uppsluppet på sin färd runt slottet och ner mot slussen, det skrattade skummande åt ändernas småprat i strandkanten och åt vinden som fyllde servitrisens kjol på uteserveringen. Näckrosbladen gungade sakta.

”Gick resan bra? Det var inga problem för dej att hitta hit?” De samtalade allmänt om resor och väder och beställde in kaffe och Desiréebullar. Maria fick en känsla av att kvinnan inte ville gå in på personliga samtalsämnen förrän de befann sig i avskildhet. De drack upp påtåren under tystnad. Maria lät ögonen vila på de två stora fönstren som nådde upp till övre loftet, den mildgröna tapeten och det mörkbruna möblemanget.

”Vi brukade sitta där uppe Erik och jag, när han besökte mej i Örebro. Det här caféet har sin speciella atmosfär med anor sedan 1920 om jag inte missminner mej. Vi var så unga då, tänk om man vetat vart livet skulle barka hän.”

”Du har inte talat med Erik på senare tid?”

”Jo, faktiskt, han ringde mej natten till måndag. Men han var inte alls nykter, så jag vägrade tala med honom.”

”Hur dags ringde han?”

”Klockan kvart i tre, jag såg faktiskt på klockan och jag blev så arg så jag inte kunde somna om mera sedan.” Cecilia drog i fingrarna så det knäppte till, först på ena handen sen på den andra. Maria försökte bortse från oljudet.

”Sa han var han befann sig?”

”Han ville inte svara på det. Jag kan tänka att han var i jaktstugan. Han kände sig så ensam, sa han. Jag är inte så hårdhjärtad som du tror. Hade han varit nykter så hade jag samtalat med honom, men i det skick han var då var det ingen idé. Han tappade telefonluren i golvet medan vi pratade, så onykter var han." Maria antecknade i sitt huvud och kände en ilning utefter ryggraden.

När de kom ut på gatan flödade solen igenom molnen. Vattendropparna glittrade i rabatten runt en staty med en atletisk man som brottas med ett stenblock. Fontänens vatten fick mannens kropp att blänka i solen.

"Befriaren, kallas den. Jag har alltid funderat på vem han befriar och från vad. Kanske får man bestämma det själv från stund till annan", sa Cecilia. De skakade fram över den stenlagda Slottsbron och vek av åt vänster in i en lummig park där regnet ännu droppade tungt från träden. Svartåns vatten gled sakta jämsides med dem på sin väg ner mot slussen. Ett par kanadagäss spatserade vaksamt över gången med sträckta halsar.

"De ser ut som Viktoria Atterhed, det tycker jag varje gång jag ser dem." Maria var glad att hon gick bakom rullstolen och inte behövde avslöja sitt ansikte.

"Ni kom inte så bra överens?"

"Kan någon komma överens med Viktoria Atterhed? Om vi går över gatan här förbi Harrys så kommer vi till Stadsparken. Jag har läst tidningen idag. Handlar det som står där om den estniska kvinna Erik sammanlevde med?"

"Ja", sa Maria. "Dessvärre är det så."

"Vet du vad jag tänkte när jag läste det?"

"Nej." Maria slog av på takten för att inte gå miste om ett enda ord.

"Har du läst W.W. Jacobs novell "Aphanden" någon gång?" undrade Cecilia.

Maria skakade på huvudet, kom på sig själv och svarade nej högt och tydligt så Cecilia kunde höra henne. Som småbarnsförälder är det inte mycket man hinner läsa utöver sagor.

"Den handlar om ett äldre par, mrs och mr White och deras nästan vuxne son som levde ett idylliskt familjeliv. På besök till dem kom en fanjunkare Morris, en grå och härjad man. Av honom fick de i motvillig gåva en aphand, som en gång tilldelats magiska egenskaper av en gammal fakir. Han ville visa att ödet styr människors liv, och att de som själva försöker blanda sig i det ödesbestämda enbart åstadkommer olycka. Aphanden gav ägaren tre önskningar. Mr White var tveksam, han tyckte att livet var nöjsamt som det var, men hustrun övertalade honom att prova den. Och han önskade sig 200 pund att betala av skulderna på huset med. En rimlig önskan kan tyckas och önskan slog in, de fick sina pengar på ett oväntat och mycket tragiskt sätt. Sonen dog i en arbetsolycka och företaget betalade ut exakt 200 pund i kompensation. Det gamla paret tyngdes svårt av sorg efter sin ende son. Men så mindes hustrun aphanden. Tio dagar efter begravningen önskar de honom tillbaka från de döda. Mannen är skräckslagen och motvillig, hustrun önskar med förtvivlad längtan. Det skymmer, natten står mörk kring huset när de hör hasande steg över gården och en knackning på ytterdörren. Hustrun springer för att öppna för det fasansfulla och okända som rör sig där ute. Mr White ser för sin inre syn en kropp stadd i förruttnelse och flämtar fram sin sista önskan, som tar ut verkningen av den föregående. En kall vind sveper uppför trappan och ekot av knackningen dröjer sig kvar." Maria väntade på en fortsättning, en förklaring, men Cecilia verkade försjunken i sina egna tankar. Naturligtvis fanns det paralleller men hon var inte säker på att hon förstått hela innebörden.

"Vad tänkte du mer?"

"Har inte Viktoria berättat det? Om när Erik blev ertappad på kyrkogården?"

"Nej."

"Det är väl inget hon gärna talar om förstås. Kan vi sätta oss där borta vid vattnet. Du kan behöva slå dej ner en stund. Jag sitter ju hela tiden, jag. De röda husen du ser framför dej är Wadköping. På teatern där spelar de Markurells i Wadköping nu i sommar."

"Vad trodde du att Viktoria hade berättat för mej?" Maria försökte att inte låta alltför angelägen. Cecilia blev tyst en stund. Maria väntade otåligt.

"Det var på vårvintern för tre år sedan. Tjälen hade just släppt i marken och det var regnigt och lerigt på kyrkogården. Sent en natt ser ett äldre par på genomresa en lykta vid gravarna. Lyktan står inte stilla utan rör sig sakta i diset. Jag vet inte varför de steg ur bilen. Kanske behövde de gå ur och sträcka på benen. Kanske tänkte de fråga om vägen. Vinden låg på kraftigt åt deras håll och den man som steg upp ur gropen hörde inte deras steg förrän de var alldeles inpå. Det var Erik, de tog hans bilnummer innan han smet från platsen. Karls grav var uppgrävd och sedan igenskottad, men blommorna hade han inte hunnit plantera tillbaka."

"Så ohyggligt. Varför?"

"Jag fick höra om det redan nästa morgon och ringde honom. Han mådde så fruktansvärt dåligt. Sorgen och längtan efter Karl kom liksom efteråt för hans del. De månader jag låg på sjukhus såg jag honom inte fälla en tår. Vi separerade under den tiden och jag skaffade en lägenhet här i Örebro där jag har min syster. Han fick tala med prästen och en utbildad terapeut som goda vänner till oss rekommenderade. Han gick några gånger i samtal. Jag vet inte vad det ledde till. Kyrkogårdsförvaltningen återställde graven. Det var efter det där med kistan Erik började ringa mej på nätterna. Han sa att vi skulle bli en familj igen, att allt skulle bli bra. Han hade nog behövt flera samtal med sin terapeut, och det föreslog jag honom, men han ville inte lyssna.

Kort efter den händelsen gifte han sig abrupt med en kvinna från Estland. Jag måste säga att jag blev väldigt förvånad. De kan inte ha känt varann i många dagar. Ändå fortsatte han att ringa till mej på nätterna. Kan du förstå det? Men det höll ju inte så länge med den utländska kvinnan. Efter ett år skickade han tillbaka henne och skaffade en ny. Hon bara försvann från den ena dagen till den andra. Adina var den tredje kvinnan han hämtade i Estland. Han kom till mej strax efter att de mötts, som för att förklara. Hon satt utanför och väntade i bilen. Jag sa att hon gärna fick komma in en stund, så vi fick bekanta oss. Men Erik ville inte det. Han ville ha en lock av Karls babyhår, som jag förvarade i min guldmedaljong. Jag minns att jag grät, att det rev upp så mycket. Tiden läker inte alla sår. Det ordstävet är bara till för att trösta dem som inte står ut med att se andras plåga. Jag gav honom locken, Karls röda babyhår. Han hade inte velat ha något annat efter Karl. Jag fick de flesta fotografierna och Karls babyskor. Han har varit generös mot mej, Erik. Förutom pengarna från försäkringsbolaget har han betalat mej en månatlig summa.

Jag har sagt att han inte behöver, men han gör det ändå. Det är väl hans sätt att visa omtanke. Har du barn?"

"Två."

"Ta vara på dem, ta vara på tiden ni har tillsammans. Den är så dyrbar."

32

”Hur går det för dej i Örebro”, knastrade Hartmans röst i telefon. Maria redogjorde för det i korta drag.

”Här är det smått kaotiskt.” Maria hörde uppgivenheten i hans röst.

”Kan tänka det.”

”Just nu är det ingen som vet var Storm är. Ek är den som såg honom sist. Han gick in och frågade om han kunde få ledigt för att hjälpa sin nya flamma köra in höet. Den förfrågan och medias anstormning är nog det som drivit kommissarien från platsen. Ek känner sig lite ångerfull tror jag. Han inser själv att det var dålig timing.”

”Har han inte farit hem då, Storm?”

”Frun hade just kommit hem från arbetet när jag ringde och där var han inte. Jag hoppas Storm får det stöd han behöver av ledningsgruppen. Det är turbulent för hans del just nu. Oss har han haft lite svårt att släppa inpå livet, som sagt.”

”Jag kommer förbi station innan jag far hem.”

Kvällssolen låg som en varmare nyans över hagar och ängar. Maria körde om sitt fjärde hölass för dagen och tänkte på Cecilia Atterhed och vad hon menat med sin historia om Aphanden. Att inte försöka rå över sitt öde och att inte önska sig det omöjliga? Menade hon det? Om Adina var köpt för att föda hans barn, låg egentligen brottet i själva det system som möjliggör handel. Att Adina sannolikt levde i största fattigdom, medan Erik hade livets goda i överflöd. Att önska sig ett barn är inget brott, inte heller att vilja äta sig mätt. Men att se andra människor som medel för de mål man vill uppnå är kriminellt. Som spökhistoria var ”Aphanden” alldeles ypperlig, de goda önskningarnas svarta baksida är alltid ett tacksamt tema. Visst fanns det paralleller med Samuel Göthes föreläsning under gårdagskvällens ”Läkarrond”. Nyttan av att med genterapi på sikt kunna framställa enklare och billigare läkemedel till människor med till exempel blödarsjuka, att finna nya behandlingsformer för Alzheimers och Parkinsons sjukdom och kanske också en möjlighet att i framtiden slippa transplantera genom att låta klonade fosterceller reparera våra organ. De goda önskningarna. Och den svarta baksidan: att kunskapen möjliggör sammansmältningen mellan djur och människoceller eller att livsdugliga foster används för att få reservdelar. Kan det ha varit det hon menade! Att Erik Atterhed var besatt av tanken på att återskapa sin son. Inte vilket barn som helst – Karl! Själv var han inte gynekolog eller genforskare. Om han hade den tanken måste han ha trott att någon kunde hjälpa honom med det. Var det därför han grävt upp sitt barn på kyrkogården och velat ha en lock från pojkens hår? För att få nya celler till kloning? Samuel Göthe hade sagt att det inte var orimligt att försök till kloning pågick just nu i denna stund. Mot slutet av programmet hade man talat om Raelianrörelsen. En rörelse som enligt egen utsago bestod av ca 35 000 medlemmar, alla eniga om att samla in medel för att klona människor, sedan sektens ledare blivit upptagen på ett rymdskepp och fått tala med våra skapare, utomjordiska vetenskapsmän, om vikten av att börja klona nya individer och därigenom bli gudalika och få evigt liv. Man ska aldrig sluta förvåna sig! Skulle Erik Atterhed ha varit beredd att döda en annan människa, Alf Hansson, för att kunna återskapa sin son, för att få en ny möjlighet att så sitt frö i en annan kvinnokropp sedan Adina fått missfall? Tanken var hisnande. Precis en sådan tanke som skulle kunna få Storm att i sitt labila tillstånd hamna på intensivvården, tänkte Maria. Och ändå var det så historien fortsatte. Hade Erik inte försökt att ragga en ny kvinna den dag som i dag var? Maria hoppades att de funnit honom tills hon var tillbaka. Det skulle kännas som en lättnad att få fråga honom rent ut. En lättnad för honom själv också, kanske? Som läkare, inte minst, borde han ha förstått att han handlat oacceptabelt mot Adina. Maria tänkte på det samtal makarna emellan hon hört av misstag. ”Hur kan du vara så jävla dum! Allt jag ber dej om är att du ska ha lite tålamod. Ett par månader till sen är det över.”

”Jag klarar det inte Erik. Det kommer aldrig att gå.”

”Det finns ingen annan utväg. Jag kommer inte att låta dej slippa undan.”

Vad dödsorsaken var skulle snart obduktionen visa, självmord, olyckshändelse eller mord. Att önska det orimliga till vilket pris som helst kan givetvis leda till brott. Om det sker på bekostnad av andras väl och ve. I övrigt var Maria benägen att låta Aphanden förbli en saga. Vare sig det handlar om ödets lagar eller marknadskrafterna bör man nog inte vara för undfallande.

33

Fru Ragnarsson gläntade på dörren och slog upp den på vid gavel för Maria Wern och Hartman.

"Han är inte hemma. Jag vet inte vad jag ska ta mej till. Det är så underligt alltihop. Stig på. Följ mej så ska jag visa er hans skrivbord. Den här vägen." Maria såg sig förundrad om i ett hem som inte verkade ha andats friska influenser sedan sjuttiotalet. Hallens gula storblommiga tapet följdes av ett klarrött vardagsrum med en låg vit skinnmöbel. Längs med det långsträckta fönstret svävade en hemvirkad beige gardin med små makraméliknande bollar över pelargonernas rodnande ansikten. Sängkammaren, som halvhjärtat gömde sig bakom ett pärldraperi, blygdes för sin medaljongtapet i snusbrunt och sängens urtvättade överkast. Överallt låg den gulbruna hinna av cigarettrök som ackumulerats under årens gång, väl synlig på ljusa ytor, kamouflerad i det murriga bruna. De steg in i det lilla fönsterlösa kyffe som hade benämningen kontoret. Rävens egen lya. Här blev vittringen starkare, rent av inpyrd.

"Ni ser själva", sa fru Ragnarsson och slog ut med handen. Maria sökte med blicken och fann inget oväntat i den absoluta symmetri som rådde i rummet. Inget som egentligen avvek från inredningsdetaljerna i Storms arbetsrum hos polisen. Fyra pennor på rad i exakt jämnhöjd med skrivbordsunderlägget, skrivsetet i grå marmor med de olika delarna utplacerade med exakt tre centimeters avstånd skilde sig inte nämnvärt från det man kunde förvänta sig. Mobiltelefonen, också den liggande parallellt med skrivbordsunderlägget. Men vad i...! Maria försökte lyfta på mobiltelefonen men den satt fast, ordentligt fastnaglad med en femtumsspik driven rakt igenom plasthöljet och ner i bordsskivan.

Hartman gapade men kom sig inte för med att säga något. Maria såg att det ryckte i hans mungipor, men han behöll kontrollen.

”Han har spikat fast mobiltelefonen!” Hartman kände på den och den satt verkligen ordentligt fast.

”Ni förstår själva hur arg han måste ha varit. Det var de här journalisterna som ringde och besvärade honom hela tiden med sina frågor. Åke får inte den arbetsro han så väl behöver. Han blir så lätt nervös. Jag är så orolig för honom. Vad kan vi göra?” Fru Ragnarsson vaggade huvudet i händerna. ”Han har varit så förkyld och eländig, ända sen jul faktiskt. Det blir för mycket för honom med all stress och allt ansvar. Det var inte riktigt vad han väntade sig när vi flyttade hit. Mej lyssnar han inte på förstås. Han blir bara vresig om jag försöker tala med honom.”

”Du vet inte alls var han kan ha tagit vägen?”

”Golfbagen är borta och det är snart mörkt ute. Jag förstår inte?” Fru Ragnarsson satte sig tungt ner i fåtöljen och drog upp åderbråcksstrumporna som hasat ner en bit på vaden och drog den ljusblå bäddkoftan tätare om kroppen. Maria tittade förundrad på hennes virkade tofflor i glada små rutor av restgarner.

”Vill du att vi far ner till golfbanan och tittar efter honom?” sa Maria.

”Ja, jag tänkte kriminalinspektör Hartman kunde tala med honom, karlar emellan. Du får gärna stanna hos mej och ta en kopp kaffe.” Maria kastade en hastig blick på väggklockan.

”Ja, tack. Jag måste bara ringa ett samtal först.”

På kanten av sandbunkern satt en liten mörk och kantig figur på en golfbag. Hartman slog sig ner bredvid utan att säga ett ord. Väntade. Storm grävde i fickorna och fick fram en cigarett. Han tände den med andra handen som skydd för kvällsbrisen. Den lilla lysmasken glödde i skymningen, den prasslade svagt i björkdungen.

”Fy fan!” sa Storm slutligen och stirrade framför sig ut i mörkret. Hartman nickade välmenande. En fiskmås skriade till och försvann över björktopparna ut mot havet. Storm sög på sin cigarett. ”Det är för jävligt”, stönade han.

”Åt helvete”, sa Hartman och fick en varm och simmig blick till svar av sin kollega.

”Det är fan överjävligt!” konstaterade Storm och slog med sin järnsexa i sanden. Hartman väntade på en fortsättning medan Åke Storm tog ett halsbloss, höll andan och blåste långsamt ut röken mot himlen. ”Har kärringen skickat dej?”

”Hon har väl det.”

”Vad sa hon?”

”Hon blev väl lite fundersam när hon såg telefonen.”

”Ha”, Storm skrockade till och fimpade cigaretten i sandlådan. ”Vet du vad som är allra jävligast?”

”Nej, det måste finnas en del att välja på.”

”Att vara ledsen”, sa Storm knappt hörbart och drog upp sin näsduk ur ärmen. ”Man är en jävla ynkedom. Så länge man är irriterad eller till och med förbannad får man något gjort, men nu är man bara ett ynk.”

”Man är väl inte sämre karl för att man blir ledsen”, sa Hartman dovt.

”Jag saknar min vrede! Helvete vad jag saknar den! Det här är ju inte klokt. Det är som någon sorts hjärnförlamning. Som om man var ett jävla fruntimmer.”

”Telefonen?”

”Då var jag i alla fall förbannad”, sa Storm och Hartman tyckte sig ana ett litet leende. ”Det är inte som det var förr, det finns ingen respekt nu för tiden, man är värdelös. Kvinnfolk som tar sig ton, underordnade som tar sig friheter. Vad ska det bli med polisväsendet? Ska du ha en jäkel?” Storm halade upp en halvfull flaska Absolut och räckte den till Hartman.

”Vi kan ta en öl när vi kommer hem till dej. Jag tror frugan din väntar med maten.”

Två figurer vandrade över greenen mot golfklubbens parkering. Den ene med sävliga rörelser, den andre med osäkra steg, stödd på en golfklubba och med vinden flaxande i den alltför korta vida trenchcoaten.

”Det ordnar sig ska du se. En nyhet är ju bara en nyhet just så länge den är färsk, sen finns det andra att bita i benen. Det blåser över”, sa Hartman. ”Det blåser över.”

34

Maria Wern stod återigen framför den stora tavlan som dominerade Erik Atterheds salong. Guldramen blänkte dunkelt i ljuset från lampetterna. Kriminalinspektör Wern betraktade Cecilia Atterheds ansikte där hon lättjefullt gungade fram bland amoriner och rosor. Ett mjukt leende lekte i munnens fylliga konturer. Maria försökte bedöma hennes trovärdighet. Kunde Erik ha ringt från jaktstugan, rejält alkoholpåverkad klockan kvart i tre på mordnatten? Arvidsson skulle kontrollera saken med televerket. Tavlans färger kröp närmare, fångade blicken. I farten kastar Cecilia av sig sin sko... bekymmerslös. Håret fladdrar i fartvinden. Hon ler. Så hårt livet kan gå åt ett mjukt och formbart ansikte. Den mask som burits stelnar – förnöjsamhetens, grämelsens eller sorgens. Maria kunde se och jämföra. Så vacker hon varit, så olik den gamla kvinnan i rullstol och ändå så smärtsamt lätt igenkänd på de gemensamma dragen. Men hjärtat får inga rynkor, hade Cecilia sagt innan de skiljdes åt. Inuti känner man sig inte äldre. Maria vände sig om och anade Cecilias blick i nacken när hon tog trappan upp till Adinas sovrum.

”Bara 36:or alltihop”, suckade Erika Lund. ”Och vilka kläder. Det här måste vara plagg för sammanlagt hundratusentals kronor, och skor. Har du sett så många par skor?”

”Hon har ingen glädje av dem nu”, konstaterade Maria torrt. ”Har du nåt nytt?”

”Som du såg har vi utökat avspärrningen. Nej, inget oväntat. De verkar ändå ha levt ett ganska normalt liv, om man nu kan säga så. Inget onormalt i soporna. De åt bruna bönor och fläsk som vanligt folk, använde mjällschampo som vanligt folk och tvättade eller lät tvätta sina kläder i miljömärkt tvättmedel. Erik Atterhed har ett skelett på sitt arbetsrum, men det är antagligen helt i sin ordning om man är läkare. Det var väl någon fattig sate som sålt sig till vetenskapen. De använde visst riktiga benrangel på den tiden när de skulle lära sig anatomi. Jag hörde att Erik Atterhed fortfarande saknas." Erika Lund flyttade undan ett par galgar i garderoben och nöp i det blanka tyget på en aftonklänning. "Tänk storlek 36, det har jag inte haft sen jag gick på gymnasiet. Jag hade en röd vid kjol som drogs åt med ett brett svart skärp i midjan och en vit blus med holkärm. Då var jag fin", sa Erika och granskade sig självkritiskt i Adinas stora ovala spegel över toalettbordet. "Jag var dödligt förälskad i en ung man som gick naturvetenskaplig linje. En dag bad han att jag skulle komma hem till honom efter skolan och hjälpa honom med engelskan. Jag tog på mej min röda kjol och min vita blus. I bh:n hade jag sytt in ett par axelvaddar. Full av förväntan cyklade jag ner på stan och knackade på."

"Blev det en minnesvärd kväll?" fnittrade Maria.

"En av de mest traumatiska i mitt liv!"

"Blev det?" sa Maria med ens allvarlig.

"Ja, först bjöd han mej på te och fralla. Jag kunde knappt få ner en bit. Paprikabitarna satte sig på tvären i halsen. Det gick liksom inte att tugga och svälja som vanligt. Vi satt tätt intill varann och jag var rädd att han skulle märka hur nervös jag var."

"Jaa."

"Jag förlåter honom inte! Jag hade aldrig blivit utsatt för något så skamligt." Erika tystnade tvärt och strök sitt bruna rufsiga hår bakom öronen.

"Vad gjorde han?"

"Han räckte mej sin engelska grammatikbok och ville att jag skulle förklara sidan 103."

"Det var elakt."

"Ja. Män kan vara grymma", log Erika bistert.

"Undrar varför Adina stannade kvar hos en man som Erik? Pengar? Om hon hade svenskt uppehållstillstånd och ett arbete så var hon egentligen oberoende. Skulle hon ha sålt sig för lite fina kläder?"

”Lite? Det här är märkeskläder för hundratusentals kronor från de stora modehusen. Se på den här hatten! Lila dun och små frukter i siden och likadana blommor finns det på skorna. Den här klänningen med bar rygg och dun i urringningen hör säkert till. Knappast något du skulle sätta på dej på föräldramöte i Kronviken, eller hur? Vem vet, hon kanske älskade honom? Eller att leva lyxliv?”

”Jag har svårt att tänka mej det. Det är något annat. Enligt Karin var hon ingen ytlig människa. Hon hade ett genuint intresse av att vårda människor. Annars hade hon inte behövt arbeta som sjuksköterska när hon väl gift sig med Erik Atterhed. Hon var ingen festmänniska. Det går inte ihop. Finns det några personliga brev? Hade hon något eget umgänge överhuvudtaget?” undrade Maria.

”Jag har hittat en inbjudan till julfest på AVA, det är allt, en opersonlig kopia med svarstalongen i nederkanten kvar. Den är inte ifylld.”

”Hon hade ingen egen telefon?”

”Nej.”

”Ingen dator?”

”Nej.”

”På arbetet hade hon ingen närmare vän än Karin och de var precis bara arbetskamrater, umgicks aldrig på fritiden. Eriks bekanta såg hon snarast som levande döda. För vem levde hon? Fick hon ha något privatliv alls för Erik?”

”Om hon hade det, kanske hon dolde det väl.” Erika kände på skohyllan i garderoben. Den satt ordentligt fast i väggen och golvet. ”Var skulle du gömma något om du bodde i det här huset?”

”Det är väl över fyrahundra kvadratmeter, åtskilligt mer i kubik att fundera över. Var skulle Erik inte leta?”

”I sitt eget sovrum? På toaletten? Märkligt att de har var sitt sovrum. Man kanske har det i finare kretsar, för att kunna smyga in till varann på natten utan att tjänstefolket märker det. Det kanske piggar upp. Ett sätt att hålla lustan vid liv…”

”Erika! Vi måste till toaletten!”

”Så bråttom!”

”Adina berättade en historia för mej om en gammal alkoholist, som gömde sin flaska i toalettstolens vattenbehållare på sjukhuset."

"Begåvat! Norska motståndsrörelsen lämnade meddelanden på tåg genom att placera dem just så, det har jag läst."

Erika lyfte av porslinslocket och la det på golvet vid Marias fötter. De böjde sig fram och stirrade ner i vattnet på något i en plastpåse, som till hälften låg upp mot ytan och flöt på grund av luften inuti påsen. Erika stoppade ner sin behandskade näve och log brett. Varligt drog hon upp sin droppande fångst. Maria tog ett steg åt sidan för att inte bli blöt om fötterna. Långsamt lossade Erika knuten som höll igen påsen och lyfte ut innehållet, ytterligare ett paket i plastpåse omsorgsfullt igentejpat. Maria höll händerna på ryggen för att inte i sin iver råka hjälpa till. Erika kunde inte låta bli att ge henne ett retsamt ögonkast.

Oändligt sakta stoppade Erika in handen i påsen och lirkade ut ett paket inslaget i brunt omslagspapper.

35

Hon frös där hon stod i ateljén i sitt tunna vita nattlinne. Duken var uppspänd på sitt staffli. Färgerna flöt samman och delade sig i rött och grönt. De flöt åter samman till en grå ogenomtränglighet. I eldsljuset från de fladdrande blossen på väggarna såg hon dem dansa som skuggor, i en långsam sensuell dans. Flammorna lekte i kvinnans bruna hår. Mannens vilja dominerade rörelserna. Dansen ökade i tempo, nästan omärkligt, men hon kände pulsen i golvet där hon stod med sina bara sargade fötter. Blodet bildade en pöl som sakta sögs upp av de snustorra furuplankorna. All kraft rann ner mot golvet och huvudet dränerades på initiativ. Förlamad tvingades hon åse dansen som kastade kvinnan i allt vildare svängar, som en trasdocka, en skyltdocka utan hår. Det brann i gardinerna. Maria såg lågorna slicka taket, utan att kunna meddela sig eller röra sig ur sin position. I ett rasande tempo rusade ljudet genom rummet, som var en vinkällare med ekande valv. Tarantellan ryckte och slet i kvinnan, som nu dansade ensam medan mannen blev till ett med skuggorna vid väggen. Fortfarande dirigerade han dansen, fortfarande bestämde han hennes rörelser, drog i marionettdockans trådar. Hon dansade som i kramp. I långa konvulsioner sprätte hennes kropp som en båge. Så föll hon ihop. Klänningen spände över hennes svullna kropp. Musiken tystnade. Hon låg nu alldeles stilla på golvet. Ljuset spelade i det svettblanka ansiktet. Håret låg kletat i pannan och över näsan, som djupa såriga revor i det vita köttet. Munnen öppnades och stängdes som på en fisk, som kippar efter andan på land. Knapparna i den vita klänningen föll till golvet med små plingande ljud och blottade en gravid mage. Huden var vit och spänd, skimrande bristningar i blått kom och försvann i eldblossens flämtande rörelser. Maria försökte nå fram till Adina, men kraften fanns inte. Kroppen ville inte lyda kommandot. Blicken kunde inte släppa den gravida magen. Det rörde sig under den spända huden. En svag vågrörelse rullade genom bäckenet och så ännu en starkare än den första. Toppiga knutor bände under huden, skavde och vred. En krypande krälande rörelse som formades till en stor topp, växte och spände mot skötet. Så brast det. Adina såg rakt på Maria i den stunden, med all sin ångest och svartaste fruktan. HJÄLP MEJ! En strimmig flod av krälande, flygande, rasslande steklar med människoansikten och människohänder under sina genomskinliga fostervattendränkta vingar kom emot Maria. Hon kände igen många ansikten, klasskamrater, släktingar, Julius och Linda. I svärmar täckte de hennes hud och hår och hon skrek. Arvidssons ansikte kom emot henne, så nära, alltför nära. Skriket kvävdes i mjukt tyg, ansiktet pressades mot sval hud, sakta vaggad.

”Lugna dej Maria, så lugn. Du har drömt.” Maria såg upp i Kristers ansikte, halvt misstroende, flämtande som efter en språngmarsch.

”Jag drömde!”

”Hoppas det inte var om mej.”

”Det var vidrigt.” Maria andades fortfarande med öppen mun och torkade svetten ur pannan. ”Jag måste duscha”, sa hon matt. Svetten sipprade mellan brösten när hon svepte badrocken om sig och stapplade mot hallen i det skärande ljuset. I full belysning lät hon vattnet strila över kroppen och tvätta bort drömmens smutsiga beröring. Huttrande satte hon sig sedan vid köksbordet med Adinas tavla i knät, alldeles framför ögonen. Försökte se bortom penseldragen. Pojken såg anklagande på henne med sina stora ljusgröna ögon, krävde engagemang. Munnen skrattade. Maria tyckte sig höra ljudet, inte ett barns oreserverade gapskratt, utan ett gläfsande läte. Kristers snarkningar vibrerade genom huset, lugnt och tryggt. Molly la sin nos i mattes knä. Maria kliade henne förstrött under hakan och reste sig för att värma lite mjölk i mikron. Emils legobitar låg strödda över kökssoffan. Maria blev sittande med tavlan framför ögonen i halvdvala. Inte förrän gryningsljuset mötte eldsljuset gick hon till sängs igen. Tätt intill Kristers kropp smög hon sig och drog in hans välbekanta doft i näsborrarna. Han vände sig på sida och makade henne tillrätta i sömnen, lät armen vila tung och beskyddande över hennes bara bröst.

”Vad fanns det i paketet ni hittade i toaletten?” undrade Hartman och skar upp den mjuka pepparkakan i generösa bitar.

”Pengar, närmare bestämt 1 600 i hundralappar, ett foto på en pojke, gissningsvis i sjuårsåldern och ett brev som vi låtit översätta från estniska.”

”Fotot och den tavla jag fick av Adina föreställer samma barn. Han ser äldre och allvarligare ut på tavlan bara, men man kan se att det är samma grabb.” Maria la upp konstverket och det jämförande fotot på bordet så alla kunde se likheten.

”Vem är han?”

”Jag tror att han heter Heino Sink. Så här skriver Adina till sin mor:”

Älskade mor,
Nu är det inte långt kvar. Snart, snart får jag hålla om er mina kära. Jag förstår att Heino är arg på mej, att han tycker att jag svikit honom. Jag har varit borta allt för länge. Kanske är han så stor nu att du kan förklara för honom. Jag överlåter det till din bedömning. Pengarna jag skickar har jag fått ihop genom att sälja kläder i andra hand till mina arbetskamrater. Jag köper mängder av kläder. Erik kan inte hålla reda på dem. När de är nya redovisar jag mot kvitto, sen glömmer han dem tack och lov. Det är ett överdåd av det materiella bortom all sans. Men han låter mej inte ha några egna pengar, inte förrän allt är avslutat, säger han. Det jag tjänar på min sjukskötersketjänst finns på ett konto och får lyftas på befrielsens dag, när jag fött hans missfoster och är fri att gå min väg. Jag kommer att få tillbaka passet, det helvetes papper som håller mej fången i hans händer. Han vet att jag inte är Adina Atterhed, att jag köpt passet och mitt svenska medborgarskap. Han tänker inte ange mej, bara jag samarbetar. Snart kan jag sälja mina kläder och

smycken och fara hem till er. En dag kanske vi kan öppna en liten affär, en liten exklusiv affär med lyxvaror från väst. Jag sätter maten i halsen när jag sitter här vid dukat bord och tänker på kålsoppan, den sträva kålsoppan ni äter till morgon, middag och kväll. Hur gärna hade jag inte delat den med er just nu. Jag hoppas att pengarna kommer fram. Jag törs inte skicka dem på något annat sätt än som vanliga brev. Jag sprider dem i tio kuvert och hoppas att något skall nå er. På sista tiden har jag inte känt mej så kry. Men Erik är, som jag skrev tidigare, läkare. Jag vill att du säger till Heino att jag älskar honom och att jag tänker på honom, på er båda, varje dag och stund. Be honom vara duktig i skolan. Jag skulle så gärna vilja vara hos er nu.

Pussar och kramar Vera

”Hennes verkliga namn var Vera Sink. Identiteten ”Adina” var lånad. Vi har via estniska polismyndigheten lyckats få tag i kvinnans bror. Han bekräftar att hans syster Adina lever, och att hon arbetar som sjuksköterska, i Tallinn”, sa Maria. ”Hon hade ett svenskt pass och svensk sjuksköterskelegitimation och har blivit av med det utan att anmäla saken. Det finns nog skäl att misstänka att hon sålt dem. Det finns ingen stöldanmälan. Vera Sink var också sjuksköterska. Under några år arbetade Adina och Vera tillsammans på den akutmottagning där de lärde känna varann. Veras mormor var svensktalande.”

”Då är det bara en tidsfråga innan pressen har samma information.”

”Kvinnan vi kallade Adina sålde sin kropp för att ge sin son en bättre framtid.” Hartman strök med handen över tavlan, vidrörde pojkens kind. ”Vi måste meddela de anhöriga innan pressen hinner dit. Hur man nu ska gå tillväga?”

”Det är redan ordnat.” Arvidsson tittade på det orörda kakfatet och kunde inte förmå sig till att ta en bit han heller. ”Något nytt om Erik Atterhed?”

”Jag har kontrollerat det samtal Cecilia Atterhed fick mordnatten 2.45. Jag tog också ut en lista på utgående samtal från patologen under mordnatten, och där finns Cecilias telefonnummer med. Erik måste ha ringt henne från patologen! Inte särskilt begåvat, men han var väl i affekt", sa Arvidsson.

"Vi har börjat dragga i sjön med hjälp av den lokala dykarklubben. Ingen verkar ha sett Erik komma eller lämna området. Ett jävla ställe att leta efter döingar på, enligt dykarklubbens ordförande. Det finns tydligen en hel del ål i skogstjärnen. Finns det ål är vattnet rent, eller *var* rent. Han berättade att en gammal kvinna ramlat i och drunknat där uppe för många år sedan. Det var en fiskare, ett riktigt gammalt original, som fann henne. Fullsatt av ål! Han blev ju glad och lät henne ligga kvar som bete och vittjade henne med jämna mellanrum, och sålde fisken inne i stan med god förtjänst. Till slut kom de på honom förstås. Fy fan! Kan man tro på en sån skröna?" Ek lutade sig fram över bordet och fattade om termoskannan. "Vi har kallat in ytterligare en estnisk kvinna för förhör. Hon kom i går kväll till jaktstugan i taxi och frågade efter Erik Atterhed. Jag hörde henne, via tolk, precis innan vi samlades här. Hon har blivit erbjuden 100 000 för att låta sig befruktas på konstgjord väg och sedan, efter avslutat värv, lämna vårdnaden och landet."

"Va fan är det här?" Arvidsson såg från den ene till den andre. Han stöttade hakan i handen och såg Maria rakt i ögonen utan att vika med blicken.

"Kanske är det så att..." Maria gjorde en sammanfattning av sitt besök i Örebro och presenterade försiktigt sina tankar efter samtalet med Cecilia Atterhed.

"Tror du på det där själv, att han skulle försökt klona sin döde son för att på något sätt gottgöra hustrun och bli kvitt sin skuld?" Ek stirrade på Maria med stark misstro. "Hur skulle det ha gått till?"

"Han måste ha haft kontakt med någon som hade både kunskapen och den praktiska möjligheten att utföra det. Själv är han psykiatriker. En genforskare och en gynekolog skulle tillsammans kunna genomföra en sådan sak. Han skötte Adinas havandeskap själv. Jag har svårt att kalla henne för något annat än Adina. En vild och vansinnig tanke är att Erik Atterhed tagit sig in på obduktion för att få tag på fosterceller och kunna fortsätta processen i en annan kvinnas kropp."

"Tur att Storm har sjukskrivit sig. Han skulle inte må väl av att låta tanken följa sådana irrvägar. Är inte det här egentligen något för Socialstyrelsen? Vi borde nog kontakta dem." Hartman drog båda händerna genom håret och sköt undan kakfatet mot mitten av bordet för att få plats med armbågarna. "Om vi bara fick tag på karln! Det skulle underlätta!"

36

Skogstjärnen blänkte silvergrå i granskogens skugga. Dofterna stegrades i värmen och trängde sig på. Flugorna sökte envist kroppskontakt. Maria stirrade på den onaturligt vita människokropp som sakta drogs upp ur sjön. Nätet höll samman det som luckrats upp av vattnet och dess minsta innevånare. Dykaren som fann kroppen hade fått en handske av förtvålad hud i sin hand när han drog i extremiteten. Han stod nu på land i sin våtdräkt och tog av sig helmasken och tuberna. Maria hade tänkt gå fram till honom och säga något men det hade inte blivit av, inte funnits nog kraft för det. Skyddande korsade hon armarna över bröstet där hon stod på bryggan. Vitheten trängde sig på. Männen i båten befriade kroppen från de stenar som knutits in i kläderna, som sänken, och halade upp det drypande byltet på durken. Ett par glasögon föll tillbaka i vattnet, gled längs med den svarta hårmanen innan huvudet landade på fast underlag. Granskogen stod tyst och orubblig omkring dem. Tystnaden djupnade och gav plats åt årornas rytmiska skvalpande när båten närmade sig träbryggan. Ett par änder sökte snattrande skydd i vassen, kaveldunet svajade beklagande, vaggade sina avlånga bruna huvuden i svallvågornas jämna rytm. Hartman la armen om Maria i en beskyddande gest.

”Ser du, det är en kvinna!” Maria såg det vita upplösta ansiktet på sin bädd av långt mörkt hår, det nakna bröstet som letat sig ut genom urringningen på den lila åtsittande jumpern. Kjolen låg uppdragen under bysten och blottade en bar mage. Maria rusade av bryggan och satte sig på huk i vasskanten, kräktes och blev stående på alla fyra i väntan på nästa attack när synminnet återkom med fler detaljer. Kvinnan, som låg med sina spretande ben på durkens svarta botten hade ett stort glipande hål från naveln ner till blygdbenet.

Visningsrummets skarpa belysning föll på Viktoria Atterheds pudrade ansikte. Det stelt sprayade håret låg som en hjälm över huvudet och rörde sig inte i det svaga draget från fläkten i taket. Hon var redo till strid. Beredd att möta det oundvikliga. När det vita lakanet veks åt sidan, tappade hon sin raka hållning och sjönk mot golvet. Ljudlöst, till en början, som ett singlande snöflinga, sen hördes en dov duns.

”Vem var hon?” Maria räckte Viktoria en mugg hett kaffe. Kvinnan såg ut som en silkespuppa där hon satt insnurrad i landstingets gula filt. En vit ringprydd hand letade sig ut mot den varma drycken. ”Orkar du inte svara nu, så väntar vi ett tag så du får vila. Vi har bett en läkare komma hit. Du kanske skulle må bättre om du fick något lugnande.”

”Absolut inte! Jag klarar mej utan. Lite problem med blodtrycket bara. Så hon låg på botten av sjön, estniskan.” Munnen rörde sig stelt i det sjukligt vita ansiktet. Ögonen stirrade rakt fram med stora pupiller utan att fixera eller registrera något.

”Vem var hon? Vill du berätta det? Du kände igen henne eller hur?” Viktorias mun rörde sig mekaniskt utan att ansiktsmimiken förändrades nämnvärt. ”En av Eriks kvinnor. Jag uppfattade aldrig hennes namn, brydde mej inte om att lägga det på minnet. Det har varit så många på sista tiden. Utländskor allihop. Hon var från Estland, tror jag.” Viktoria föll ihop över bordet och andades allt kraftigare. De mörka svettfläckarna under ärmarna på den blå sidenblusen bredde ut sig synbart. Maria la handen på kvinnans blöta rygg och strök lugnande. ”Vi behöver inte tala mer om det nu. Snart kommer en läkare och tar hand om dej. Vi pratar sen när du fått vila.”

”Var kan Erik vara? Var kan han vara?” Viktorias röst steg ljus och sprucken mot taket.

”Vi gör vårt yttersta för att få kontakt med honom. Du vet inte vilket hotell i Tallinn han brukade ta in på?”

”Ingen aning”, fräste Viktoria. ”Vi brukade aldrig tala om hans resor till Estland. Jag ville inget veta om de gatflickor han släpade hem."

"Estniska kvinnor anmälda försvunna, det fanns det några att välja på, 23 stycken. Det är inte ens säkert att hon är med bland dem. Om inte Erik anmält henne försvunnen, och någon sådan anmälan finns inte, så är det inte säkert att någon i Estland gjort det. Reste hon till Sverige på obestämd tid saknades hon väl inte med en gång. Hur länge har hon legat i vattnet? Över vintern? Längre?" Arvidsson sköt över bilderna till Erika.

"Det får vi snart veta. Preliminärsvaret från rättsmedicin säger att modus operandi kan tänkas överensstämma med fallet Alf Hansson: en skarp skada vid skallbasen upp mot medulla oblongata och en destruktion av den översta ryggkotan."

"Hon kan inte ha slagit huvudet i bryggan?" Arvidsson rynkade ögonbrynen.

"Det förklarar inte själva sticksåret i så fall."

"Var kan karln finnas? Han har väl pengar och kontakter. Han kan gömma sig var som helst under en längre tid. Vad kostar ett nytt pass i Sverige på svarta marknaden?" Ek reste sig och gick fram till fönstret, där ett milt sommarregn strilade genom lövverket på blodlönnarna. Utsättningsrummet vilade i skugga. "Tror ni han är kvar i landet? Bör vi kontakta Interpol?"

"Du hade mer att berätta, Erika." Hartman tog av sig slipsen och knäppte upp skjortan i halsen, den kändes plötsligt trång. Rummet var hett trots regnet.

"Adina, alltså Vera Sink, drunknade i badkaret. Rättsläkaren tror inte hon bragts om livet med fysiskt våld. Blåmärkena sitter främst på benen och bålen." Erika la upp de ohyggliga färgfotografierna från rättsmedicin på bordet, där man steg för steg kunde följa obduktionens gång. Maria fick stålsätta sig för att hålla kvar blicken och koncentrera sig på Erikas röst. "Dessutom finns punktformiga blödningar över nästan hela kroppen. Man har också kunnat konstatera blödningar från inre organ, mag-tarmkanalen och slemhinnor. Hennes sista måltid torde ha varit spenatsoppa. Det finns ingen symmetri, inga spår efter ett grepp av fingrar eller rep. Däremot är blodbilden anmärkningsvärd, menar rättsläkaren. Antalet trombocyter, vars uppgift är att levra blodet, är extremt lågt. Det förklarar mer än väl de blåmärken hon har på kroppen. Hb ligger på ca 80, säkert en följd av långvarig blodförlust. De vita blodkropparna, likaså de i botten, med stor risk för allvarliga infektionstillstånd. Och det märkligaste av allt, ett extremt lågt magnesiumvärde. Något man upplyst mig om att man annars ser hos kroniska alkoholister, vid svåra diarrétillstånd eller hos patienter med diabeteskoma. Rättsläkarens frågeställning lutar åt immunosuppression av oklar genes, med stöd av laboratorievärdena."

"Vad innebär det?" undrade Maria.

"Sänkt immunförsvar, man kan se det till exempel vid HIV eller leukemi. Ibland kan immunförsvaret dämpas med läkemedel för att öka chansen att behålla transplanterade organ, minska avstötningsmekanismen."

"Varför skulle hon ha tagit något sådant? Som sjuksköterska kan hon knappast ha tagit fel eller vad tror ni?" Hartman gungade bakåt på stolen. Det knakade betänkligt i ryggstödet. "Vad ger lågt magnesium för symptom?"

"Jag frågade faktiskt om det." Erika bläddrade i pappersbunten framför sig. "Illamående, ökad ljud- och ljuskänslighet, beteenderubbningar och kramper, ibland EKG-förändringar."

"Det kan förklara hennes kramper. Viktoria såg henne krampa", inflikade Maria.

"Rättsläkaren anser det icke osannolikt att hon krampade i badkaret och sedan drunknade."

"Till följd av läkemedelsförgiftning?" Hartman gungade framåt och placerade armbågarna på bordet igen. "Hon tog lugnande medel på sin arbetsplats. Hon hade som sjuksköterska nyckel till medicinskåpet. Stressigt arbete. Det måste vara frestande att självmedicinera för att kunna gå ner i varv."

"Det var bara en lös fundering, att hon tagit läkemedel, inget han kunde säga definitivt. De kör flera analyser nu och hör av sig så snart de har något att komma med."

"Kan läkemedlet ha gett hallucinationer?" undrade Maria.

"Vet inte. Lågt magnesium kan ge beteendestörningar, så det är inte omöjligt." Erika såg Maria frågande i ögonen.

När Maria återvänt till sitt rum lyfte hon telefonluren. Karin kanske skulle kunna svara på frågan om lågt magnesium som orsak till hallucinationer. Maria väntade och kände hur anspänningen ökade för varje sekund som passerade utan svar. Efter tio signaler slog hon numret på nytt, men fick ingen kontakt. På AVA hade man inte heller hört något från sin arbetskamrat under veckan.

37

En god mor spelar snällt brännboll med de andra föräldrarna på sommarens avslutningar i fotbollsskolan, på simskolan och barngymnastiken. Lapp efter lapp låg travade vid kaffebryggaren och Maria kände hur informationen infiltrerade och invaderade hennes nervsystem, och fick irritationen att spritta som en nyfångad lax. Se där en lapp från ridskolan också, var det inte själva attan. Korvgrillning och brännboll! ”Medtag egen matsäck vi spelar brännboll. Vi bjuder på saft och bullar efter brännbollsmatchen.” Att ta sig igenom EN brännbollskväll kan vara nog så påfrestande om man aldrig lyckas träffa bollen, ens med platt slagträ. Men det här var bara för mycket. Fanns det inga andra umgängesformer? Vilken typ av sammanträde som helst skulle ha känts befriande. Allt utom brännboll. Man kan tycka att vuxna människor borde kunna träffas och umgås ändå. Visserligen hade Maria en strategi sen skoltiden att alltid ta det runda slagträet och satsa utav bara den, från tårna, ett rejält slag i luften. Och sen förvånat konstatera att det blev en miss. Det är betydligt mindre genant att missa med det runda slagträet än med det platta. Synd! Bättre lycka nästa gång, brukade de säga de fem-sex första gångerna. Sen höll det inte längre. Maria hade svårt att satsa helhjärtat på en brännbollskväll fast hon tyckte om att prata med de andra föräldrarna. Snacket i kön var trevligt. Det var där man fick veta det väsentligaste om lärarna, förändringar som var på gång vad det gällde dagistaxan och personalens ledigheter. Det löfte Maria givit sig själv på nyårsafton var att försöka vara mer helhjärtad, det vill säga mindre splittrad på sådant som hon inte själv valt att ägna sin tid åt. Typ brännboll! Ändå bestämde hon sig för att följa med sin son denna kväll och försöka vara en god mor och åtminstone sträva efter att vara helhjärtat bränd. Krister var på kurs i Dalarna och skulle bli borta över natten. Det var bara att ta slagträet i vacker hand och slå ett slag för Kronvikens IF.

Gräset var blött efter regnet. Molly jagade som en kanonkula av och an över brännbollsplan. Tvärstannade och stirrade på en citronfjäril och gjorde en ny rivstart. Pälsen var lerig och blöt. Måtte hon inte få för sig att hoppa upp på någon i sin lekfullhet. Maria såg på sina barn som skrattande sprang hand i hand runt banan, så sams att man inte trodde sina ögon.

”Är de alltid så goa mot varann?” undrade Linus mamma.

”Vad tror du?” skrattade Maria och himlade sig.

”Jag vill ha röda Ferraribilar. Pappa brukar alltid köpa godis till oss när du är borta”, sa Emil när de lätt grillosande och ganska leriga satt i bilen på väg hem.

”Alltid”, sa Linda.

”Jag hade tänkt att vi kunde poppa lite popcorn”, sa Maria hoppfullt.

”Blä, jag vill ha Ferraribilar.”

”Popcorn är nyttigare”, sa Maria i ett lamt försök att vara en ansvarstagande vuxen, samtidigt som hon inte kunde låta bli att längta efter en bit choklad, guldnougat och punschpraliner eller en bit riktigt mörk choklad, som kunde räcka lite längre och kanske en kokosboll.

”Jag tycker om Ferraribilar! Dom är goda för mej!”

”Jag vet”, sa Maria och la om ratten åt vänster mot ICA-affären. Hon kikade på sina barn i backspegeln för att se om de lagt märke till att hon svarat ja. Linda såg glad och förväntansfull ut. Luggen var bedrövligt stubbad intill svålen, men allt var glömt och förlåtet. Emil gjorde en segergest.

”Du har väl pengar så det räcker nu mamma?” sa Emil ängsligt.

Innan de klev ur bilen tog Maria upp plånboken och räknade, det var så förargligt att stå i kassan och lämna tillbaka varor för att pengar fattades. Linda brukade inte bry sig, men Emil tyckte det var ”urskämmigt”. Maria nappade åt sig en kvällstidning och avstod, efter viss tvekan, från choklad. Ett drastiskt steg men det var av nöden, Samuel Göthe figurerade på tidningens första sida. Nytta före nöje. Vore skattesystemet rättvist skulle man kunna dra av kostnaden för tidningen som utgift för inkomsternas förvärvande eller nåt, tänkte hon. Ett symboliskt avdrag motsvarande en liten chokladbit eller två kokosbollar. ”Industrin kan ta patent på ditt barn!” löd den rafflande rubriken. Maria rullade ihop tidningen under armen och gick mot bilen, med Linda vid handen.

När barnen somnat poppade Maria en skål popcorn och slog sig ner med tidningen vid köksbordet. Samuel Göthe var tydligen kallad som talare vid en internationell konferens i New York. Ämnet var genetik. Marknadskrafterna håller på att ta över genforskningen. Enligt samstämmiga utslag från patentverken i USA och flera europeiska länder kan industrin ha rätt att ta patent på mänskliga celler, så snart de tagits ur kroppen.

Gentekniken har redan nått så långt, berättade artikeln, att det är fullt möjligt att ta en befruktad äggcell ur en kvinnas kropp, operera in en syntetisk gen och sedan åter inplantera cellen i livmodern. Därmed öppnas möjligheter till att utrota många ärftliga sjukdomar som blödarsjuka och Huntingtons sjukdom. Tekniken skulle också kunna användas inom växtförädling och kreatursavel och kunna generera miljardvinster till genlaboratoriernas ägare.

Detta innebär emellertid ett svårt etiskt dilemma för lagstiftarna. Om den genmanipulerade cellen patenteras, skulle den, och därmed det växande fostret, juridiskt sett kunna bli genlaboratoriets egendom.

Får å andra sidan företagen inte rätt till patent på forskningsresultaten, finns risken att de inte anser sig ha råd att forska. Man går då miste om möjligheten till bot av många ärftliga sjukdomar.

”Vi står inför en blixtsnabb utveckling på det här området, där det är svårt för beslutsfattarna att hänga med och förstå vad de ska besluta om”, säger Samuel Göthe, docent i humangenetik, Björkavi. ”Är lagstiftarna för svaga kommer marknaden att styra utvecklingen.”

Samuel Göthe är en av de inbjudna föreläsarna vid den internationella genetikkonferensen i New York nästa vecka, och kommer i sitt anförande att ta upp etiska invändningar mot hur kommersiella krafter får fritt spelrum i forskningen.

”Redan idag ligger ansökningar inne hos Socialstyrelsens etiska nämnd om forskningsprojekt, där man avser att forska på levande foster under pågående abort”, berättar Samuel Göthe. ”Syftet är att utvidga vårt vetande om livets uppkomst och utveckling.”

Samuel Göthe hoppas dock, att nämnden kommer att avslå dessa ansökningar.

”Ur ett etiskt perspektiv är det orimligt att ställa den i abortsituationen redan hårt utsatta kvinnan från ytterligare tryck från forskarna, när de vill ta celler från hennes aborterade foster. Gränsen mellan barn och foster blir dessutom allt mer flytande. Idag tillåter vi abort till och med den 18:e graviditetsveckan, och i vissa fall ända till vecka 22. Samtidigt räddas prematura barn, födda redan i vecka 23 eller 24, till livet. Beviljas de här ansökningarna, har dörren öppnats för vilka intressen som helst att i vilket syfte som helst forska på foster”, säger Samuel Göthe. ”Kosmetikaindustrin skulle till exempel kunna få starka kommersiella intressen i det här. Det vi kommer att tala om på konferensen är oerhört stora och viktiga spörsmål, som berör hela jordens befolkning”, menar Samuel Göthe. ”Världens makthavare behöver få andrum för att skaffa sig kunskap och noga överväga dessa frågor.”

”Vem sköter kliniken när du är borta?” var reporterns sista fråga.

”Mina patienter är i trygga händer, min äldre bror har vikarierat för mej många gånger tidigare och han gör ett utmärkt arbete.”

Maria vek ihop tidningen och kände oron krypa i kroppen. Var det inte likadant på många områden i samhället, att utvecklingen gick snabbare än samhällets möjligheter till kontroll.

Maria ställde sig vid fönstret och såg bort mot Karins torp. Det lyste svagt i fönstret. Julius bil stod parkerad på uppfarten. Maria lyfte telefonluren för att höra hur det var med Karin. Flera gånger hade hon försökt nå dem under dagen men ingen hade svarat vare sig hemma eller på Julius mobil. På AVA hade de svarat att Karin inte hörts av sen hon gick på havandeskapspenning. Tre signaler gick fram innan en röst hördes i luren.

”Julius Ceder”

”Hej, det är Maria, är Karin inne?” Det blev tyst. ”Julius?” Inget svar ”Julius?!” Ett konstigt läte nådde Marias öron. ”Gråter du?” Ljudet blev starkare och avslutades med en snörvling. ”Är Karin hemma?”

”Nej.”

”Kom hit Julius och berätta för mej vad som händer. Krister är inte hemma och jag kan inte lämna barnen, men jag vill att du kommer hit så vi får prata!”

38

"Det är åt helvete alltihop!" sa Julius sammanbitet. Han tog av sig glasögonen och torkade bort imman med tröjärmen. Ögonlocken var svullna.

"Karin fick en blödning och ligger inne på Cheironkliniken, sa du?" Maria lutade sig fram och sökte ögonkontakt. Försökte hjälpa honom på traven. Julius nickade och snöt sej i hushållspappret Maria låtit stå framme på bordet sen hon insett att rullen nog skulle gå åt. "Men det är inte allt. Det är mer som bekymrar dej, eller hur?"

"Ja, jag vet inte ens var jag ska börja. Det är så mycket."

"Vad är värst?"

"Jag är sjuk av oro för att Karin inte mår bra. Hon har blåmärken över allt, det blöder när hon borstar tänderna, hon blöder näsblod. Helst vill hon ligga i sängen och ha det mörkt och tyst i rummet. I helgen fick hon en underlivsblödning och tog taxi till Cheironkliniken."

"Taxi, borde hon inte tagit en ambulans?"

"Det var ingen kraftig blödning. Hon ringde själv efter en taxi. Jag fick inte följa med. Vi hade grälat. Hon vägrade fara dit om jag skulle följa med. Hon var helt oresonlig."

"Vad grälade ni om."

"Pengar."

"Pengar?" Maria var uppriktigt förvånad.

"Jag tog lån på huset. Först sa jag att vi skulle renovera badrummet, sedan köket. Det var inga problem att få lån på de premisserna. Sen köpte jag aktier för pengarna via Internet. Det blev som ett gift, jag kunde inte sluta spela. Nu har jag spelat bort alltihop och vi blir inte beviljade flera lån. Så är det. Jag är en stor skit."

"Vill du ha kaffe?" sa Maria utan att kommentera saken. Det såg ut att kunna bli en lång natt.

"Jag har tvingats ta extraknäck för att klara räntor och amorteringar på huset. Jag har åtagit mej att göra telefonintervjuer för ett marknadsundersökningsföretag på kvällarna och så kör jag ut direktreklam halva nätterna. Visste du det? Snart blir det väl att knacka dörr och sälja strumpor och polkagrisar."

"Du och Karin hade alltså grälat om pengar. Vad hände sen?"

"Jag anklagade Karin för att vara förälskad i sin datalärare."

"Vad sa du nu? Det var det konstigaste jag har hört?" Maria blev stående med kaffekopparna villrådigt vilande i händerna.

"Det är till honom hon går när jag arbetar sent och är hon inte där så mejlar de till varann."

"Jag tror inte ens hon har nämnt honom för mej. Jag tror du har fel. Karin älskar dej Julius."

"Om jag kunde tro det. Jag kollade vad de skrivit till varann. Vet du vad det stod. 'Vi ses i morgon kväll, då har Julius en föreläsning', skrev hon och han svarade. 'Du och jag mot världen.' "

"Det låter konstigt men det finns säkert en godtagbar förklaring", försökte Maria lamt.

"Hon skriver också om 'Vår hemlighet' som inte får avslöjas. Hade inte graviditeten varit en provrörsbefruktning hade jag tvivlat på faderskapet." Julius gjorde en grimas och kröp ihop med armarna runt kroppen. "Det är åt helvete."

"Vad hände sen?"

"Hon anklagade mej för att ha varit otrogen. Det var på kvällen precis innan du kom förbi och frågade efter henne. Hon tror att du och jag hade ihop det på Finlandsbåten!"

"Va?" Maria smällde ner kaffemuggarna på bordet och hoppades i samma ögonblick att barnen inte skulle vakna av ljudet.

"Hon tyckte att jag luktade av din parfym, Escape, eller vad den heter. Och du hade tydligen arbetat natt, just den natt då jag blev kvar på arbetet i ett desperat försök att ordna det mest akuta."

"Ja." Det blev tyst och Maria väntade med flit på en fortsättning, fångade Julius blick och höll den kvar.

”Okey, jag är inte helt oskyldig.”

”Susann Göthe?” Julius ryckte till.

”Så du såg oss. Jag trodde inte det. Okey, okey det hände nåt. Hennes karl har nonchalerat henne i åratal. Det är synd och skam, sa jag till henne och hon missförstod mej. Jag vet inte hur hon fick tag i extranyckeln till min hytt. Hon måste ha tagit den ur min ficka eller skaffat fram en kopia i receptionen. Jag vet inte. Vi kom ifrån varann och jag tog en öl till i baren. När jag klev in i min hytt mötte hon mej utan en tråd på kroppen. Jag var inte nykter och min reaktionsförmåga i övre kroppshalvan var nedsatt, medan andra delar fungerade utmärkt. Vi låg inte med varann om du tror det, men det blev fläckar på byxorna innan jag lyckades ta mej loss. Det är jävlar inte klokt, men så var det. Jag var fan chanslös.”

”Ja”, suckade Maria och rynkade pannan. ”Berättade du för Karin om det här? Jag förstår att det inte kan ha varit helt lätt att förklara.”

”Hon skrek att hon visste att det var du och låste in sej i sängkammaren. Hon har alltid tyckt sig stå lite i skuggan av dej. Just då ringde det på dörren och det var du som kom. Du av alla människor!”

”Ber så mycket om ursäkt.”

”När Karin äntligen öppnade dörren till sovrummet var det för att hon blödde. Hon har gjort det av och till under graviditeten, inte mycket men tillräckligt för att det ska kännas hotande, tycker jag. Det var mitt jävla fel alltihop! Om jag haft ordning på ekonomin hade det inte behövt bli sådan oro. Då kunde jag ha ägnat mera tid åt henne. Det blev bråttom. Hon for iväg i taxi. I tre dygn har jag kontaktat Cheironkliniken dag som natt, men de säger att hon inte finns där. Inte på lasarettet i stan heller. Visserligen har de tystnadsplikt, men det borde inte gälla mej, tycker jag. Det är ju mitt barn hon bär, min kvinna. Det är ju sanslöst! Jag har varit där men de släpper inte in mej. Allting är åt helvete. Jobbet går åt helvete, jag kommer inte att få vara kvar efter det här projektets slut. Jag är så orolig för Karin. De sista dagarna hemma var hon så konstig. Du skulle inte tro det. Hon såg spindlar, mest på kvällarna högt upp i taket, i hörnen. Hon skrek rakt ut där hon låg i soffan. Jag försökte tända lyset så hon skulle se att de inte fanns, men då skrek hon för att ljuset skar i ögonen. Som polis kan du väl ta reda på om hon finns där inne."

"Inte lagligen, bara om hon är misstänkt för ett brott med minst två år i straffpåföljd."

"Olagligen då?"

"Har du talat med Karins mamma? Hon borde kanske kunna få ett besked från kliniken om Karin vill det."

"Då måste jag ju säga som det är!"

"Ja."

"Det kommer att ta hus i helvete!"

"Kan det bli värre än det är nu? Jag tror det är enklaste sättet. Ring nu!"

"Du är inte klok, klockan är över tolv."

"Här är telefonen."

"Kan du sova nu tror du?" Maria räckte Julius jeansjackan och öppnade ytterdörren för Humpekatten som längtade ut till nattens erövringar.

"Hade Krister varit hemma hade jag bett att få sova över här."

"Nu är det inte så smart."

"Neej. Tack för... allting. Vi får väl tro att Karin är där inne i alla fall, eftersom hon ringde till sin mamma från taxin och sa att hon var på väg till Cheironkliniken." Julius lät tveksam.

"Vart skulle hon annars ha tagit vägen? Om du vill kan vi förstås kontrollera med taxi om de haft en sådan körning. Vet du vad hon ringde för nummer?"

"Det var jag som ringde efter taxi. Kan vi kontakta dem nu?"

"Frågan är fri." Maria lyfte på luren. Julius tog ett steg närmare och försökte lyssna. "Ja, javisst. Tack."

"Var det så?"

"Ja, det är bara tre anställda i firman, ett familjeföretag. Mannen jag talade med hade själv kört henne till Cheironkliniken och följt henne fram till entrén. Hon lånade hans mobiltelefon när hon ringde sin mor."

39

Maria lyfte varligt undan Emil till Kristers säng och rätade upp Linda som somnat på tvären, med armarna över huvudet. Barnen hängde tunga och varma i hennes famn som gammaldags brittiska varmvattenskrus. Att bära dem till sina egna sängar skulle vara onödigt arbete. Snart nog skulle de komma tassande igen, sa erfarenheten. Det kändes förresten bättre att ha dem i dubbelsängen när Krister inte var hemma. Maria vek undan täcket på sin sida, kröp ner och släckte lampan. Hon kände sig övergiven trots barnens lätta snusningar och rörelser i sömnen. Krister hade ringt efter det att Julius gått hem. Han var, som alltid, entusiastisk. Det fanns goda utsikter att få ett toppjobb i Malmö. Praktiskt taget satt han redan där som vd med en lön som var den tredubbla, nya utmanande arbetsuppgifter och tjänsteförmåner i form av firmabil, tillgång till stuga i Sälen och en lägenhet på Gran Canaria.

”Det är mitt livs chans!” hade han sagt.

”Hur har du tänkt lösa det i praktiken?” hade hon frågat medan tanken tog form och smälte in i medvetandet.

”Jag får väl veckopendla, om jag trivs kan vi flytta dit”, svarade han obekymrad. ”De ordnar en övernattningslägenhet åt mej i centrala Malmö.”

”Vi pratar om det när du kommer hem. Bestäm inget förrän vi fått tala igenom det här.” Han hade lovat och Marias huvud var fullt av oroliga tankar. Inte ville hon flytta från sitt gula hus vid havet. Och om de stannade, hur skulle det bli med barnen och fritids när hon hade kvällsjour? Det skulle öka beroendet av svärmor till olidlighetens yttersta gräns. Tre gånger mer i lön, det var klart att det var smickrande för honom. Men knappast för henne. Vad var familjelivet värt? Det kanske var en orättvis tanke, själva arbetet i Malmö kanske var mer stimulerande för honom, men ändå. Vad skulle han göra i sin lägenhet i Malmö om kvällarna? Krister var en sällskapsmänniska. Han skulle säkert inte vara ensam och det var ännu mer oroande. Svartsjukan smög sig in objuden och ful. Hade Krister funderat på det här länge? Allt tal om att Maria borde skaffa sig ett arbete med regelbundna tider, var det ett försök till förberedelse? Ju mer hon funderade på det, desto rimligare verkade det vara. Att lämna det värsta beskedet per telefon i stället för öga mot öga, var också typiskt Krister. Hur många gånger hade han inte ställt henne inför fullbordat faktum genom åren de haft tillsammans? En överlevnadsteknik när han stod under sin moders beskyddande vingar, men en plåga i ett jämbördigt äktenskap. Maria kände sig gråtfärdig. Hon hade behövt anförtro sig åt Karin, men allt var åt helvete fel. I morgon efter arbetet skulle hon fara till Cheironkliniken på vinst och förlust. Tjugo år av vänskap kan inte dö ut av ett missförstånd, det fick inte hända! Maria vred sig oroligt i sängen. Väckarklockan tickade uppmanande, hamrade in sitt budskap om en tidig gryning, ändå steg hon upp och gick ut i köket. Öppnade kylskåpsdörren för att finna tröst. Vad finns det för lindring i fil och morötter?

Maria korkade upp en flaska vitt. Hon måste ju få sova. Vänsterhanden var ännu stel och lite svullen sedan hon blivit slagen till marken av Lena Wides man. Hon knöt handen och öppnade den igen, nog värkte det allt, men det skulle gå över. Här satt hon och ynkade sig själv när det fanns andra som hade det så mycket värre. Gunnar Wides förtvivlade ansikte kom för henne. Den uppspärrade vilda blicken, hans knutna nävar. Vilken vecka kunde Lena ha varit i? Var det ett tidigt missfall kunde hon ha fått det i toaletten och sedan låtit det följa med vattnet ut, men Maria hade inte riktigt uppfattat det så. Nog hade Gunnar sagt att hon var mitt i graviditeten? Vart hade då fostret tagit vägen? Och Adinas foster? Den estniska kvinnans uppsprättade mage? Hade hon också varit gravid? Hade Erik försökt komma åt fosterceller för ett nytt kloningsförsök? Maria kände sig illamående. Bilderna jagade över näthinnan i ett allt vildare tempo, sökte sammanhang som blev allt mer absurda till sin karaktär. Om än Erik Atterhed haft en vanvettig tanke på att klona ett barn, förklarade det inte den uppbrutna altandörren och det försvunna fostret hos Lena Wide. Maria hällde upp ett glas vin till och välkomnade tankens ritardando. Att Lena Wide begått självmord rådde det inget tvivel om. Men hon hade blivit beteendeförändrad, aggressiv och folkskygg. Säkert kan man bli det av att leva under svår psykisk press, men det förklarade inte hennes synhallucinationer, att se dörrar och trappor där inga fanns. Maria hällde upp ett tredje glas vin och satte på korken. Hon gick fram till fönstret, förde undan gardinen och öppnade det. En mild vind svepte in. Det lyste fortfarande i fönstret hos Julius. Maria tänkte på Adina som inte velat ha fönstret öppet när det var mörkt ute, för att mörkret inte skulle leta sig in. Säkert hade hon ingen aning om vilket mörker hon släppte in i sitt liv när hon träffade Erik Atterhed.

Hartman såg trött och missmodig ut där han stod bredvid blädderblocket med händerna nerkörda i fickorna på sina skrynkliga bomullsbyxor. Arvidsson klev in i konferensrummet. Maria noterade att han satte sig så långt från henne som möjligt, längst ner i rummet. Han måtte väl sluta skämmas någon gång, karln. Gjort var gjort. Maria kunde för sitt liv inte komma på något att säga som skulle förbättra situationen. Det fanns något spänt mellan dem, det var bara att hoppas att det skulle plana ut med tiden. Kanske. Det fanns också något lockande i att bli sedd som kvinna, det måste hon erkänna för sig själv. Den senaste veckan hade hon sneglat lite extra på Arvidsson. Han var faktiskt en attraktiv man, om man tillät sig att tänka så. Nog borde det ingå i de mänskliga rättigheterna att tycka att en man är attraktiv, bara det stannar där? Ek släntrade in fortfarande våt i håret efter morgonens fys. pass. Han var noga med det, att hålla sig i trim. Maria hade inte tyckt sig ha tid för sådant på ett tag, men kände sig manad när hon såg Eks energiska utstrålning. Eller var det kanske kärleken, förälskelsen som fick honom att leva i varje tum?

”Kvinnan som drogs upp ur tjärnen i Björkavi heter Vivi Raudsepp. Hon skulle ha blivit 24 år i år om hon levat. Hon var estnisk medborgare, född i Tallinn. Vittnen såg henne för drygt ett år sedan på en fest i maj månad. Hon sammanlevde med Erik Atterhed från september året innan till maj månad det år hon försvann. Enligt Erik Atterheds vänner flyttade hon tillbaka till Estland, någon bekräftelse på att hon verkligen återvände har vi på grund av rådande omständigheter inte kunnat få." Hartman gick av och an framför dem medan han talade.

"Det är ingen av Erik Atterheds vänner som har en aning om vart han kan ha tagit vägen?" Maria skruvade olustigt på sig. Bilderna av kvinnokroppen på ekans svarta durk trängde sig på. Den tomma svarta bukhålan. "Nej, han verkar inte ha hört av sig till någon. Man har på hormonell väg kunnat konstatera att Vivi Raudsepp var gravid, trots att livmodern var bortopererad", fortsatte han och mötte Marias blick.

"En vit Saab lämnade, enligt vittnen, stugområdet vid ettiden, strax innan ni for upp till jaktstugan. Vi har kontrollerat vilka i herr Atterheds bekantskapskrets som kör Saab, men det rör sig om helt andra bilmärken ska jag säga." Ek nickade bekräftande åt sin egen utsago. "Ytterligare en bil, förutom Toyotan och Hartmans Ford, har stått parkerad uppe vid stugan. Däckmönster går inte att få fram i gräset, bredden är normal för en personbil."

"Var det blodfläckar det jag såg på golvet i jaktstugan?" Maria vände sig till Erika Lund.

"Ja, det gav positivt utslag på hemoglobin. Vi väntar på svar från DNA-analysen. Det kan knappast vara blod från Vivi Raudsepp, men vi kör det bland annat mot fynden av sperma hos Alf Hansson. Det man kunnat uttala sig om hittills är att Alf Hansson inte var pappa till den satsen."

"Då kanske vår hårlöse vän i lägenheten över Alf Hanssons hade rätt i sina funderingar om Hanssons sexuella läggning." Hartman såg sig omkring i väntan på respons.

"Jag tänkte rapportera från förhöret med kvinnan i lägenheten mitt emot Alf Hanssons, hon som arbetat natt. Jag fick kontakt med henne idag på morgonen", sa Maria. "Hon hävdar att Alf lånar ut sin lägenhet till en ljus medelålders man de nätter när han arbetar. Hon hade tänkt kontakta polisen tidigare men inte riktigt kommit sig för, när hon inte säkert visste vad som hände bakom lyckta dörrar. Hon kunde ju ha helt fel i sina misstankar."

”Ja, vad misstänkte hon?” Hartman avbröt Maria i sin iver.

”Att han umgås intimt med minderåriga.”

”Vad har hon för belägg för det?”

”Första gången tänkte hon att det var en dotter den ljuse mannen kom med. En full flickunge han släpade uppför trappan. Men det hände igen och igen. Ansiktena varierade men scenen var densamma. Flickorna såg ut att vara i tolv-trettonårsåldern. Ibland hade han med sig en något äldre kvinna, en späd, ljushårig varelse med hästsvans och barnsligt utseende, alltid klädd i kort klänning eller kjol med spetsvolanger. Hon arbetar tydligen som undersköterska på Akuten. Heter Liselott Fransson, enligt grannen. Är flyktigt bekant med vittnet genom arbetet. Jag ska höra henne efter vår sittning. Hon bör vara här om en halvtimme.”

”Jag har kollat upp Alf Hanssons ekonomi”, sa Arvidsson. ”Han har avsevärda aktieposter i läkemedelsjätten OKTA. Värdet ligger på en niohundratusen i runda slängar. Inga fonder, i rena aktier alltså. Ganska mycket pengar för en transportör. På övriga konton har han småsummor bara. Jag gick igenom det med hans mamma. Hon hade ingen aning om att han satsade i aktier.” Erika Lund visade med en gest att hon tänkte göra ett inlägg.

”I lägenheten har vi funnit en del p-rullar och tidningar med mycket unga aktörer, på gränsen till barnpornografi. Fingeravtrycken på videofilmerna är inte Alf Hanssons, knappast heller cigarettfimparna. Obduktionen av Alf Hansson tyder på att han var icke-rökare, det bekräftas även av hans mor och arbetskamraterna. Visst var det så Ek?” Ek nickade bifallande och bläddrade framåt i sitt block.

”Kan den blonde mannen ha varit Alf Hanssons baneman? Nog finns det stoff till utpressning, om transportören varit hågad.” Ek lutade sig tillbaka i stolen och gjorde ett bågvalv med fingertopparna. ”Ändå verkar det osannolikt. Vi vet att Erik Atterhed fanns på patologen då Alf Hansson blev mördad.”

”De kan ha varit där tillsammans. Ingen vet hur många som följer med in på passerkortet vid ett tillfälle”, sa Maria.

På väg till förhörsrummet hörde Maria telefonen på sitt rum. Måtte det inte vara något med barnen. Emil var vild att klättra. Flera gånger hade han ramlat och slagit i huvudet. Vid två tillfällen hade de fått tillbringa natten på barnkliniken för observation. Varje gång telefonen ringde befarade Maria det värsta. Hon tog ett djupt andetag och lyfte luren. Det var Julius.

”Kan jag ringa upp dej lite senare?” undrade Maria, ”jag är lite sen till ett förhör.”

”Det är viktigt. Jag fattar mej kort. I natt gick jag hem till Karins datalärare.”

”Väckte du honom?” sa Maria uppgivet, om än med en liten gnutta förundran.

”Ja, jag var tvungen att få veta sanningen. Blev modigare sedan jag varit hos dej. Han har gett Karin privatlektioner i konsten att hacka sig in i datorer, till och med lånat ut ett program för att hitta koder. Vad fan håller hon på med? Jag är rädd att hon inte vet själv vad hon gör.”

”Jag hör av mej till dej så fort jag kan Julius, tack för att du ringde. Om jag hinner få någon lunchrast idag kan vi ses vid korvkiosken. Jag ringer dej.”

”Jag kommer in och väntar i receptionen.”

”Okey.”

Maria satte sig tillrätta med armbågarna på bordet och knäppte på bandspelaren.

Liselott Fransson surblängde ut genom fönstret. Hon såg verkligen ung ut med sina runda kinder och sin fylliga plutande mun. Barnsligt trulig på något vis, tänkte Maria och inledde förhöret utan större förväntningar.

”Du arbetar som undersköterska på akutmottagningen.”

”Ja”, svarade Liselott och drog in luft så häftigt att hästsvansen gungade. Maria fortsatte med formaliteter rörande adress och anställningstid, arbetsschema och kamratkontakter, tills svaren kom i mindre ansträngd ton.

”Hur pass väl kände du Alf Hansson?”

”Det har du ju redan frågat, då på sjukhuset.”

”Ja, men nu frågar jag dej igen. Har du någonsin varit hemma hos Alf?”

”Nej.” Liselott stirrade envist ut genom fönstret igen.

”För din egen skull är det viktigt att du talar sanning, Liselott. Kan du se mej i ögonen. Det bruka underlätta när man ska prata med varann. Har du någonsin varit hemma hos Alf Hansson?”

”Vem har sagt det?”

”Har du varit där?”

”Jag vet inte. Jag kommer inte ihåg.”

”Om jag säger att det finns någon annan som kommer ihåg att du har varit där. Känner du en ljus medelålders man? Kan ni ha varit där samtidigt tror du?”

”Fan! Vad har han sagt?”

”Du har alltså varit där, hemma hos Alf.”

”Ja, än sen då?”

”Vad gjorde du där?”

”Det anar du inte?” Liselotts ansikte blev till ett brett flin. Ögonen glittrade.

”Okey, överraska mej.” Maria lutade sig trött tillbaka i stolen, men släppte inte kvinnan med ögonen. En rodnad steg i det unga ansiktet. Hon var inte så härdad trots allt, tänkte Maria. ”Berätta!”

”Du skulle må då va. I din ålder får man väl nöja sig med att läsa Jackie Collins.”

”Tror du det så går du en trist ålderdom till mötes. Vad du vill berätta för mej är att ni hade sexuellt umgänge, är det riktigt?”

”Ja, är det olagligt eller?”

”Inte om du har fyllt 15”, kontrade Maria. ”Vad vet du om de andra småflickorna han umgås med?” Maria såg Liselotts ansikte genomgå en förvandling och ångrade att hon inte tagit det lite varligare. Misstro och bestörtning kämpade om herraväldet i flickungens ansikte. De blå ögonen mörknade en grad.

”Han har bara mej. Han kommer snart att lämna sin fru, vet du. Vi ska flytta till Hongkong tillsammans bara han gjort upp med henne. Han har hyrt ett stort hus och vi kommer att ha tjänare och pool och allt!”

”Vad arbetar han med?”

”Vet du inte det? Om du har pratat med honom så måste du väl ha frågat honom om det.”

”Jag vill veta om du vet vad han jobbar med.”

”Han är läkare, vet du väl, gynekolog. Han ska börja arbeta i ett läkemedelsföretag i Hongkong. Så fort han har blivit kvitt sin fru. Förstår inte hur han har stått ut med henne, hon klär sig som en tant. Typ."

"Per Göthe?"

"Vem annars?"

"Du var med Per Göthe i Alfs lägenhet."

"Ja, jag sa ju det."

40

Maria tog på sig ridvästen och sträckte sig efter stövlarna. Krister hade inte hört att hon kommit in. Hon smög fram för att krama om honom innan hon for till ridskolan. Kände hans doft av rakvatten. Lagom lockande. Ny skjorta och ny slips igen! Var det möjligt? Hon skulle just röra vid hans axel och säga hej då, en puss på munnen, vi ses ikväll, när Krister for upp och stängde av datorn, utan att avsluta programmet.

”Skrämde jag dej?”

”Kanske det.”

”Du råkade stänga av datorn, men du är fortfarande uppkopplad på nätet. Det var inte min mening att skrämmas. Surfar du på hemliga sidor?” Maria lyfte ett ögonbryn, halvt full i skratt.

”Kanske det. Hur dags kommer du hem?”

”Sent. Jag kommer inte hem mellan ridningen och arbetet. Duschar på jobbet. Vi ettiden i natt är jag nog tillbaka. Se till att barnen kommer i säng i tid, så blir de inte så griniga i morgon när du ska ha iväg dem.”

”Hur länge ska du behöva hålla på med de där jädrans kvällsturerna?”

”Det har vi pratat om. Vi ses i natt.” Hon såg genom köksfönstret att han slog på datorn igen.

Maria sadlade och tränsade. Hörde det välbekanta sorlet från cafeterian, skrapet av hovar från spiltan bredvid. En känsla av olust, en rå vindpust smög sig på. Vad hade han för hemligheter på nätet, Krister? Var det aktieköp? Smittad av Julius sanslösa kommersande och kubanska cigarrer? Maria ledde ut hästen och passerade anslagstavlan och glasrutan till kontoret. En äldre vithårig dam i stram ridjacka satt vid skrivbordet. Maria hade aldrig träffat den beryktade fru Göthe, men hon hade hört skvallret. Ärkemodern kallades hon i smyg. Enligt ryktena slog hon nog Gudrun Wern med minst två noslängder i aktivt svärmorskap, det sista var Marias egen bedömning efter att ha hört henne imiteras. Kanske var det sant, kanske inte. Men den allmänna meningen var att Samuel Göthe var mera gift med sin mor än han någonsin varit med sin hustru. Skvallret sa att hustrun omkommit i en ridolycka när paret bara varit gifta något år. Det hade funnits vissa tveksamheter kring händelsen. Men rättens slutliga bedömning hade varit att det trots allt handlade om en olycka. Det var även den allmänna meningen i cafeterian och stämde väl överens med de uppgifter Maria kontrollerat i polisens databas, efter det att hon kallats till Cheironkliniken i samband med Lena Wides självmord. Unga fru Göthe hade hoppat över ett naturhinder, fallit och olyckligtvis slagit huvudet i en sten. Det var Samuel som fann henne. Han hade tydligen inte velat gifta om sig. I stället hade han ägnat livet år sin klinik och vunnit ära och berömmelse för sin kunskap och forskning. Kanske hade det inte funnits tid och plats för en kvinna i hans liv när han ömmade för dem alla.

Susann, som var gift med den äldre brodern Per, hade det inte heller så lätt enligt skvallret som florerade i cafeterian. Gamla fru Göthe regerade enligt principen söndra och härska, spelade ut barnen och svärdottern mot varandra. Som tilltugg till kaffet i cafeterian serverades ständigt gamla fru Göthes repliker, en del av dem redan klassiker.

Maria ledde hästen ner mot stigen, satt upp och skänklade. Djuret rörde sig långsamt framåt och Maria smackade på och pressade knäna hårdare inåt. Hon red längs med ån under pilträden, såg sig själv glida fram på hästryggen i den blanka motsatsvärlden och gav sig in i skogens mildgröna ljus. Njutbart! Men den fanns där ändå, känslan av olust, eller förlust, som en isklump i mellangärdet. Kristers ansiktsuttryck, ordens stelhet, till och med i doften av rakvattnet fanns det en surnad not. Hon hade känt vibrationerna förr och haft rätt. Just nu visste hon inte om hon orkade få reda på sanningen.

Fysisk träning kan ibland fungera som moteld till själens plågor. Maria passade på när hon såg genom glasrutan till gymmet att flera kvinnliga kollegor tränade. Himberg var kung i motionsrummet. Musklerna blänkte svettblanka, stolt lät han dem spela, lät sig beundras. Han blinkade åt en ung kvinnlig polisaspirant, flörtade högt och ogenerat. Ett par kilo till på skivstången. Svetten droppade från pannan. Fronten på t-shirten var genomsur. Maria undrade för sig själv varför hon inte kunde finna honom attraktiv när Erika och de andra rankade honom så högt på skalan. Han kunde på sin höjd framkalla ett jaså, eller inte ens det. Vad Maria oftast kände var ren antipati. Kanske förstod Himberg att hon sviktade i sin beundran och blev provocerad av det. Maria visste inte säkert vad det var som störde kommunikationen mest för hennes del, hans lynnighet eller kroppsfixering. Mer än jaså skulle det aldrig bli i alla fall. Himberg skrattade högt och bullrigt och pekade på Maria i någon kommentar om hur hon hanterade hantlarna. Beundrarskaran instämde artigt leende. En röst på snabben. Himberg söktes. Skulle ringa sin fru, det var brådskande. Flinet rann ur hans ansikte. Han vräkte stången på golvet och sprang. Många förvånade blickar följde honom i ryggen. Frun brukade vanligen få ringa både tre och fyra gånger innan han gjorde sig omaket att ta luren. På alla redskap han tagit i bruk hängde tyngderna kvar, som ett kvitto på den belastning han lyckats bemästra under dagen. Se vad jag kan! Får du lyfta av är jag starkare än du, lydde det tydliga budskapet till de efterkommande.

41

Ett milt regn omslöt Karin Bengtsson när hon steg ur taxin. Fukten la sig som en glittrande hinna över det ljusröda håret. Taxichauffören envisades med att bära hennes väska. I sista stund lyckades hon hindra honom från att ringa på klockan vid ytterdörren. Hon försäkrade att allt var väl, att hon kunde klara sig själv nu. Han talade oavbrutet och så högt att hon fick magknip. Med en oändlig lättnad såg hon honom stänga bildörren efter sig och det gula fordonet rulla mot utfarten.

Karin steg ner från trappan och gick ett varv runt huset. Hon höll sig tätt intill huskroppen. Fönstret till tvättförrådet stod lite öppet precis som hon hoppats. Hon ställde en trädgårdsstol utmed väggen. Det var mörkt i förrådet. Mödosamt klättrade hon in sedan hon föst undan ett par skumgummikuddar som låg på vädring på fönsterbrädan. Hon gled ner mot golvet och ställde sig andfådd bakom ett par madrasser på högkant. Hjärtslagen dunkade ut i tinningarna, bröstkorgen hävde sig både av den fysiska ansträngningen och av rädslan för upptäckt. Porten stängdes klockan 22.00, det var signalen för tystnad och vila. Sedan fanns det bara en sjuksköterska och en undersköterska på vårdavdelningen, och en läkare som sov i jourrummet.

Karin rörde försiktigt på benen. De kändes snart som tunga klossar. Barnet virvlade i hennes mage när hon stod stilla. Var hon riktigt klok egentligen? Rädslan fick huden att dra ihop sig, spänna över pannbenet. Nog borde hon ha anförtrott sig åt Maria. Karin kände sig med ens så övergiven. Tänk om det inte var något mellan Maria och Julius, om fantasin bara drivit iväg och skapat sina egna bilder av det som hänt. Tiderna då Julius varit borta sammanföll med Marias kvälls- och nattarbeten, parfymen var Marias. Var det tillfälligheter bara? Karin hade inte kunnat tro det. Men nu kändes det annorlunda. Nog älskade Maria sin man, det gick väl inte att ta miste på värmen i deras förhållande. Så fruktansvärt genant om hon hade fel, så onödigt! Bara Julius inte sagt något till Maria, det kunde bli svårt att reparera. Hur skulle de kunna träffas igen alla fyra? Helvete så komplicerat! Karin såg på klockan. Varannan timme gick personalen runt och såg till de blivande mammorna. Nästa gång klockan tolv. Sedan satt de i personalrummet på nedre botten. De fikade någon gång efter ett, sen tog de tag i tvätten och skurade toaletterna. Karin hade hört sig för om rutinerna och ingen hade misstänkt något. Kollegor emellan diskuterade man ofta arbetsrutiner. Hon satte sig ner på golvet och väntade. Såg på travarna av tvätt. Hur många gånger hade hon inte räknat tvätt i sitt arbete: 25 par patientbyxor, 20 skjortor storlek large och prickat av i listan. Karin räknade stapel för stapel för att få tiden att gå. Händerna hade börjat domna, det stack som nålar ut i fingrarna. Hon hoppades att Julius inte var alltför orolig. Nej, nu var hon inte helt ärlig mot sig själv. Hon hoppades att han var in i helvete orolig, därför att han brydde sig om henne. I morgon skulle hon vara hemma igen, då skulle de tala ut. Förhoppningsvis skulle hon veta vad som var på gång, om det förhöll sig så som hon trodde. Det som först väckt hennes misstanke var att blodvärdet varierade så kraftigt när hon kontrollerade det på Cheironkliniken och på sin arbetsplats. Sen kom blåmärkena först i form av punktblödningar på händer och underben. De kom smygande liksom känsligheten för ljus. Till en början hade hon inte reagerat över att ögonen tårade sig i dagsljus, men det hade blivit allt mer påtagligt. Hon hade tagit upp problemen med Per Göthe som vikarierade för sin bror, men han hade avfärdat det helt med att mängden tårvätska minskar vid graviditet. Sagt att de skulle kontrollera blodtrycket bara. Karin hade tänkt att hon skulle tala med Samuel när han kom tillbaka. Så hade en misstanke slagit henne, samma kväll som hon badat med Maria i Kronviken och såret på armbågen inte velat sluta blöda. Det var inte normalt. Hon hade skrämts av sina spindelsyner, och sedan anat ett samband. Nästa dag hade hon köpt en burk Ferromer på apoteket och börjat använda dem i stället för medicinen från kliniken. Hon hade jämfört burkarna, men inte funnit någon skillnad i burkens utseende eller tabletternas utformning. Men faktum var att hon hade börjat må bättre. Tanken var hissnande. Vem skulle tro henne om hon inte skaffade bevis. Julius? Maria? Socialstyrelsen? Därför stod hon nu i Cheironklinikens tvättförråd och lyssnade till ljud i skumrasket. Hon hörde hur nattpersonalen gick sin rond. De talade ganska högt. Karin kunde höra det mesta av samtalet.

"Vilken otrevlig karl hon har fru Himberg."

"Vem?"

"Hon som är på väg in nu. Vilket jävla humör han har. Du skulle ha hört honom i telefon. Han var rent oförskämd."

"Va då?"

"Han krävde att få tala med en läkare omgående. Men jag sa att doktor Göthe behövde lite tid på sig att ta sig från jourrummet och plocka fram journalen."

"Vad var det med henne?" Rösterna tonade bort i andra änden av korridoren. Karin försökte sträcka på benen där hon satt bakom madrasserna. Ryggen molvärkte från svanken upp till skulderbladen. Raska steg utanför förrådsdörren fick henne att snabbt dra in dem igen, kura ihop sig som en boll. Dörren öppnades. Någon steg in. En främmande andhämtning fångades upp av textilierna. En svepande rörelse i hyllorna. Någon suckade tungt. Klapprande träskosteg lämnade rummet. Karin följde kvinnan med blicken där hon vaggade framåt i korridoren med sin börda av sänglinne. Dörren förblev öppen. Karin gav dem ytterligare en timme innan hon tordes använda trappan till övervåningen. Lyssnande efter ljud tog hon hastiga steg i halvdunklet. Hon kände försiktigt på dörren till Susann Göthes expedition. Den var inte låst. Karin gled in och lät ögonen vänja sig vid mörkret. Hon la handen på bröstet för att lugna och kontrollera sin andning. Benen skakade lätt. Hon sökte med blicken och fann ett gömställe, om... Hon stoppade i disketten, startade datorn, och väntade på att programmet skulle installeras på hårddisken. En evighet i mikrosekunder räknat. Karin tog ur disketten och startade Windows 98, utmärkt. Windows NT hade varit betydligt knepigare. Inloggningsbilden kom upp på skärmen. Karin slog den noggrant inlärda tangentkombinationen för det installerade programmet. Nu var det bara att vänta att sökningen skulle ge resultat. Det kunde ta en timme. Det kunde också ta hela natten i anspråk att knäcka koden. Karin hade hunnit se att det handlade om fyra tecken, bokstäver. Susann hade aldrig använt tangentbordets översta rad. Vad Karin förväntade sig att hitta visste hon inte säkert. Men det måste finnas något som stödde hennes misstankar! Måste! Hur kunde hon säkert veta att inte Julius var inblandad? Vad visste han egentligen om Ferromer? Hur kunde hon veta att deras relation inte var ett enda vetenskapligt experiment? Hon ville inte tro det, värjde sig för tanken varje gång den sökte henne. Men den fanns där och hon tänkte inte ta några risker innan hon visste säkert vad som var på gång.

Karin studerade tavlan över skrivbordet. Kvinnan i Edens lustgård log mot henne, såg rakt på henne med sina gröna ögon och log retsamt. Det långa ljusa håret föll som en skimrande mantel kring kroppen. Som Marias hår! Vem hade blivit vald till Lucia i skolan och vem hade varit tärna? Hur många förälskelser hade inte slutat i insikten om att den åtrådde suktade efter Maria, egentligen. Att uppmärksamheten Karin fick hade gällt henne i egenskap av Marias väninna. Varför skulle Julius vara ett undantag? Det blänkte i ormens skinn, med mjuka rörelser hade han närmat sig kvinnan och viskat i hennes öra. Hon verkade road av det hon hörde. Det fanns en spänning i ormens förtrolighet och kvinnans nyfikenhet, där betraktaren lämnades utanför. Adam sov den oskyldiges sömn, ovetande om sin nakenhet. Datorn surrade lågt. Karin la en handduk över skärmen för att dölja det blå ljuset, som annars skulle ha letat sig ut genom fönstret. Hon ville inte riskera att väcka misstanke om någon passerade där ute. Allt var tyst och stilla. Karin gick fram till fönstret och spejade ut i natten, utan att låta hörseln vila, utan att släppa sin vaksamhet. Barnet sparkade livligt. Med handen kunde hon fånga en liten häl, röra vid den innan den hastigt drog sig tillbaka och ändrade riktning. Svarta moln jagade snabbt över himlen. Söndertrasade och tunna svepte de förbi månens silverbleka skära. Den lummiga parken nedanför fönstret framträdde och försvann. Fanns det någon där ute? Parksofforna stod stela och tomma. Gångarnas vita grus ömsom fångade ljuset, och doldes i molnskugga. Datorn surrade. Ljudet uppfyllde rummet. Karin kontrollerade skärmen. Nu, nu var det dags. Hon knappade in sitt personnummer, väntade i en evighet tills texten blev synlig och ögnade igenom sin journal. Allt föreföll vara i sin ordning. Raderna gled förbi och fick passera. Sista anteckningen: Samtal med patientens make. Oroad över patientens mentala hälsa. Patienten kallas till återbesök snarast, uppmanas att söka akut vid försämring. Hade Julius ringt kliniken utan hennes vetskap? Det måste han ha gjort. Karin återgick till huvudmenyn, sökte systematiskt igenom ikon för ikon. Koden var OKTA, här fanns en ikon som... Ferromerstudien. Ny inloggningskod. Helvete! Karin aktiverade passwordprogrammet på nytt. Väntade lyssnade efter ljud. Nervositeten och den hopträngda graviditetsblåsan gav en kissnödighet på gränsen till det outhärdliga. NU! Nu hände något. Äntligen! Karin knappade in sitt personnummer igen och baxnade inför det hon såg. En alternativ journal med andra laboratorievärden, andra symptom än dem hon läst om i sin huvudjournal. Med stor koncentration lyckades hon slå in Adina Atterheds siffror som hon hämtat ur personalpärmen på AVA. Siffror och bokstäver snurrade runt. Karin läste medan illamåendet steg i halsen. Kallsvettig studerade hon bildskärmen. Fjärran från läkemedelskommittéer och etiska nämnder redovisades ett annat läkemedels effekter och biverkningar. Kliniskt och känslolöst. Tanken svindlade. Adina hade avlidit av läkemedlets skadeverkningar, krampat till döds av samma läkemedel som Karin själv använt under flera veckor. Med fumliga fingrar byttes disketten ut. Kopiera allt! Karin skakade där hon stod vid skärmen. Maria, nog måste hon kunna lita på Maria. Bara hon kom ut härifrån skulle hon ta kontakt. Allt skulle bli bra. Hur hade hon kunnat misstro Julius? Mer hann hon inte att tänka innan ögonen, någonstans i utkanten av synfältet, noterade att handtaget på dörren trycktes ner.

42

Karin stängde reflexmässigt av datorn och kastade sig in bakom gardinen. Blundade i ett fåfängt försök att inte bli sedd. Gardinen svajade betänkligt. Hon nöp i tyget för att hejda rörelsen. Kände dammpartiklarnas retsamma väg upp genom näsan. Handduken, den jävla handduken låg kvar på skärmen! Det insåg hon när ljuset tändes. Hjärtslagen skenade iväg. Dånade genom ådrorna, ut mot tinningarna till en våg av yrsel. Hon hörde stegen som närmade sig skrivbordet, rasslet när disketten lämnade datorn. Det blå ljuset flimrade till och blev konstant. Karin kände hur benen skälvde, hon vacklade till och fångades av en stark arm. Knivbladet blixtrade till framför hennes ögon.

”Dra upp 5mg Dormir!” En knappt hörbar order. Hans ansikte var alldeles intill hennes. Hon kunde känna hans rökmättade andedräkt. Se svettdropparna som samlades på hans överläpp, små pärlor som växte i storlek och antal. Hon mötte Per Göthes blick. Det vackra ansiktet var så stelt, ögonen så kalla av vrede. Kanske fanns där också ett stråk av rädsla. Vem han talat med kunde hon inte förnimma. Hon tordes inte vrida på huvudet, än mindre ta ett steg framåt i rummet. Den speciella doften nådde henne trots odören av tobak – doften av Marias parfym. Var kom den ifrån? Fanns Maria här? Dormir, skulle de söva henne?! Karin försökte samla tankarna till en mening. Hon hörde stegen som avlägsnade sig och kom åter. Knivbladet nuddade vid hennes hals. Pers ögon fixerade henne och tömde henne på allt motstånd. Karin svalde hårt, försökte få rösten att lyda. Hon harklade sig.

”Ett ljud och jag skär halsen av dej!” Hans röst var behärskad, en viskning. Han föste henne framför sig i rummet. Styrkan i den muskulösa armen gick inte att ta miste på. ”Sätt dej! Kavla upp ärmen.” Karin knixsade sig ner i besöksfåtöljen. Susann Göthes ansikte kom i blickfånget.

”Vet du vad du gör Per?”

Hans svar var en väsning. ”Du kan inte backa ur nu!”

”Hälften borde räcka, ta det försiktigt.”

”Tig!” Karin såg hans blick och förtvivlade, kände hur apatin förlamade henne med sitt effektiva nervgift.

”Sträck fram armen!” Knivbladet tryckte mot sköldkörteln. Det gick inte att svälja. Armen låg orörlig i knät berövad all muskeltonus. Susann böjde sig fram och kavlade upp tröjärmen, applicerade stasen. Karin såg venen svälla upp och nålen glida in i armveckets blåskimrande åder. Det gick inte att hålla urinen längre. Hon kände hur värmen spred sig. Hörde hur det droppade mot golvet när stolsdynan var mättad. Figurerna framför henne blev till skuggor. Hon brydde sig inte, orkade inte. Det som hände gällde någon annan. Själv var hon i sitt centrum, osårbar, onåbar innanför sitt skal.

”Tog du allt?” väste ormarna ”Allt?” och mörkret gled som en hinna över ögats lins. ”Allt”, ekade tomheten tillbaka. ”Allt?”

Karin vaknade av illamående och kräktes rakt ut. Hon hann precis vrida på huvudet och lyfta det i sidled. Det plaskade på golvet. Magsäcken välvde sig och sved. Kroppen kändes så tung, så oformlig och okontrollerbar. Hon hörde röster på andra sidan mörkret. En liten strimma av ljus fanns i gråheten lågt nere vid golvet. På andra sidan dörren fanns ljuset. Mumlet blev till ord och orden fick långsamt skärpa.

”Jag vill inte vara med om det här!” sa kvinnorösten.

”Har du något val. Hon vet, hon har kopierat materialet. Hon vet att du fejkade labvärden. Du åker dit utav bara helvete!” svarade han.

”Ledningen?”

”De kommer inte att kännas vid oss. OKTAs styrelse vill bara se vinst. Hur det ska realiseras är upp till varje enskild sektionsgrupp. Vad ledningen vill veta är om man ska lägga tid och resurser på en läkemedelsprövning. Vi har levererat kunskapen och fått betalt, navelsträngen är avklippt. De kommer att satsa på andra produkter. Nu gäller det att snygga upp och fortsätta som om ingenting hänt."

"Som om ingenting hänt!" Susann Göthe skrattade torrt. " Och vad ska vi göra med henne?"

"Som jag sa, vi får klara oss själva nu. Ledningen räknar med att vi löser det här själva på ett optimalt sätt."

"Skulle någon tro henne om hon inte har några bevis? Maken kan säkert intyga att hon inte var fullt tillräknelig."

"Hon kan skaffa mer material. Vi kan knappast återkalla de tio burkar med Immurex vi delat ut till patienterna i Ferromerstudien, utan att väcka misstanke. Utgående datum hade kunnat passera om vi tänkt på det tidigare, men nu kan vi inget göra. Det finns bara en lösning. Det vet du!"

"När?"

"Är det inte lika bra att avsluta nu."

"Var skulle du göra av henne?"

"Hos Erik Atterhed till att börja med. Men det är möjligt att forskarna på OKTA vill ha fostret levande, för att se om det tagit skada. Levande material kan också vara mycket värt i andra sammanhang. De andra fostren har varit normala, utom Lena Wides. De hade en genetisk defekt i släkten. Hennes möjligheter att få ett fullt friskt barn var mikroskopiska."

"Vad menar du med andra sammanhang?"

"Inget!"

"Används fostren i ett annat syfte än det du redovisat för mej?"

"Det finns forskare inom koncernen som är mycket angelägna om att få tillgång till levande material. Vi kanske ska lyssna på dem innan vi slutgiltigt bestämmer när kvinnan ska elimineras."

"Jag gick med på att introducera läkemedlet för att jag trodde det skulle rädda liv, att det skulle bli en ände på lidandet för de kvinnor som ständigt fick missfall. Jag fick veta att Immurex fungerade på samma sätt som annan immunosupprimerande behandling vid organtransplantation, genom att minska risken för avstötning. Vår insats var att se till att ett sådant läkemedel kom ut lite snabbare på marknaden. En prövning för att veta att det skulle lyckas innan läkemedelsverket kopplades in. Det skulle innebära en stor tidsvinst. Det var riskfritt lovade du! Avstötta foster skulle kontrolleras med tanke på oförutsedda biverkningar, inget annat."

"Det var syftet. Du var inte helt ovillig att hämta ut din del av aktieportföljen, det kanske kan bli mer."

"Och..."

"Man kanske hade tänkt sig fler användningsområden. Risken för missfall är hög vid kloning. Det är ett av hindren för att komma vidare. Läkemedlet skulle om det visade sig vara effektivt bli ett led i den processen."

"Det är inte sant?! Inte hela sanningen."

"Det finns andra områden inom koncernen. Forskare är som sagt mycket intresserade av levande material. Innan vi finner en slutgiltig lösning på problemet med kvinnan kanske vi bör ta reda på om det finns annat som skulle generera kapital." Per gned tummen mot pekfingret och räknade sedlar i luften.

"Fy fan, jag hade aldrig..." Rösterna dog bort och lämnade Karin i ett sugande vakuum av dödsångest. Hon reste sig långsamt upp i sittande ställning, lät benen hänga slaka över sängkanten. Sömnen dröjde sig kvar i varje led. Yrseln tilltog, magen drog ihop sig i kramp och hon kräktes. Försiktigt kände hon med handen i naveltrakten. Det var alldeles stilla där inne. Karin kvävde ett skrik i handflatan.

43

”Är du rädd för tiden, mamma?”

”Vad sa du nu?” Maria vände sin uppmärksamhet mot Emil utan att släppa tevesåpan helt med blicken. Han tog tag med sina varma små händer runt om hennes kinder och krävde hennes hela närvaro, precis som Maria brukade göra när hon ville få sina barn att lyssna.

”Är du rädd för tiden?”

”Varför frågar du det?” undrade Maria förvånat.

”Du säger att du känner dej jagad av tiden.”

”Ja.”

”Och sen säger du att du inte har tid. Att det inte finns tid. Man kan väl inte bli jagad av något som inte finns heller.”

”Nej, det är klart.”

”Är tiden ett spöke kanske?”

”Ja, kanske det.”

”Som man kan slå ihjäl, farfar säger att man kan slå ihjäl tiden. Jag vill inte ha min spökpyjamas för Linda har haft öronvax på den!” Emil gav sin syster ett anklagande ögonkast där hon satt uppallad med kuddar i soffan och sov med öppen mun och feberrosor på kinderna.

”Ta den blå pyjamasen då. Den ligger i strykrummet, någonstans i tvättberget. Jag har inte hunnit sortera men jag vet att jag såg den där”... tillsammans med alla oparade strumpor vars möjlighet att hitta sin maka minskar med antalet nytillkomna osorterade strumpor, tänkte hon.

”Jag hittar ingen pyjamas.”

”Kan du inte sova i en t-shirt då?”

”Nej, jag vill ha min pyjamas!”

”Men om du får ta din fina t-shirt med dinosaurier på?”

”Jag vill ha min pyjamas, annars tänker jag inte sova!”

Maria suckade tungt och lämnade tevesoffan.

”Jag vill inte bli vuxen.” Emil kröp upp i dubbelsängen i gäst-rummet där all stryktvätt låg i högar som hopkrattade löv, han ålade sig mot mitten.

”Varför då?”

”Är det någe roligt alls att vara vuxen?” Maria stannade upp i sin rörelse och såg på sin son. ”Är det?” upprepade han.

”Jag tänker efter, jo ibland. Ibland när man lyckas stanna tiden och leva i nuet. Just nu är det du och jag och en tvättvulkan som sprutar blå pyjamasar och strumpor och kalsonger och det är inte så tokigt.” Maria tog famnen full av tvätt och släppte den på Emil som omedelbart returnerade med tre par byxor och en badrock. Maria hittade en av Kristers grå ullstrumpor och drog den över handen som en handdocka. ”Är det någe alls roligt att vara ett får”, bräkte hon med rösten hos en lammunge. Emil skrattade och hittade själv en passande strumpa som fick vara med i diskussionen. En rödräv. Till slut rullade de runt som i en torktumlare bland kläderna och gapskrattade åt just ingenting alls.

”Jag tänker bygga en koja på vulkanen. Linda får också bo här.”

När han somnat i sin blå pyjamas och Maria burit sina barn i säng fanns orden kvar. Är du rädd för tiden, mamma? Hur hade inte dagen varit? Krister hade rest till Malmö och skulle bli borta över natten. Hon hade inte kunnat nå honom på telefonen ens på eftermiddagen när föreläsningen var slut. Linda var sjuk igen. Maria kunde höra Himbergs kommentarer i bakgrunden när hon anmälde att hon skulle bli hemma för vård av sjukt barn. Vård av frisk make, var hans stående skämt. Så hade hon blivit sittande i telefonkön till vårdcentralen, i nattlinne för att inte gå miste om sin plats i kön, med barnen placerade framför videon alldeles för länge. I halvtid hade Linda behövt hjälp på toaletten och Maria hade fått börja om från start i kön då kopplingstonen brutits. När hon väl kom fram hade tiderna varit slut och hon hade hänvisats till kvällens jourläkarmottagning. Ny väntan i telefonkö. Om ändå

Krister varit hemma! Vad är en människas tid värd? Vad är en människas liv värt, hade Karin frågat. När Emil var nyfödd hade det bara varit att fara in till vårdcentralens öppna mottagning för att få hjälp. Hur orkar gamla sjuka människor hålla sin plats i kön?

Maria slog numret till Karin och Julius svarade omedelbart som om han suttit vid luren och väntat. Nej, inget nytt. Han hade svårt att dölja sin irritation över polisväsendet.

"Ni måste för helvete göra någonting! Hon är försvunnen! Snart stryper jag receptionisten på Cheironkliniken! Jag gör mej olycklig om det inte händer något snart!" Och vad kunde Maria göra där hon satt ensam med sina barn, mer än att lyssna?

Tevesåpan rullade på som skydd mot ensamheten och mörkret. Ett meningslöst slöseri med tid, men det var det enda hon orkade göra efter en dag i anspänning. Vad är egentligen meningsfull tid? Kanske är livet inget annat än de stora ögonblicken, ofta vet man först efteråt att de var stora, därför att det är dem man minns. Stunder av ömhet och närhet, som när man leker klädvulkan med sin son. Det finns också stunder som inte blir av, som i morse när de satt vid frukostbordet innan barnen vaknade och Maria plötsligt kände hur mycket hon älskade sin man. Känslan kom över henne så stark, bland fil, flingor och dagens olästa tidning att hon smög intill honom bakifrån och kysste honom i nacken. Kom! Hon lät händerna krypa innanför hans skjorta. Vill du? Vi hinner. Han hade skakat henne av sig. Jag får minus på flexen. Det var hans sätt att skämta sig ur situationen. Det hade hänt lite för ofta de senaste veckorna. Hans kropp som stretade emot, nästan omärkligt, gensvaret som uteblev.

Tevesåpans kärlekspar slingrade om varann i halvnakna halvkroppsbilder, stönade och frustade. Förra veckan hade de frustat i en annan kombination och veckan därförinnan hade den blonda bäddat in sig med en annan, eller var det han? Vem tar vem? Alla är utbytbara. Är det vad teveserierna, vår tids folkbildare, önskar lära oss – flexibilitet? Att ingen är oumbärlig. Maria kom att tänka på teaterpjäsen "Lyckad nedfrysning av Herr Moro", där man experimenterade med att frysa in arbetare vid lågkonjunktur för att sedan tina upp dem när de behövdes. Allt för att slippa betala ut lön i onödan. Utbytbarhet och flexibilitet. Om man, som i tevesåporna, är utbytbar i relationer, förtar det inte livets hela mening? Vad är en människas liv värt?... allt i relation till en annan människa? Erik Atterheds estniska kvinnor hade varit utbytbara för honom. Det tänkesättet är vad som krävs för att man ska kunna ta sig rätten att förbruka andra människor och begå mord.

En telefonsignal skar genom huset. Maria hoppades att Emil inte skulle vakna igen, han hade inte varit lätt att få i säng.

”Hartman här. Jag ville bara berätta för dej att vi har hämtat din granne Julius Ceder på Cheironkliniken. Han har brutit sig in genom en bakdörr och låst in en undersköterska i ett syrgasförråd med hennes egen nyckel. Stackars man! Finns det någon möjlighet för dej att komma hit och tala med honom?” Maria såg på klockan. Halv tolv! Kunde man ringa till svärmor klockan halv tolv?

”Ska försöka.”

En timme senare satt hon där på stationen med en symfoni av visdomsord à la Gudrun ringande i öronen. Grundackordet var i moll. Ändå kände hon tacksamhet, det var inte utan. Svärmor hade lovat ta hand om Linda tills hon kunde vara på dagis igen.

Julius såg bedrövlig ut där han satt i besöksstolen och huttrade med sin kaffemugg i båda händerna. Maria gick fram och kramade om honom. Han luktade svett och otvättat hår.

”Det ordnar sig Julius. Samuel Göthe vill inte ha någon publicitet så han låter det här passera utan att väcka åtal. Jag skjutsar dej hem.”

44

”Är det kriminalinspektör Wern jag talar med? Det var inte länge sedan vi hördes av sist, men det har framkommit en del nya uppgifter.” Maria svarade jakande och kände sig lätt irriterad över Himbergs långsamhet när det gällde att komma till saken. Hans släpiga röst som säkert hade en lugnande inverkan på somliga hade motsatt effekt på Maria Wern. Kom till skott någon gång! Det fanns en underton av ironi i hans röst och det gjorde inte samtalet lättare att uthärda. Hartman hade redan gått ner till bilen och väntade. De hade beslutat på stående fot att hämta in Per Göthe till förhör. Det vore intressant att få en redogörelse för hans vistelse i Alf Hanssons lägenhet. I synnerhet som han blånekade till att de känt varann närmare.

”Kan jag ta ditt samtal lite senare, Himberg. Jag sitter trångt till just nu.”

”Det kan du givetvis göra, men jag vill att du är medveten om att du då går miste om viktig information”, sa han med klisterseg röst. ”Visserligen kommer det förr eller senare till din kännedom. Men jag kan garantera att det jag har att berätta intresserar dej. Och att det är en fördel att ta del av informationen omgående.”

”Ta det kort.”

”Om du envisas. En snabbis är aldrig fel. Vad gör du ikväll?”

”Har du inget vettigare att säga får du ursäkta mej...” Maria var halvvägs på gång att vräka på luren.

”Vi har Erik Atterhed.”

”Säkert!? Var?”

”På infektionskliniken har man fått in fyra personer som druckit ur en och samma brunn. Det är inte helt ovanligt att människor med egen brunn ibland behöver uppsöka infektionskliniken under sommarmånaderna. De hade haft surströmmingsfest, alla blev sjuka."

"Vad har det med Erik Atterhed att göra?"

"Var inte så jävla kåt på gröten, jag kommer till det. De åt surströmming, långt före premiären, och i den lukten är det inte så lätt att identifiera andra dofter. De åt, drack och var glada och sedan hamnade de som sagt på infektionskliniken. Jag hörde att Sverige försökt exportera surströmming till Frankrike för några år sedan och fått den returnerad med motiveringen 'otjänligt som människoföda'!"

"Jaa!?"

"Infektionsläkaren tyckte att man borde ta ett vattenprov."

"Det verkar rimligt", sa Maria för att få igång Himberg som gjorde en konstpaus i sitt berättande.

"Mängden kolibakterier var imponerande, men inte bara den. Upphovsmannen själv satt på botten."

"Erik Atterhed!"

"Japp!"

"Han hade plånboken kvar i fickan. Erika Lund är på plats. Vi har dragit upp honom. Snyggare har han varit. Jag har alltid sagt att man ska passa sig för att dricka vatten. Fy fan!"

"Var är ni?"

"Cirka en halvmil söder om Erik Atterheds jaktstuga. I sommarstugeområdet ovanför Shellmacken, bredvid han fiolbyggaren om du känner honom, ett gammalt original."

"Hartman vet nog. Han har en stuga där uppe. Jag tar hjälp av den lokala guiden. Vi räknar med att vara på plats om någon timme."

"Ek och Arvidsson söker Per Göthe i hemmet. Jag tänkte att vi skulle ta en titt på Cheironkliniken", sa Hartman sedan han låtit Marias redogörelse för samtalet med Himberg sjunka in och kommenterat den.

"Han arbetar inte på sjukhuset?"

"Nej, det har Bertil Hoas kontrollerat diskret. Per Göthe har tagit kompledigt den här veckan. Inte otroligt att han hjälper sin bror på Cheironkliniken."

"Vet de att vi kommer?"

"Nej. Om han av någon anledning inte vill träffa oss är det bäst att komma oanmäld." Hartman strök svetten ur pannan med underarmen och vevade ner rutan. Vinden från havet fångade traven med parkeringskvitton i framrutan och föste dem lekfullt ner mot golvet. Marias blonda hår vispade i draget från den öppna rutan och Hartman vevade motvilligt upp den igen till en brevlådestor glipa. Hennes röst nästan dränktes av bruset från havet. Stora grå, vindpiskade vågor slog in över stenarna på stranden och blev till skum.

"Vi borde höra Susann Göthe också. Undrar vad hon vet om makens utflykter till Alf Hanssons lägenhet?" De tog av till vänster mot Cheironkliniken. Den röda tegelbyggnaden låg inbäddad i en lummig grönska. Det såg ut som ett jaktslott eller ett lantligt herresäte enligt brittisk modell. Kastanjeträdens överblommade ljus lyste svagt gulvita. Under träden vilade en loj mörkgrön skugga. Vita molntussar jagade snabbt över himlen, bytte skepnad och försvann bakom bergen i nya formationer.

"Karin Bengtsson? Nej här har hon inte varit. Sista besöket var för tre veckor sedan." Samuel Göthe såg Maria misstroget i ögonen och kontrollerade sedan almanackan på receptionsdisken igen. "Om någon kommer in akut på natten blir jag alltid kontaktad, eller Per om jag inte finns anträffbar. Kan hon ha farit till lasarettet i stan, tror ni?"

"Nej. Hon tog en taxi hit i torsdagskväll vid tiotiden."

"Omöjligt, jag får tala med Per om saken. Han var i tjänst i torsdags kväll, då jag hade en föreläsning i Stockholm. Han har inte nämnt något om det, det finns inte heller någon notering i tidboken. Vi för alltid upp akuttiderna här."

"Vet du var han finns nu?"

"Nej, han arbetar väl på sjukhuset. Hit kommer han inte förrän till helgen."

"Finns Susann Göthe i tjänst?" undrade Maria.

"Det ska hon göra, men ska jag vara uppriktig så tror jag att hon tar ett örtbad just nu. Hon skulle göra det på lunchen. Jag tycker att det är viktigt att de som vårdar andra ger sig tid att ta hand om sig själva. Det ingår i den schemalagda arbetstiden.”

”Vi är lite i tidsnöd, tror du att jag kan knacka på hos henne?” undrade Maria.

”Var så god. Varje badrum har sin egen färgsättning, gul, aprikos och aprikosrosa. Färger för att ge lugn och harmoni. Se själv! Hon blir väl inte så glad, men är det helt nödvändigt så knacka på du.”

På väg upp i trappan mötte Maria en kvinna i klinikens gröna patienttunika med dito syntetbyxa. Kvinnan gick sakta trappsteg för trappsteg med stela rörelser. Hon log hastigt och lite blygt.

”Du har inte sett min väninna Karin Bengtsson här?”

”Karin, hon den rödhåriga från Uppsala? Inte på över en månad. Du är säker på att hon finns här?”

”Jag vet att hon kom hit i torsdags.”

”Nästan alla som kan går till matsalen. Vi har så trevligt tillsammans, ingen vill missa det.”

”Vilka salar är ämnade för dem som mår sämst?”

”Enkelrummen menar du? Det är de tre rummen längst ner i korridoren.”

Maria skyndade på stegen. Hon gav sig inte tid att studera tavlorna med sina naivistiska motiv som hängde i en oändlig räcka av blå ramar utmed korridorens väggar. Golvets heltäckningsmatta gav ifrån sig en märklig doft av rökelse och damm, som om den dammsugits med parfymerat filter i dammsugaren. Maria gläntade lite på den första dörren. Rummet var tomt och sängen strikt bäddad med ny handduk under lakanets skrytveck. Från nästa rum hördes ett sorl av röster. De skrattade och pratade på ett främmande språk. En mörkhyad man lyfte upp ett litet bylte i famnen och visade stolt runt sitt barn för den församlade släkten innan han la ner det igen hos modern i sängen. Sista rummets dörr var stängd. Det hängde en blå triangel på dörren, någon sorts varningsskylt. Maria var inte säker på vad den symboliserade. Hon öppnade dörren långsamt och ljudlöst. I dunklet där inne rörde sig något under ett täcke.

”Karin är det du”, viskade hon.

”Nej, vill du ge mej lite vatten.”

”Visst.” Maria tog glaset som stod på nattduksbordet och fyllde på det under vattenkranen vid handfatet. Kvinnan i sängen var blond och mindre till växten än Karin.

”Vet du vem Karin Bengtsson är?” undrade Maria försiktigt.

”Ja, vi träffades förra gången jag låg inne. Jag kom in akut i torsdagsnatt.”

”Finns hon här nu?”

”Jag vet inte. Jag är isolerad.”

”Varför då?”

”Jag blir lätt infekterad. Du är inte förkyld?”

”Nej, det tror jag inte. Varför har du det så mörkt här inne?”

”Jag tål inte ljus. De vet inte vad det är för fel på mej. Det är så påfrestande att ligga här inne ensam utan att se en människa. Det är klart de kommer när jag ringer, men jag vet ju hur mycket de har att göra fast de alltid är vänliga och tar sig tid. Jag är så orolig att det inte ska gå bra med barnet.”

”Hur långt är du på väg?”

”Sextonde veckan. Och du?”

”Jag är här på besök. Skulle du få veta något om Karin så vill jag ha kontakt med henne. Jag heter Maria.”

”Om jag får ditt telefonnummer, kan jag ringa dej.”

”Tack. Om du orkar det, du får inte känna att du måste.” Maria plitade ner sitt nummer till arbetet på en bit servett.

”Du är polis!”

”Ja. Såg du det på telefonnumret?”

”Min man är polis. Han heter Örjan Himberg. Ni kanske känner varann?”

”Ja. Jag visste inte...”

”Han berättar inte för någon att vi försöker skaffa barn. Lova att inte berätta att vi träffats här. Vi har försökt i snart sju år och äntligen har det blivit något. Men han törs inte ta ut glädjen i förskott. Det har varit en tuff tid för oss båda.”

”Lovar!” Maria kände sig lätt omtumlad. ”Vet du, Karin tålde inte heller att se ljus och hon fick den ena infektionen efter den andra. Jag är inte sjukvårdskunnig men jag tycker det är märkligt.”

”Det tycker Samuel Göthe också. Han har bett en infektionskonsult komma hit och se på mej i eftermiddag. Måtte det inte vara mässlingen. Jag har små röda prickar."

"Du har inte haft, ska vi säga mardrömmar på dagen?"

Sanna satte sig kapprak upp i sängen. "Hur vet du det? Det har jag inte ens berättat för min man. Han skulle tro att jag höll på att bli tokig. Han tål väldigt lite i den vägen. Ja, jag ser konstiga saker. Det är så otäckt. Förresten är jag så förbannad på Örjan. Vi hade sluppit hela den här processen om han bara berättat att han gick på anabola. Det ger russinpung vet du. Spermierna blir lika odugliga som snor. Han har barn sen tidigare så jag fick gå igenom en massa undersökningar innan vi förstod vad som var fel. Lova att du inte säger det här till någon. Lova!"

"Visst."

"Det var så ynkligt att se honom sitta vid köksbordet och gråta över sin oduglighet att avla barn, när anledningen till att han satt där och tjurade var att han ville kunna lyfta några kilo skrot till för att visa vilken jävel till karl han är."

45

Maria knackade på dörren till det rosa badrummet och gläntade på dörren när hon inte fick något svar. En varm örtmättad ånga letade sig ut i korridoren. Ljuset där inne var sparsamt och milt, nästan övernaturligt i dimman, som slukade inredningens konturer. På en förhöjning mitt på golvet stod ett badkar på ben och i varje hörn av rummet glimmade ljus i stora mässingskandelabrar. Det öppna skåpet med sina tjocka vita handdukar, ängsblommorna i ett trästop vid badkarets fotända och de lyxiga förpackningarna av badoljor och schampo fick Maria att tänka på glassiga heminredningstidningar.

”Kan du hälla på lite mera varmt vatten”, sa Susann med ansiktet vänt från dörren. Det svarta håret bredde ut sig på vattnet och brösten flöt upp och gungade som två stora pontoner i svallvågorna när hon försökte resa överkroppen lite.

”Maria Wern, länskrim.” Maria klev fram så Susann kunde se henne ordentligt. ”Vi har träffats. Jag skulle vilja tala ett par ord med dej. Ska vi säga om fem minuter?”

”Varför i all världen då? Vem har släppt in dej hit?” Susann gjorde ett försök att dölja kroppen med armarna.

”Ursäkta att jag stör dej, om du vill ta på dej en badrock och komma ut så ska jag förklara.” Susann for upp och slet åt sig en handduk. Rörelserna var ryckiga och upprörda, noterade Maria utan större förvåning.

”Jag väntar utanför, på Samuels kontor.”

”Det är en mycket märklig frågeställning du har Maria.” Samuel Göthe gick av och an framför fönstret, tog av sig glasögonen och polerade dem med rockskörten för att se klarare, kanske som en symbolisk handling för att skärpa också sin inre syn, tänkte Maria. "Jag tänker vänta på ett utlåtande från min kollega på infektion och sedan får vi gemensamt besluta om vidare åtgärder. Du tycker dej se ett samband mellan kvinnornas symptom."

"Ja. Har du vårdat en kvinna som heter Adina Atterhed?"

"Erik Atterheds fru? Nej, jag tror han konsulterade expertis någon annanstans, kanske utomlands. Mej skulle han nog inte kontakta. Vi har aldrig varit särskilt kontanta. Vi har visserligen känt till varandras existens i många år, men vi har inget gemensamt... egentligen."

"Ni har haft meningsskiljaktigheter?" bekräftade Maria.

"Så skulle man kunna uttrycka det, ja." Samuel skrockade ljudligt. "Jag har läst hans böcker i psykiatri och jag kan inte argumentera med honom i sak. Däremot ser jag att vår människosyn skiljer sig markant åt på väsentliga punkter. Har jag uttryckt mej klart?" Samuel fick något irriterat över sin gång. Han rätade till slipsen och satte sig vid skrivbordet. "Jag tycker inte om hans sätt att utnyttja kvinnor!" Maria nickade och sympatiserade. Bytte ett ögonkast med Hartman. Det fanns ingen anledning att nämna vem man funnit på brunnens botten.

"Vet du att din bror ibland lånade lägenhet av en transportör på sjukhuset i stan?"

"När han hade jour? Nej, det visste jag inte. Kan han vara på operation inom ett par minuter ser jag inget som hindrar att han sover där istället för på jourrummet."

"Nehej", sa Hartman.

"Inte hos den transportör man funnit mördad?" Samuel lutade sig framåt i stolen.

"Jo." Hartman drog in luft och andades ut ljudligt. Han ställde sig vid det halvöppna fönstret för att få luft. Maria kunde se att han svettades. Rummet var kvavt och dammigt. Hartman knäppte upp översta skjortknappen och drog i kragen.

"Kan din bror ha haft ett förhållande med en yngre kvinna, nu på senare tid?" Samuel reste sig dröjande och återtog sin vandring över mattan. Han grep med handen över halsen och lät den glida ner och vila på bröstkorgen, för att sedan förenas med den andra handen bak på ryggen i en van överläkarpose.

”Susann och Per har väl haft sina med- och motgångar i äktenskapet, som alla andra”, sa han tankfullt. Maria ryckte till vid signalen från sin mobiltelefon.

”Ursäkta mej.” Hon tog samtalet i korridoren. Det var Arvidsson. ”Per Göthe är inte här, vi fortsätter till Liselott Fransson. Han kanske är hos henne, vem vet?”

”Ni har hört om Erik Atterhed?”

”Ja. Där ser man vådan av att dricka vatten.”

”Himberg sa det.”

”Vadå?”

”Att han inte var mycket för vatten.”

Susann Göthe kom ut klädd i vit arbetsrock. Håret var prydligt hopdraget med ett spänne i nacken. Det gick inte att ta miste på den underliggande vreden när hon räckte fram handen.

”Nu kanske jag kan få hälsa ordentligt”, sa hon och vred munvinklarna uppåt utan att egentligen le.

”Var kan vi tala ostört?” sa Maria och tog ett steg bakåt.

”Här på mitt rum. Jag vill bara förbereda dej på att jag har patienter som kommer att sitta här utanför om några minuter. Vi har som policy att inte ta blodprover på någon när de är på det egna rummet, om det inte är nödvändigt. Så patienterna kommer hit till lab. Rummet ska vara ett tryggt bo, ett rum för vila.”

Susann öppnade dörren och Maria möttes åter av tavlan med Eva och ormen i Edens lustgård. Det fanns något speciellt med den tavlan. Ett djup som drog blickarna till sig, något farligt och lockande. Äpplet i Evas hand glittrade daggfriskt i morgonsolen, rött och guldstrimmigt. Maria slog sig ner i besöksstolen, en snurrfåtölj. Ett foto, med Per Göthe på hästryggen, stod i en guldram på skrivbordet. Solen föll in genom fönstret och blev till blänk i tavelglaset. Maria lutade sig fram och såg honom försvinna i blankheten. Genom den öppna dörren kunde hon se laboratoriet, vagnen med provrör, sprutspetsar och blodtrycksmanschett. Mikroskopet stod uppställt på ett bord vid fönstret tillsammans med flera andra apparater. Hon kunde inte se någon hurts på hjul för journaler som på AVA där Karin arbetade. Gissningsvis fanns alla journaler på denna framgångsrika klinik inlagda på data.

”Vill du ha kaffe?” Maria avböjde. Flyttade lite på stolen för att få ordentlig ögonkontakt trots datorn. Det fladdrade lätt i den orangefärgade långgardinen. Fönstret stod öppet. Solskenet flödade in och fick mattans färger att glöda.

”Vet du var Per finns?”

”Han är väl på sjukhuset?” Susann vek undan med blicken och justerade en hög med papper på bordet framför sig. Maria fick en känsla av att hon inte var riktigt närvarande. Susann satt mycket rak på sin stol. Oklanderligt sminkad. Nyparfymerad. Maria kände igen doften, sin egen – Escape! Att denna strikta kvinna, med höghalsad polotröja och välknäppt rock, skulle ha legat i bakhåll för Julius tedde sig osannolikt i dagsljus. Det är mycket som ser annorlunda ut i dagsljus. Men i dimmorna på Finlandsbåten… kanske? Försummad av sin man?

”Vet du om Per har något ställe i stan där han brukar övernatta?”

”På sjukhusets jourrum”, sa Susann utan att tveka.

”Någon annanstans?”

”Nej, inte vad jag vet.”

”Han har aldrig nämnt en transportör, Alf Hansson?” Susann skakade på huvudet och väntade på en fortsättning. Maria dröjde ett ögonblick.

”Skulle han ha haft ihop det med en man menar du?” Susann log skevt. ”Inbilla mej något annat.”

”Kanske det, vet du om han är svag för småflickor?”

Susann stelnade påtagligt. Handen, som justerat papper, noppade på ärmen till den vita rocken utan uppehåll. ”Vad angår det er?”

”Vi har vittnesmål om att din man vid flera tillfällen övernattat i Alf Hanssons lägenhet tillsammans med mycket unga kvinnor. Ibland har han setts med en något äldre kvinna, låt säga i tjugoårsåldern. Vi är angelägna om att höra honom eftersom Alf Hansson inte längre är i livet.”

”Vem är hon, den andra kvinnan? Säg för helvete inte att det är Liselott!”

”Det kan jag inte berätta för dej. Du kanske ska fråga Per om den saken.”

"Liselott, helvete det måste vara Liselott han träffar." Susann andades häftigt. Hennes röst lät som en hunds skall, gläfsande och ylande. "Är det Liselott? Hon är min systerdotter! Det jävla svinet!"

"Jag skulle vilja fråga dej om något annat. Hur mycket kan blodvärdet variera om man kontrollerar med olika apparater?" Tvära kast som förhörsteknik fungerar ibland.

Susann stirrade förvirrad på Maria. Orden ville inte riktigt ramla på plats.

"De kalibreras dagligen. Det kan inte skilja särskilt mycket. Varför frågar du?"

"Jag har en väninna som heter Karin Bengtsson. Hon uppsökte kliniken i torsdags kväll, sen har ingen sett henne. Hon hade en del funderingar angående sitt blodvärde."

"Hon har inte varit här sista månaden. Har ni försökt på sjukhuset i stan?"

"Hon var här." Maria såg Susann rakt i ögonen tills hon vek undan med blicken. "Jag vet att hon har varit här."

46

Erika Lund mötte dem vid avspärrningen till det idylliska lilla torpet, med sin vitmålade snickarglädje och syrenberså. Hon såg trött och sammanbiten ut. Shortsen var svarta av smuts. Säkert hade hon torkat svetten ur pannan vid hårfästet. Man kunde ana en solkig rand. Hon tog sig åt ryggen och axlarna och grimaserade.

”Här har vi det rart!”

”Förstår det”, sa Hartman. Värmen dallrade i det höga gräset. Ljuset bröts i vattenångan och förvred markerna i skeva vibrerande bilder. Bina surrade kring kuporna nere på ängen. En stilla plats i solen, olidlig i den stekande hettan.

”Vi har dragit upp honom.” Erika vände sig mot torpet och pekade. ”Brunnen har vi i den riktningen, en gammal stensatt schaktbrunn utan pump. Det ligger rester av en brunnssvängel, en sorts hävstång bredvid. På senare tid har man använt hink i ett rep. Brunnslocket är av trä, lite gistet. Vi har inte kunnat säkra vare sig bilspår eller fotavtryck. Syskonparet, som äger fastigheten, och deras respektive tillbringade helgen här ute. De ligger fortfarande kvar på infektionskliniken. Ek har varit där och hört dem.”

Erika gick först. De stannade till framför brunnen. På en svartblänkande presenning låg den utsträckta manskroppen. Maria drog ett djupt andetag och vände sig bort. Erik Atterheds ögon var inte helt slutna. Det såg ut som han kikade på dem. Maria tyckte det. Att han sneglade på dem ur ögonvrån.

”Syskonen hävdar att skottkärran som brukar ligga som en skyddande kåpa över gräsklipparen var flyttad och upprest mot husväggen, annars la de inte märke till något ovanligt när de kom ut hit för att fira helg. Kanske hade gärningsmannen transporterat honom i den ner till brunnen. Den ingifta svägerskan är från Höga kusten och ville introducera surströmming och vargtass. Dessvärre drack de även vatten." Ek gjorde en min av vämjelse.

"Fick ni tag i Per Göthe hos Liselott?" undrade Maria.

"Vi höll på att skrämma slag på flickstackarn, hon stod i duschen och hörde oss inte när vi steg in. Dörren till lägenheten var olåst. En del är inte rädda om sig alls. Nej, han var inte där. Och hon hade inte en aning om var han kunde tänkas hålla hus."

"Har du någon idé om hur Erik Atterhed dog?" Hartman släppte inte kroppen med blicken när han ställde sin fråga till Erika.

"Egentligen inte, men jag kan våga mej på en gissning." Erika satte sig på huk och drog på sig gummihandskarna. "Här i skallbasen, precis i hårfästet finns ett djupt sticksår, inte olikt det som Alf Hansson hade. Kan man tänka sig samme gärningsman? Modus operandi hör inte till de vanligare, om man säger så. Det kräver sin fackman."

"Men Erik Atterhed ringde bevisligen från patologen", sa Maria.

"De kan ha varit två, eller fler. Hur många som går in på ett passerkort kan man inte ha en uppfattning om. Han hade Alf Hanssons passerkort i plånboken."

"Vem skulle ha nytta av att Erik Atterhed inte var i livet? Vem ärver honom, för att ställa en liten enkel fråga?" Ek gick bort till husets framsida och satte sig i skuggan på stentrappan. De andra släntrade efter.

"Systern, Viktoria Atterhed", sa Maria. "Det är inte helt osannolikt att han skrivit in ett visst underhåll till sin före detta fru Cecilia Atterhed. Men Viktoria verkar övertygad om att förmögenheten inte ska gå ur släkten. En stor del av kapitalet finns i aktier, och en mindre del i fastigheter, både i Sverige och i Frankrike."

"Om Erik inte tog livet av Alf Hansson men blev vittne till händelsen och tänkte bryta tystnaden vore det också ett motiv. Det mest sannolika just nu, skulle jag säga." Hartman tog upp varsin dricka ur sin fula slitna syntetbag och en påse färska frallor han inköpt i lanthandeln. Maria lät blicken vila på hans trygga breda händer som just nu låg resignerat i knät. De åt under tystnad.

Maria tyckte att franskbrödet klibbade fast i gommen som oblat när drickan tagit slut. Vätskebrist? Huvudvärken låg på lur. Det var onekligen varmt och svårt att äta under rådande omständigheter. Maria vädrade sina misstankar vad det gällde Cheironkliniken.

”Och Karin finns inte på sjukhuset i stan?” undrade Arvidsson.

”Nej, Julius har gått bärsärkagång där. Hon kan ha försvunnit till ett annat landsting, möjligen. Men taxichauffören säger att han följde henne ända upp på trappan till kliniken. Sen har ingen sett henne. Någon bussförbindelse finns inte dit ut.”

”Om det stämmer som du säger att flera kvinnor bär på märkliga symptom liknande Adinas, så borde det kanske utredas av Socialstyrelsen. Jag anser att det hamnar utanför vårt kompetensområde att spekulera i det medicinska”, menade Hartman. ”Vad tror du om Samuel Göthe? Är han tillförlitlig?”

”Jag har så smått börjat ändra uppfattning om honom. Första gången vi sågs, när Lena Wide tog sitt liv, verkade han till varje pris mån om att skydda klinikens rykte. Sitt eget rykte. Nu tror jag uppriktigt att det är patienterna han ömmar för. Jag kan ha fel, givetvis, det är bara mitt allmänna intryck. Han tog mina funderingar angående Karins sjukdomssymptom på allvar och kommer att utreda om det finns ett samband. Han har kontaktat en kollega på infektionskliniken. Jag tror att han är seriös, om jag får våga mej på en amatörpsykologisk gissning.”

Dagisgården var tom på barn. En övertrött och skrikande Linda bars mot bilen. Maria höll hennes svettvarma kropp mot sin och kände det dåliga samvetet. Hade hon lämnat sitt barn för tidigt på dagis? Hon var ju feberfri i morse. Emil flaxade omkring, glömde väskan, glömde kepsen, glömde filmen han lånat av Stefan. När allt kom omkring var han nog kissnödig och de gick tillbaka. Han blev kvar på toaletten och lekte med vattnet i handfatet. Linda skrek i högan sky för att hon haft sönder sin servett. Hon ville inte ha en ny, och inte ha den gamla, och ALLT var FEL.

”Det blir långa dagar för dem”, sa fritidsfröken bekymrad. Maria höll med. Krister skulle ha hämtat dem klockan fyra. Han hade inte ringt och sagt att han blivit försenad förrän klockan sex. Maria såg sig omkring i kapprummet. Sist igen, alla de andra barnen hade blivit hämtade. Det kändes sorgligt. Linda skrek i bilen tills hon somnade. Snyftningen fanns med i sömnen som skälvningar i den lilla kroppen och grävde sig djupt in i Marias sinnesstämning. Emil stirrade nollställd ut genom fönstret.

”Vad har du gjort idag?” försökte Maria.

”Vet inte.”

”Har du lekt?”

”Vet inte.”

”Ja, men det måste du väl veta. Har du lekt med Stefan?”

”Tror det.”

Vad fick ni till lunch?”

”Vet inte.” Maria gav upp och lät tankarna kretsa kring kvällsmaten. Vad fanns det? Mackor? Rabarberkräm? Neej, hon orkade inte ställa sig och koka rabarber. Det fick bli mjölk och mackor.

Han tog emot dem på trappan, tog över Linda och bar henne till sin säng. Det doftade himmelskt från köket.

”Du ser trött ut älskling.” Krister strök med handen över Marias rynkade panna.

”Är det något särskilt?”

”Nej, en enkel fisksoppa bara, med lite vitt vin och räkor, saffran och basilika.”

”Det ser gott ut, luktar gott.” Maria slog sig ner vid dukat bord och la servetten i knät. Huvudvärken dunkade som en tändkulemotor. Emil for omkring med ett rymdskepp runt sin tallrik och gjorde märkliga utomjordiska vrålljud. Farkosten landade på mjölkglaset och välte det. Maria for upp och räddade sina byxor.

”Jag tar det.” Krister hade redan hushållsrullen i handen.

”Gör det något om jag tar en dusch innan jag äter?”

”Gör det du. Jag väntar på dej så äter vi tillsammans. Ska jag väcka Linda?”

”Nej, låt henne sova. Hon vaknar väl om hon blir hungrig.”

Länge lät Maria vattnet strila över kroppen, gradvis hetare. Hon lät strålen fokusera på ansiktet, vred på vattnet hårdare och kände hur klumpen i halsen växte… till gråt. Han hade bestämt sig. Hon visste det. Efter nästan tio år tillsammans så vet man att tolka de små tecknen: den nervösa omtänksamheten, det snabba alltför grunda leendet. Blicken som söker sig bort, flyr ut genom fönstret, när han inte tror sig iakttagen. Hon tänkte inte hjälpa honom att säga det, inte fråga. Han skulle själv få stå för sitt beslut och möta henne ansikte mot ansikte.

47

Maria gick in i barnkammaren och kysste sina barn god natt. Kände tyngden i kroppen, den förlamande ovissheten. Krister satt i soffan vid teven men reste sig när hon kom in i rummet. Kanske hade soffan blivit för trång för dem båda. De åt under tystnad. Han undvek att se henne i ansiktet. Maria märkte hans förlägenhet, men tänkte inte låta honom slippa undan med småprat.

”Kaffe?” Hon skakade på huvudet. ”Något annat?”

”Vad sägs om sanningen?” Maria flätade samman sina fingrar och satte dem under hakan för att hindra dem från att skaka. Krister försökte ta henne i famn, men hon drog sig undan och såg honom rakt i ögonen. Han harklade sig och flackade med blicken.

”Är det något du vill berätta?”

Han tog ett djupt andetag. ”Jag har tackat ja till tjänsten.”

”Du lovade att vi skulle diskutera det först.”

”Jag var tvungen att bestämma mej. Jag var inte den ende sökande. De ville ha någon som kan ta beslut, inte en pojke som måste fråga mamma först.”

”Jag är inte din mamma!”

”Jag vet. Jag ska ordna det så bra för er jag kan. Vi kommer att få en helt annan ekonomisk situation. Vi kanske kan resa utomlands, gå på teater, bo på hotell. Du slipper ha dina slitna jeans och den där urtvättade tröjan. Du kan köpa dej en helt ny garderob. Du kan gå på skönhetssalong och göra sån där ansiktsbehandling.”

”Ansiktsbehandling?” Maria försökte bevara sitt lugn och lyssna färdigt. Det kostade på. Vad vet du om ansiktsbehandlingar? tänkte hon.

”Jag orkar inte ha det som vi har det nu. Vi kan inte unna oss någonting. Se på bilen, man skäms ju, för fan.” Maria såg hur färgen steg i hans ansikte. Han spottade fram orden, som om de legat länge i munnen och smakat illa.

”Vi har varann, jag tycker att vi har allt vad vi behöver. Det gör mej ingenting att leva lite primitivt några år”, försäkrade Maria.

”Jag klarar det inte.”

”Vad har du skrivit på för villkor? Vad står det i ditt kontrakt?”

”Tjänsten är tills vidare, tre månaders uppsägningstid, ingen ersättning utgår för övertid. Jag tänker arbeta måndag till torsdag, sen har vi ju hela helgen tillsammans.”

”Det beror väl på hur mycket övertid det blir för din del? Jag har helgjour ibland, det vet du.”

”Ni kan komma och hälsa på mej. Jag får en jättefin tvåa i centrala Malmö. Jag gör det här för oss, förstår du inte det. Jag skulle vilja att du gick ner i tid. Att vi kunde få en chans att njuta av livet, inte bara sträva och gno. Jag vill ge dej det bästa! Vad är jag för en man om jag inte kan ge min hustru en dräglig tillvaro?”

”Jag behöver ingen lyxtillvaro för att vara lycklig. Jag behöver bara närhet och mening.” Molly som smugit sig in la huvudet i Marias knä. De bruna ögonen vilade vaksamt på Marias ansikte och fångade hennes blick. Hon strök frånvarande över pälsen.

”Bor Ninnie Holm i Malmö?”

”Vad sa du?”

”Ska jag upprepa frågan, bor Ninnie Holm i Malmö? Hon är väl tillbaka från Singapore nu eller hur?”

”Det vet jag inget om. Det kan du bara inte tro?”

”Inte?” Hon sökte i hans ansikte, uppmärksam på varje skiftning, men han gjorde inte en min av skuld. Han såg på henne med största förvåning, och en aning irritation kanske.

”Nu är du oresonlig!” En telefonsignal skar genom den laddade atmosfären.

”Låt bli luren! Vi måste tala färdigt om det här nu.” Maria la betoningen på varje stavelse. ”Har Ninni kommit tillbaka från Singapore? Har hon alls varit där? Jag har inga problem att kontrollera den saken om jag vill. Men det är enklare om du berättar sanningen.”

”Okey, so what? Hon bor i Malmö.” Krister svalde kraftigt och rodnade. Reaktionen gjorde Maria knäsvag. Det fanns mer att utreda än hon någonsin anat.

"Arbetar hon på den firman som anställt dej?"

"Om du absolut vill veta det så är hennes far vd."

"Okey och nu brinner det i byxorna!"

"Skulle inte uttrycka det så."

"Hur vill du uttrycka det då?"

"Ninni och jag är vänner. Jag tycker hon är en attraktiv kvinna. Det är allt. Det har inte hänt något. Helvetes telefon! Ska du inte svara?"

"Nej!" Maria drog ur jacket med ett kraftigt ryck.

"Det har inte hänt nåt. Jag har inte legat med henne om du tror det!"

"Men du har god lust?"

"Kanske det. Hon bryr sig i alla fall om hur hon ser ut."

"Hon har väl all tid i världen att göra det. Har hon inte?"

"Jag vill flytta till Malmö för att få vara ensam ett tag och känna efter var jag står."

"Och det tänkte du göra i smyg utan att berätta för mej vad du känner? Vad ser du hos henne?"

"Hon är glad och pigg. Du är jämt trött och upptagen."

"Du är tjugo år äldre än hon. Det kanske kan bli lite i piggaste laget."

"Arton. Vad spelar det för roll?"

"Och barnen?"

"De blir kvar här hos dej så klart!"

"Det är väl inte så klart!"

"Jag kommer ju på helgerna. Ta det inte så jävla allvarligt. Jag vill ju inte att vi ska skiljas eller något."

"Du vill bara resa på kärlekssemester utan mej. Leka rommen av dej och sen återvända till hemmets trygghet när det börjar ställas krav. Faan, Krister, så enkelt är det inte. Jag kanske inte finns för dej när du kommer tillbaka. Reser du har du valt! Hur länge har ni träffats? Har hon överhuvudtaget varit i Singapore?"

"Ja, vi har träffats ett par gånger. Det var inte min mening att det skulle bli så här. Det är säkert. Men hon är så..."

"Brunstig!"

”För helvete Maria!”

”Tänk dej för noga innan du reser. Jag ser det som ett val mellan henne och mej. Hade du velat resa iväg för att tänka hade du kunnat hitta en neutral plats.”

”Har du aldrig attraherats av en man under den tiden vi varit tillsammans?”

”Det har jag kanske, men jag har alltid vetat vem jag vill leva med. Jag har valt och jag gör mitt bästa för att vara gift. Det är en aktiv process. Och gudarna ska veta att det inte är enkelt. Vi har barn tillsammans. Det innebär ett ansvar. Kan du se det så?” Maria talade lågt och sammanbitet, medan oron och vreden rusade i ådrorna. Måtte inte barnen vakna.

”Är du färdig nu så tänker jag gå och lägga mej.”

”Lägg dej på soffan du. Annars gör jag det.” Maria satte telefonkontakten i väggen med skakande händer och möttes omedelbart av en signal, skarp så den tog andan ur henne.

”Maria Wern!” Hon hörde själv hur hård rösten lät.

”Susann Göthe. Jag vet att du inte är i tjänst, men jag måste få tala med dej. Det gäller Karin Bengtsson. Kan vi ses nu på en gång?”

”Var?”

”På Gyllene Druvan, uppe på övre planet. Jag sitter i ett av båsen. Det är dej jag vill tala med. Kom ensam.”

”Jag kommer.”

”Vart ska du?” Krister fångade henne i famnen när hon sträckte sig efter jackan. ”Fan att det skulle bli så här”, sa han och tryckte henne hårt mot sig. ”Förlåt Maria.”

”Vad hade du väntat dej? Trodde du att du skulle kunna ha oss båda?”

”Jag träffade Julius i affären. Han såg ut som ett levande lik.” Krister stirrade undvikande ut mot granngården.

”Jag vet. Vi får tala mer när jag kommer hem. Vi kanske bör sjukskriva oss båda två i morgon?”

Maria parkerade vid polishuset. Det var ont om parkeringsplatser vid restaurangen. Hon gick in på gaveln via baren som hade något ståuppframträdande. Vem som talade kunde hon inte se, bara höra skratten som avlöste varann i täta vågor. Röken låg som en kamouflageridå över lokalen. Det luktade cigarettrök, stekos, öl och blandade parfymer. Det var trängsel i trappan där många ställt sig för att se bättre. Hon försökte bana sig väg bakom flocken när hon plötsligt befann sig omsluten bakifrån av starka håriga armar och en odör som inte gick att ta miste på av svett och en ihärdig stank av billig herrparfym.

”Vi tar en öl!” bullrade Majonnäsen, Kristers gamla dödspolare och ölbroder.

”Ledsen, jag kan inte just nu.” Maria försökte slingra sig ur greppet och blev fastklämd med huvudet mot Majonnäsens mage. Han skrattade våldsamt och Maria kände huvudet gunga på späckvågorna.

”Jag sponsrar din öl, här finns resurser”, skrockade Majonnäsen och klappade sig på bakfickan. Maria såg sin chans att komma loss och gled ner mot golvet.

”Just nu har jag en träff, ett viktigt möte. Du får hitta någon annan att dricka öl med.”

”Damen har ett viktigt möte!! Damen här har ett möte!” hojtade Majonnäsen och överröstade ståupparen för en stund. Många blickar vändes mot trappan. Maria dolde sitt ansikte bakom spretande fingrar. Vilken olycka!

”Håll käften!” sa hon med övertydliga läpprörelser. Blev det för mycket tumult kanske Susann skulle försvinna, tänkte hon irriterad.

”Nej nu tror jag att jag sätter mej på aschlet. Lilla Maria sa ’Håll käften’ åt mej. ’Håll käften’, sa hon. Du är den finaste lilla polis, som...”

”Förlåt, men jag menar det verkligen.” Maria vinkade diskret åt sig ordningsvakten, såg honom ta några steg mot Manfred Majonnäsen Magnusson som liksom på rutin backade in på herrtoaletten. Det kändes inte helt bra, men det var nödvändigt. Hon fick väl försöka gottgöra det vid något annat tillfälle.

Susann hade beställt in en räkcocktail och en flaska vitt. Hon satt hopkurad i ett hörn gömd med näsan i menyn. Maria tog en lättöl, mest för sakens skull.

”Vad ville du säga mej?” undrade Maria när beställningen var utförd och kyparen gått till nästa bord. Susann lutade sig fram. Det blanka svarta håret gungade fram och täckte större delen av ansiktet. Den röda munnen förblev synlig och växte med orden.

”Jag tror Per tänker döda mej. Vad ska jag göra, jag är så rädd? Vart ska jag ta vägen? Jag vill inte vara med längre. Liselott! Han tänker överge mej och dra med Liselott utomlands.” Maria kände mer för Susann den stunden än vad kvinnan någonsin skulle få veta.

Orden snubblade över varann. Maria la sin hand på Susanns arm för att lugna, väntade medan hon tog ett par rejäla klunkar av vinet och ett kraftigt bloss som fick cigaretten att krympa till filtret.

”Varför tror du att Per tänker döda dej?” sa Maria allvarligt.

”Jag vill inte vara med längre”, grät Susann. En rännil av snor rann ner mot hakan. Underkäken vibrerade. Maria räckte fram en pistagegrön servett med Gyllene Druvans emblem, men Susann verkade inte se den.

”Vad är det du inte vill vara med om?”

”Jag var hemma hos Liselott. Vi talade ut, hon och jag. Per tänker lämna mej och dra utomlands. Jag tror han tänker göra sig av med mej. Jag sa till honom att jag tänkte backa ur om han skadade din väninna. Han törs inte lita på någon. Inte ens på mej. Han kommer i natt. Han ringer så jag kan vakna och öppna åt honom. Han fick inte med sig sin nyckel och han behöver mer Dormir.”

”Vad ville du berätta för mej om Karin Bengtsson?”

”Han har henne i en sommarstuga. Jag vet inte var. Det berättar han inte för mej. Han tänker ta livet av henne när han fått klartecken från ledningen.”

”Kan du ta det hela från början.” Maria kände sig plötsligt helt kraftlös. ”Vad har du gjort som du inte vill fortsätta med?”

”Erik Atterhed sökte upp min man. Vi hade gäster hemma men han ville tala med Per i enrum, det var viktigt. Erik ville ha hjälp att klona en ny son. Det låter helt absurt men det är sant. Han var helt besatt av tanken och var villig att betala vad som helst. Finns det en köpare så finns det en säljare. Per lovade att hjälpa honom med det, fast han inte har någon kompetens alls på det området.

Han är ingen cellforskare, men han lät Erik tro att han kunde ordna en sådan kontakt. Pengarna lockade. Per har utfört provrörsbefruktningar under ett antal år och han tänkte att Erik egentligen inte skulle märka någon skillnad, bara det blev en pojke."

"Kvinnan blev alltså gravid genom provrörsbefruktning, men Per lät Erik tro att hans son klonats." Maria lät tanken sjunka in.

"Ja. Den första estniska kvinna Erik Atterhed skaffade för ändamålet, Vivi Raudsepp, blev gravid men fostret var dessvärre av kvinnligt kön och kunde inte få leva, annars hade det nog gått i lås. Per gick tillväga som vid fosterreduktion. När kvinnan förstod vad som skett under narkosen blev hon självklart oregerlig. Erik dödade henne när hon tänkte kontakta polisen. Han tog vara på fostret. Jag trodde Per skulle vägra fortsätta men Erik lockade med aktier och ett välbetalt arbete i Hongkong. Han hade kontakter i läkemedelsindustrin. I OKTAs styrelse fanns en gammal vän och kollega som tagit fram ett nytt läkemedel, ännu bara på ett tidigt försöksstadium. Ett immunosupprimerande läkemedel som skulle kunna hindra avstötning av organ, eller foster. En helt ny verksam substans, som hittills endast provats på möss, Immurex. Med tillfredsställande resultat, fick vi veta. Erik krävde att det skulle användas på Adina, som nu väntade en son. Kollegan ville prova läkemedlet i ett lite större sammanhang. Vi gjorde därför en studie med Ferromer, ett järn- och vitaminpreparat från samma firma. I tio av burkarna tillsattes den verksamma substansen Immurex. De delades ut till gravida kvinnor på Cheironkliniken, men redovisades inte i den andra studien. Jag fick huvudansvaret för båda grupperna. Julius Ceder hjälpte mej med tester till studien om 'barns intelligens och mödrars intag av vitaminer under graviditeten'. Alltså den offentliga studien. Något annat är han inte inblandad i. Per hade hand om Adinas graviditet i största hemlighet. Erik ville ha det så. Per slog larm till OKTAs ledning om Adinas biverkningar. Men Erik krävde att de skulle framhärda. Han var rädd att förlora barnet hon bar. Han övertalade ledningen. Det kostade honom säkert en förmögenhet. När det ändå hände, det som inte fick hända, måste han helt ha förlorat besinningen och tagit sig in på patologen för att skaffa nya celler till ett nytt försök. Per ansåg det ohållbart och alltför riskfyllt att låta honom leva."

"Per dödade alltså Erik?" sammanfattade Maria för sig själv. "Vet du hur det gick till?"

"Per hade hört av en kollega som är obducent, de träffades i matsalen, att Alf Hansson blivit stucken i bakhuvudet med en stilett. Jag tror han tilltalades av det förfaringssättet, en teknisk utmaning, ett minimum av blod."

"Men det var Erik som dödade transportören Alf Hansson?"

"Ja, för att komma in till kylrummet på obduktion."

"Vi misstänkte det. Vem läckte till pressen om Adinas hopsydda mage? Vet du det också?"

"Liselott, hennes halvbror är journalist. Hon satt med vid bordet när Per och obducenten talade med varann. Per var så arg på henne att han berättade det för mej. Annars är han inte så frikostig med förtroenden."

"Är du beredd att upprepa det här i ett bandat förhör?"

"Vad kan det bli för påföljd? Fängelse? Jag trodde inte att det skulle kunna gå så här illa. Jag visste inte att någon skulle kunna komma till skada! Det var inte min mening. Du måste tro mej!"

"När såg du Karin sist?"

"I torsdags kväll. Sen har jag inte sett henne. Per har henne nedsövd. Hon får injektioner som håller henne i dvala i väntan på ledningens beslut."

"Du har ingen aning om var de kan befinna sig nu, tänk efter finns det något ställe där de skulle kunna vara. Finns det något område han känner till bättre? Har ni vänner eller släktingar som äger någon stuga här?"

"Nej, det tror jag inte. Ingen aning. Han kommer till mej i natt. Vad ska jag ta mej till? Jag törs inte vara i huset. Han kommer att döda mej om han förstår att jag varit i kontakt med polisen."

"Om du inte svarar i telefon när han ringer, så kommer han inte. Är det så?"

"Han skulle ana oråd."

"Du får givetvis beskydd."

"Ja," snörvlade Susann.

"Jag skulle vilja tala med en kollega, Tomas Hartman. Om han tycker att det är i sin ordning så far vi hem till honom. Jag har bilen ett kvarter bort. Ska vi ta en promenad?" Maria hjälpte Susann på fötter innan hon hann fylla på sitt glas igen. Diskret fångade Maria kyparens uppmärksamhet och bad att få gå genom kontorsdelen och köket, allt för att slippa en avskedskram av Majonnäsen. Kyparen ifrågasatte det inte. Han verkade snarast besitta den förståelse erfarenheten skänker de prövade.

”Den här vägen.”

48

Marianne Hartman öppnade för dem iklädd mörkröd plyschmorgonrock. Hon välkomnade dem och visade dem in i vardagsrummet där en falnande brasa glödde i öppna spisen, sommarnatten till trots. Ett schackspel stod uppställt på det runda bordet. Ett jämnt parti hade utkämpats och utfallit till vits fördel. Två kaffekoppar och två urdruckna punschdoftande kristallglas tydde på att aftonen börjat i harmoni. Hartmans röst hördes över korridoren från arbetsrummet. Maria hörde på tonfallet att han talade med vakthavande – korta meningar, rakt på sak.

”Vill ni ha kaffe?” undrade Marianne.

”Ja, tack. Natten kan bli lång.” Maria såg in i glöden, som hon gjort som barn. ”Gärna lite mjölk i om du har.” Magkatarren hade under kvällens turbulens blåsts till liv. Maria försökte tänka på hur hon som barn fantiserat tillsammans med sin far om eldfåglar, gnistrande skattgömmor, slott och drakgrottor. En kort minut av ro före stormen. En stund av värme innan det var dags att gå ut i kylan. Maria huttrade trots att elden fått hennes kinder att blossa. Hon försökte mota undan tankarna på Krister. Tids nog, ja, tids nog skulle helvetet ta plats i medvetandet. Men inte än. Nu gällde det Karin.

”Jag vägrar att vara hemma när Per kommer. Ni får komma på något annat. Jag klarar det inte”, sa Susann plötsligt. Maria rycktes ur sina tankar.

”Har han tillgång till vapen?” frågade hon och landade åter i sin yrkesroll.

”Han har en älgstudsare och en stilett. Det är allt. Han brukar jaga tillsammans med Erik Atterhed och två andra gubbar från Hillersvik."

"Jag har precis tagit fram den uppgiften", sa Hartman. "Det stämmer, Per Göthe har licens på en älgstudsare. Det kräver en del förberedelse. Vi får räkna med en räckvidd på tvåhundra meter. Säkerhetsvästarna klarar inte ett skott på nära håll." Hartman närmade sig dem och ställde sig framför brasan. "Det är inte riskfritt för Susann att befinna sig i huset. Vi får räkna med att han är desperat. Allt håller på att gå åt helvete för honom. Hela varbölden håller på att spricka, så att säga. Han har tvingats till desperata handlingar gång på gång och inte stoppat ens vid mord. Per Göthe kommer inte att tveka den här gången heller. Så vi måste planera det här noga."

"Karin?" Maria blundade och kände tårarna stiga under ögonlocken. "Kan hon vara vid liv?"

"Jag skulle ha hjälpt henne", viskade Susann. "Va fan ska jag göra? Jag var så rädd, ville fly från hela skiten. Jag är van att Per bestämmer. Jag har aldrig satt mej upp mot honom. Jag tordes inte. Han kan bli så fruktansvärt arg. Va fan skulle jag ha gjort?" Susann grät hejdlöst.

"Du berättade för mej. Det var rätt. Du kommer att klara dej med livet i behåll." Maria la armen om henne fylld av motstridiga känslor. Det skulle vara skönt att ha någon att rikta sin vrede mot, att för en gångs skull få släppa all behärskning, men Susann var alltför ömklig.

"Om jag svarar i telefon kommer han att höra att jag är rädd."

"Om du inte svarar kommer han att vara på fri fot och då vet du inte när han kommer till dej och vad han gör härnäst. Då har du anledning att vara rädd", sa Maria.

"Jag mår illa, gode gud vad jag mår illa." Susann vred sig kallsvettig och olustig i fåtöljen.

"Jag följer med dej ut till toaletten så får du dricka lite vatten", sa Marianne. Hartman såg gillande på sin fru.

"Vad gör vi?"

"Det finns naturligtvis en lösning." Maria petade med eldgaffeln i glöden och vände ansiktet mot Hartman. "Frågan är bara om det går att ordna inom rimlig tid?"

”Ja?”

”Vi gör en rockad.” Maria grep tag i vit kung och vitt torn och lät dem skifta plats. Hartman såg fundersam ut.

49

Karin anade konturen av ett fönster, en fyrkantig ram av ljus. Hon orkade inte fixera blicken helt. Orkade inte höja sin blytunga arm. Han fanns i rummet och hennes namn bars fram av ojämna ljudvågor genom dunklet, så främmande i sina två stavelser Ka-rin, Ka-rin, ett djurs läte. Han var intill henne igen. Hans blå jeansben rörde sig oförutsägbart, framåt, bakåt, bakåt och i sidled, som i en dans med ständigt nya turer. Sprutan såg hon under en evighet av tid, likgiltig tid när nålen trängde in i hennes åder. Tidens linje var böjd i spiralform och hade tappat sin riktning mot framtiden, allting är relativt, själv skulle hon dateras efter kolatomernas radioaktiva sönderfall. Draperierna gungade meningslöst i fönsterdraget. Kroppen föll i obekymrat mörker, utåt av centrifugalkraften, långt ut på den yttersta kanten fångad i en gungande rörelse. Per Göthe betraktade den slappa kvinnokroppen i dubbelsängen. Det röda håret låg i svettiga stripor över pannan. Käken hade slappt fallit ner mot hakan. Handens sökande över filten hade upphört och vilade som en vit fågelvinge på hennes bröst. Han blev stående och lät armarna vila tunga utefter sidorna. Tröttheten kom över honom som ett anfall av illamående. Golvet sattes i gungning och han raglade åt sidan. Han måste försöka slumra så länge drogen höll henne i schack. En ampull kvar, sedan måste han skaffa mer. Om han hade vågat lita på Susann hade allt varit enklare. Nu kände han sig rasande i sin övergivenhet, trängd från alla håll. Kanske lika bra att låta den rödhåriga kvinnan dö och fly ur landet medan tid var. För att kunna tänka klart behövde han sova. En nästan antik väckarklocka, i rostfritt stål med två stora Mussepiggöron, stod på nattduksbordet.

Glaset saknades och visarna var skeva. Irriterad till bristningsgränsen kontrollerade han om den fungerade och fick den avbrutna skruvnyckeln i handen. Under loppet av ett par minuter övervägde han att strypa sitt offer, enkelt och smärtfritt i sömnen. Han kunde se pulsen på hennes hals som små rörelser under huden. Han lät fingrarna bilda en ring runt hennes strupe, medan han tänkte på ersättningen om ledningen ville ha biologiskt material, hur en liten stund av självbehärskning skulle kunna rendera betydande belopp. Han kröp upp i sängen och lät huvudet falla in i kudden, sträckte ut benen och lät sin arm vila tung på kvinnans höft. Han knäppte upp jeansens läderbälte som spände över buken, drog ner gylfen och makade sig närmare. Hennes kläder stank av svett och gammal urin. Under andra omständigheter skulle han inte ha dragit sig för att sätta på henne, men tröttheten och stanken gjorde honom obeslutsam. Den pojkaktigt platta baken och de små brösten hade eggat hans öga, nästan som en oskuld. Inget var så hetsande som att äga en oskuld. Att vara först och utan jämförelse, att just i den känslan av att vara unik få lämna ett spår för all tid i kvinnans kropp, rista sitt bomärke. Han tänkte på Veronika och kände att han mot sin vilja fick erektion. Sommaren då hon givit honom allt sipprade upp ur minnet, sommaren då han skapades på nytt, kläddes av sin gråhet och oduglighet och blev universums medelpunkt för några korta juniveckor. Känslorna svepte över honom utan att han kunde värja sig. Tröttheten gjorde honom till ett lätt byte för den bitterhet som ständigt låg under ytan. Hon hade oundvikligen träffat Samuel, på en släktmiddag och bytt upp sig, som hon skämtsamt sa till sina väninnor. Per hade krympt ihop. De ögon som lyft honom till skyarna, såg honom inte längre. Hela sitt liv hade han varit utbytbar. Han kände tomheten närma sig, rädslan för att försvinna i ingenting, uppslukas av meningslösheten i att leva och rädslan för att dö. Ångesten kramade hans inälvor! Utbytbar. Näst bäst. Han hade kompenserat sig med Susann för att ingen skulle förstå vidden av hans besvikelse. Han hade valt henne för att hon var ful, charmlös och oändligt tacksam över hans uppmärksamhet. Det fanns en tillfredsställelse i det, men också en vämjelse.

Gränslandet fångade honom i sina svartvita bilder när han sjönk i medvetande. Det luktade hav. Mamma tog av sig solglasögonen och lutade sig fram i solstolen. Per tyckte om hennes rödprickiga baddräkt och den stora solhatten av halm. Han vinkade. Men hon såg honom inte. Hon skrattade mot Samuel och sa något. Samuel lyfte upp sin hink och visade ett fiskyngel han fångat från bryggkanten. Hans hår var kritvitt och lockigt mot den bruna hyn, rörelserna livliga och självsäkra. Han kunde redan simma. Per hade ropat på henne och gjort ett hopp i sin röda simring. Se mej! Han hade sträckt sig fram... och så ett hopp till ännu högre och tagit överbalansen. Han skrek. Hon hörde honom inte. Han blev rädd när huvudet kom under vattnet och vettskrämd när han inte kunde resa sig upp. Överkroppen var för tung. Benen satt fast i ringen och nådde inte botten. Ju mer han strävade uppåt, desto mer skrek kroppen efter nytt syre. Han satt ohjälpligt fast. Det sprängde i lungorna och huvudet, flimrade för ögonen. Han kände den salta smaken i sin mun, havsvatten och tårar. I vildaste panik slog han omkring sig. Ingen såg honom. Ingen kom till hans hjälp. Trycket över bröstkorgen förlamade hans tanke. Det susade i öronen, brusade som ett vattenfall. Först när han var så utmattad att han gav efter och följde med överkroppen ner mot botten blev han fri. Med ett ryck färdades han upp mot ytan ur drömmen och sen tillbaka in i den ständigt återkommande maran. Han hade sökt efter mor på stranden, en famn där han kunde gömma sin gråt. Men solstolen stod tom och bredvid den Samuels hink och den gröna spaden. Alla ansikten hade varit främmande, som om allt blivit utbytt när han befann sig under vattnet. På filten där grannfrun legat satt en gråhårig tant och drack kaffe. Kanske var det samma kvinna som åldrats, kanske en annan. Han hade lagt sig ner i sanden och gömt huvudet under den rutiga filten, ensam med sig själv i intigheten. Där låg han utan att svara på tantens konstiga pockande frågor tills mor och Samuel återkom från utedasset. Han lyfte på filten när han hörde hennes röst. Längtade efter hennes famn, men där fanns redan en liten pojke, inte Samuel men Per som satt på armen. Och ytterligare en liten Per vid hennes andra hand. Stranden kryllade av små pojkar som såg ut som han själv på pricken. Ska vi gå hem nu sa hon och ett brus av barnröster svarade henne. Och han försökte skrika högre än någon av de andra barnen. Skrika att han var den riktige Per och att alla de andra var på låtsas, men hans lilla röst drunknade i ropen, skrek sig hes och tystnade. Du är bara en cell av pappa, resten är vad mamma har ätit. En spermie av hundratusentals. Simma lugnt! Samuels flinande ansikte sökte honom i gränslandet och försvann.

En outhärdlig törst drog henne upp till medvetande. Hon rörde med handen över sina spruckna läppar. Rummet fick konturer. Fönstret var igenbommat med en fönsterlucka. Bara en tunn ljusstråle runt om letade sig in i mörkret. Nedanför glasrutan stod en kurbitsmålad mörkbrun kista. Låset var buckligt. Snirklarna snodde om varann i allt mindre virvlar mot mitten av de stiliserade blommorna. Karin försökte skärskåda mönstret. Hon såg på sina händer. Kände hur det stramade i armvecket och fann infarten med fingertopparna. Ingen elastisk binda, bara häfta. Blå nål, konstaterade hennes yrkesjag. En grov manshand vilade på hennes mage. Seniga lätt nikotinfärgade fingrar med nedbitna naglar. Ett ljusrött ärr lyste över handryggen. Karin försökte maka lite på sig, förflytta tyngden av hans arm. En känsla av att något var farligt vaknade till liv. En konstig känsla i kontrast till kroppsvärmen från den människa hon delade säng med, snusandet i lugna andetag bakom hennes nacke verkade inte farligt. Vad gjorde hon här? Kistan och trasmattan på golvet var helt obekanta ting. Den grå filten med sitt stjärnmönster var henne främmande. Barnet! Karin lät handen söka sig in under jumpern, kände böstens svullnad och magens rundning, en ilning av lycka innan känslan av hot kom med förnyad styrka. Sakta makade hon sig upp ur sängen och betraktade mannen som sov vid hennes sida. Per Göthe! Rädslan svällde som en blodigel, sög all kraft ur hennes tanke. Illamåendet kom över henne som ett slag i solar plexus. Hon måste ut! Oändligt långsamt och ostadigt flyttade sig fötterna mot sovrumsdörren. Hon kände på handtaget. Låst! Luften fastnade i lungorna och ville inte räcka till. Fanns det något vapen eller tillhygge hon kunde försvara sig med? En väckarklocka. Kan man slå någon medvetslös med en väckarklocka? Hon tvivlade på sin kraft. Var kunde han ha nyckeln? Under kudden? Hans huvud vilade på yttersta hörnet in mot sängen. Karin gled runt dubbelsängen på bara fötter och lät handen söka sig fram under huvudgärden. Fingrarna registrerade metallens kyla. Med oändlig varsamhet sopade hon fram nyckelknippan och höll den i ett hårt grepp så nycklarna inte skulle slå mot varann. Illamåendet jäste i halsen. Hon höll andan och studerade nycklarna en och en. Försiktigt provade hon den mest lämpade i låset. Handen skakade. Hon kunde inte bemästra rörelsen. Nyckelknippan gled ur hennes hand, slog mot golvet och for in under sängen. På bråkdelen av en sekund var han över henne, pressade henne mot trägolvets hårda yta. Hon såg knivens blänkande blad och blundade av rädsla. Mannens hela tyngd vilade över hennes mage.

”Jag behöver gå på toaletten.” Hennes röst var ett obekant kraxande läte. Hon harklade sig, strupen var torr och tungan nästan orörlig. Han svor till och drog upp henne från golvet.

”Med öppen dörr, försöker du några dumheter så jävlar.” Hon kissade, för utmattad för att låta sig generas av hans blickar, stoppade huvudet under vattenkranen och drack det kalla vattnet i stora klunkar, tvättade sitt ansikte och såg sig i spegeln. Illamåendet kom plötsligt, hon hann precis vända överkroppen mot toalettstolen, men inte lyfta på locket. Per svor en ny ed och släntrade ut i köket. Helvete, han skulle ha gjort sig av med henne när hon sov. Han öppnade en korvburk, men kände ingen aptit. Karin vacklade fram till köksbordet och föll ner på en pinnstol. Hennes sätt att se på honom gjorde honom illa berörd.

”Har du några barn?”

”Det angår dej inte.” Hans röst signalerade att tystnad var det enda han tänkte acceptera. Han ställde fram en tallrik åt henne om än med en viss tveksamhet, hällde upp öl åt dem båda. ”Kasta inte i dej så kanske du får behålla det.”

”Varför låter du mej leva?”

Tystnad.

”Tar du mitt liv, dör barnet. Ett oskyldigt liv.” Karin förde handen till magen.

”Håll käften.” Han höjde hotfullt handen, men något i hennes hållning hindrade honom från att slå.

”Hur många människoliv har du räddat som läkare?” Han höjde armen igen för att få henne att tiga men avbröts i rörelsen av en signal från mobiltelefonen. Hastigt reste han sig och lämnade henne ensam i köket. Fanns det något hon kunde göra för att rädda sitt liv? Det var en gåta varför han låtit henne leva så länge. Sviktade han i beslutsamhet? Fanns det trots allt något som liknade ett samvete? Visste Susann Göthe att hon befann sig här? Hade hon blivit flyttad? Det verkade snarare som om hon befann sig i en sommarstuga än i källaren på Cheironkliniken. Hur länge hade hon legat nedsövd? Av törsten och den minimala urinmängden att döma minst något dygn, längre om hon haft dropp. Hur länge? Pers röst lät mera avlägsen nu. Kanske var det här hennes enda möjlighet till flykt. Att rusa ut på vinst och förlust. Han stod med ryggen åt henne och såg ut att tala med själva väggen. Handen vilade på dörrposten. Rösten var upprörd. På bara, lätt domnade fötter, smög hon förbi och väntade att när som helst känna hans hand på sin axel. Fem steg till ytterdörren. Om den var låst skulle hon falla död ner. Nycklarna! Låg de kvar i sängkammaren? Hon hade sett dem glida in under sängen, men inte haft möjlighet att nappa dem åt sig. Karin kände försiktigt på ytterdörrens handtag. Ett knäppande läte fyllde den lilla hallen. Låst! Ljudet tycktes eka genom huset. Men han kom inte. Hans röst lät annorlunda på det främmande språk han talade. Han spottade fram konsonanterna, vokalerna bräkte.

Karin trevade under sängen och fann nyckelknippan. Hastigt stoppade hon ner den i sin ficka. Vad skulle han göra om han fann dem i hennes hand? Per stod fortfarande i samma position, men tiden hon hade på sig att fly hade krympt. Som när man leker bollen i burken och räknar till hundra. Hur lång tid det fanns kvar innan han skulle vända sig om visste hon inte. Hon höll andan och vågade stegen mot dörren. Stack nyckeln i låset. Den passade. Lyssnade. Han talade fortfarande. Hon vred snabbt om nyckeln i låset. Det lät! Rösten tystnade. Dörren gick upp. Hon sprang. Hörde hans steg. Benen stapplade fram som om hon hade deg till knäna. Luften ville inte räcka till, bröstkorgen hävdes, sänktes och värkte. Skogen skulle kunna rädda henne. Tjugo meter av slaget gräs, sedan skogens trygghet. Hon hörde honom tydligt nu, hans andning, hans steg nedför trappan. Inte se sig om! Inte tveka eller ge upp! Spring! Karin skrek för full hals, men ljudet lät som en viskning och tog på krafterna. In bakom ett träd. Det flimrade för ögonen. Bakom nästa och nästa. Karin störtade över en stubbe och föll raklång i mossan och rullade runt. Han var alldeles intill. Hon hörde hans flämtande andning. Hon låg stilla. Såg upp i himlen genom trädens gröna kronor. Granarna svajade beklagande med sina toppar. Han stod över henne. Hon blundade för att slippa se hans ansikte.

Per Göthe hade med stor möda lyft in henne i bilens bagagelucka i skydd av natten. Det hade varit enklare att ha henne bunden i stugan tills han kom tillbaka, men han ville inte riskera att husets ägare eller någon sent anländande hyresgäst skulle hitta henne. Även om han lyckades baxa ner henne i källaren var det alltför lyhört om hon skulle vakna och sparka med de hopknutna benen mot väggen. Huset hade inte varit uthyrt de senaste åren och ägaren var så vitt han visste utomlands på ett längre uppdrag för OKTA, men säker var han inte. Aldrig säker. Helvete så illa det hade utvecklat sig, men än fanns det möjlighet att vända skeendet till det bättre. Han måste få tag på mera Dormir. Hon började bli tillvand på sömnmedlet och det krävdes allt större doser. Det här var den sista ampullen. Han behövde Susanns hjälp att anskaffa läkemedlet och inte minst för att genomföra operationen. Det labila, vämjeliga stycket! Han kände sig äcklad av Susanns övermogna kropp, de tungt hängande brösten och det lösa skinnet under hakan. Men om han var tvungen för att lugna henne, skulle han troligtvis vara man nog att sätta på henne en sista gång. Han fick väl tänka på något annat. Blunda. Bara det gick snabbt – bara hon inte druckit, då kunde det ta evigheter. Han riste i kroppen av obehag. Hon skulle få följa med till Hongkong. Där skulle hon tas omhand av ledningen. Han skulle slippa befatta sig med Susann i utbyte mot att han levererade forskningsmaterialet. En olyckshändelse utomlands. Och sen skulle han vara fri att leva det liv han ville. Han skulle bli den *lyckade* brodern. Att leva i skuggan av den världsberömde Samuel Göthe hade inte tilltalat honom nämnvärt genom åren. Samuel Göthe, mors ögonsten. Favoritsonen. Samuel Göthe svärmorsdrömmen med kometkarriär, studiegeniet. Samuel Göthe, godheten personifierad. Veronika hade ratat honom när hon träffade Samuel, vanvördigt kallat deras heliga kärleksmöten för tafsövningar. Hon hade fräst åt honom som en vildkatt när han påminde henne om det fina de haft tillsammans. Lapat solen i Samuels ansikte och spottat åt Per. Hur hade hennes ögon kunnat bli så hårda från en dag till en annan? Det var en olyckshändelse! Han hade inte menat att hon skulle dö. Han hade bara velat lyfta henne av hästen, hålla om henne ett ögonblick och hon hade skrikit. Han hade varit oförberedd på att hon skulle skrika så. När han drog henne av hästen slog hon huvudet i stenen och skriket tystnade för alltid. Egentligen var det rättvist att ingen av dem fick leva med henne, tänkte Per. Inget annat än ren rättvisa. Och bättre skulle det bli. Riktigt intressant att följa vad Samuel skulle ta sig till när kliniken börjat få dåligt rykte. Ett självmord är inte bra. Det var bara nåd att tidningarna inte gick igång på fallet Lena Wide. Två självmord skulle bli rena ruinen för klinikens anseende. Karins avskedsbrev fanns redan skrivet, en anklagelse mot doktor Samuel Göthe. De skulle finna henne hängd i skogen och pressen skulle inte låta någon sväva i okunnighet om vem som orsakat detta lidande. Sen skulle han själv, dr Per Göthe, komma som en räddande ängel. Erbjuda friskt kapital. Ta över kliniken och ärekransen. Samuel skulle naturligtvis inte kunna arbeta kvar. Frågan är om han skulle kunna arbeta någonstans. Det gällde att ha en trovärdig fasad utåt. Kanske ett vaktmästarjobb åt lillebror om lilla mamma bad fint. Den ambitiöse fan skulle kvävas. Per Göthe log för sig själv och tog fram mobiltelefonen. Lilla mamma skulle få resa jorden runt om hon ville. Han skulle visa världen hur väl den äldste sonen tog hand om sin mor, då skulle det bli andra visor kvädna. Per tände en cigarett och slog det förprogrammerade numret på mobilen.

”Har du väntat på mej”, sa han när han hörde Susanns röst.

”Ja, jag trodde inte du skulle bli så sen.” Susann tog ett stadigt tag om luren och tvingade sig att andas lugnt och tala tydligt.

”Jag ringde för en timme sedan. Varför svarade du inte?”

”Jag stod nog i duschen.”

”Jag kan se dej framför mej. Naken. Längtar du efter mej?”

”Ja.” Marianne Hartman hörde röstens skälvning och fattade Susanns hand.

”Jag kommer att göra det långsamt, precis så långsamt som du vill ha det.”

”Ja.”

”Jag är hos dej om två minuter. Du har väl varit en snäll flicka?”

”Ja.” Rösten ville inte riktigt lyda. Hon vågade sig inte på ett längre svar.

”… och skaffat det jag bad dej om.”

”Det är ordnat.”

”Värm sidenlakanen åt mej. Jag är hos dej när som helst.”

50

”Två minuter! Vi borde se honom snart.” Arvidsson skakade på sig och försökte finna en bekvämare ställning.

”Vi får vara tacksamma att de inte bodde i hyreshus. Det var stor kalabalik när vi skulle utrymma de här båda grannhusen bara. Jag hade inte trott att det kunde ta sån tid att få folk att begripa när det är allvar”, sa Ek.

”De hade väl festat en del.”

”Det kan du ge dej fan på. Jätten Dumdum där inne ville haka ner sin bössa från väggen och assistera oss.”

”Nu, ser du, nu har vi vår doktor!” Ljusen från lyktorna blev synliga. En vit Saab rullade uppför infarten till villan. I ljuset av trädgårdslyktorna såg de föraren i ögonblicksbilder. ”Det är han.” Arvidsson gjorde en mantelrörelse på sin Sig Sauer och smög sig närmare intill huskroppen. Bilen gjorde en vänstersväng och stannade med dörren på förarsidan alldeles framför trappan.

”Ser du om han är beväpnad?” väste Ek.

”Går inte att se härifrån.” Mannen steg ur med ryggen mot trädgården. Han lyfte handen och vidrörde ringklockan en gång, så ytterligare en gång.

”Polisen här! Per Göthe släpp vapen! Vi vill tala med dej!” Hartmans röst dånade ur megafonen. Sen hände allt mycket snabbt. Ljudet av krossat glas när Per slog sönder rutan i dörren. På en sekund var han inne. Arvidsson fick uppbåda hela sin behärskning för att inte sätta ett skott i knät på honom. ”Per Göthe kom ut!” Han sprang som en råtta genom huset till sängkammaren. Hon fanns inte där. Inte på toaletten. I köket var hon inte. Det jävla ludret, hon hade angivit honom. Att hon tordes det lilla våpet. Hon fanns här någonstans, hon hade ju svarat. Han fortsatte in i vardagsrummet. Ett visslande läte klöv luftrummet. Sen blev det tyst. Tårgasen fyllde rummet. Per tryckte en broderad duk framför ansiktet och kröp längs med golvet. Huset upplystes utifrån av strålkastare som slungade sitt ljus in i rummen och sökte honom.

”Per Göthe kom ut, jag vill tala med dej. Det är över nu. Kom ut!”

”Så i helvete heller!” Per drog sin stilett och slet upp dörren till förrådet. ”Fan!” Det gick inte att andas. Om det så var det sista han gjorde skulle han se till att hon dog, det jävla ludret. Han såg inget. Ögonen sved. Han kröp fram mot ytterdörren som en blind kattunge.

”Det är över nu.” En man i gasmask stod över honom med draget tjänstevapen. ”Skjut din jävel!” Per gjorde ett utfall med kniven. Han var stark men nådde inte ända fram. Mannen i gasmasken väjde och fick en rispa i byxbenet, innan kniven föll till golvet.

Ambulansens efterlängtade sirener fyllde Maria med lättnad där hon satt med Karin i sin famn. Lugna jämna andetag hävde och sänkte bröstkorgen. Maria la kinden mot den gravida magen och försökte lyssna, känna med händerna efter en rörelse. Det rörde sig där inne, en liten vågrörelse, en bulle som putade och försvann. Maria strök Karin över det fetstripiga röda håret. Talade till henne med ett lugn hon inte ägde:

”Det ordnar sig. Det blir bra. Allt bli bra Karin.”

”Hur är det med henne?”, sa Hartman när han kom gående emot dem.

”Jag tror det går vägen”, viskade Maria tunt.

”Tänk att det lyckades! Jag ska ringa hem till Marianne och berätta att det är över. Det fanns en risk att Per Göthe skulle höra när telefonen kopplades om hem till oss, den lilla fördröjningen kunde ha röjt oss om han varit observant.”

”Var god och dröj, omkoppling sker”, sa Maria trött och drog håret bakåt med fingrarna. Varsamt flyttades Karin över på en bår.

Maria höll en hand under hennes huvud. Hur länge hon legat i bagageluckans syrefattiga mörker visste de inte.

”Far hem och sov du Maria. Det är en dag i morgon också.”

”En helvetes dag i morgon också. Jag följer med Karin i ambulansen. Hennes man tar sig direkt till sjukhuset. Jag kommer förbi och dokumenterar det viktigaste när hon blivit omhändertagen. Jag tror jag behöver lite tid på mej innan jag möter Krister.”

”Är det så dags igen?”

”Ja.”

”Vill du prata om det?”

”Inte nu.”

Den skarpa belysningen fångade kvinnan på båren när den gula filten veks bort från hennes slappa kropp. Vana händer undersökte snabbt och varsamt. Maria följde droppflaskans små vattenpärlor med blicken, tidens gång föll med en hastighet av 40 droppar per minut. Julius satt vit och frusen vid britsen. Han höll Karins slappa hand. Ultraljudets svartvita rymdlandskap skiftade i mörka stråk över bildskärmen. Grå moln som rörde sig hastigt över skärmen, stannade upp och skingrades. En hopkrupen grodd, ett människoliv. Julius fuktade sina läppar, försökte stadga rösten.

”Hur ser det ut?” Frågan slog som en cymbal i luftrummet. Maria kunde höra den smärtsamt vibrera mot trumhinnan. Och den följande tystnaden, en evig sekund av väntan.

”Bra, det ser normalt ut. Barnet ser ut att må bra.”

Han stod i sjukhusfoajén. Maria kände igen den älskade slitna skinnjackan och den framåtlutade säckiga hållningen även i halvdunklet. Hon hade inte tänkt möta honom så snart, tänkt att fristen inte löpte ut förrän hon stack nyckeln i låset på den gula villan vid havet. Hon kände smärtan som en våg genom kroppen, ett ögonblick tänkte hon vända om innan han fick syn på henne. Få en stund för sig själv innan hon kastade sig in i nästa elddop. Men hon blev stående utanför hissarna i lampskenet, åderlåten på all kraft. Krister kom emot henne. Tog henne varligt i famn.

”Jag har tackat nej till tjänsten i Malmö.” Så böjde han sig ner och kysste henne med all den intensitet som ryms i rädslan att mista det dyrbaraste. Och hon visste att det var över för den här gången.